비뢰도

飛雷刀

비뢰도 24

검류혼 장편 新무협 판타지 소설

초판 1쇄 찍은 날 § 2008년 1월 24일
초판 4쇄 펴낸 날 § 2008년 2월 19일

지은이 § 검류혼
펴낸이 § 서경석

편집장 § 문혜영
편집 § 서지현 · 유혜림

펴낸곳 § 도서출판 청어람
등록번호 § 제1081-1-89호
등록일자 § 1999. 5. 31
어람번호 § 제2-1409호

주소 § 경기도 부천시 원미구 심곡1동 350-1 남성B/D 3F (우) 420-011
전화 § 032-656-4452 팩스 § 032-656-4453
www.chungeoram.com
E-mail § eoram99@chollian.net

ⓒ 검류혼, 2005

ISBN 978-89-251-1154-4 04810
ISBN 89-5831-855-4 (세트)

※ 파본은 구입하신 서점에서 교환하여 드립니다.
※ 저자와 협의하여 인지를 붙이지 않습니다.
※ 이 책은 도서출판 청어람과 저작자의 계약에 의해 출판된 것이므로,
무단 전재 및 유포·공유를 금합니다.

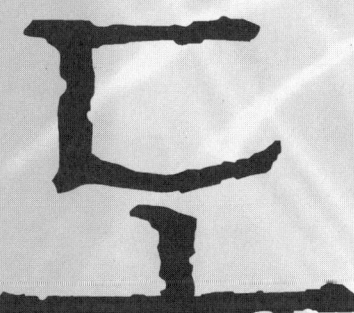

飛雷刀

FANTASTIC ORIENTAL HEROES

검류혼 장편 신무협 판타지 소설

한계, 그 너머

목차

북천과 은명 _7

불난 집에 부채질 _15

바람의 검법, 구름의 신법 _32

윤 미소저(美小姐)의 출전! _55

윤미 대 의료미숙 _76

친절한 진령 씨 _96

진령 대 남궁상 _117

작렬(灼裂)! 야미파 검술비기 _127
난 돌아가지 않아요! _144
문, 넘어 _155
전초전 _170
풀어야 할 문제, 지어야 할 매듭 _183
검 대 검 _187
검각의 검 _194

느닷없이 나타난 혁중노인 _213

칠상흔 대 연비 _227

몰아붙이다 _236

쇠사슬을 벗다 _253

열세 번째 도 _256

칠상흔의 과거 _265

한계, 그 너머 _277

우승의 행방 _290

꿈 _300

비류연과 그 일당들의 좌담회 _322

북천파 은명

　하도 넓고 넓어, 여기가 진짜 호수인지 바다인지 헷갈리게 하는 바람에 사람들로 하여금 손가락으로 수면을 찍어 물맛을 보게 만드는 동정호(洞庭湖). 그 동정호 한가운데 덩그러니 솟아나 있는 한 섬에 위치한 마천각(魔天閣) 지하에, 사람들의 시선이 미치지 않는 어둡고 음습한 비밀의 장소가 있다는 사실을 아는 이는 많지 않았다.
　하지만 이 안에 자리하고 있는 자는 깊고 어두운 암흑 속에 도사리고 앉은 채 마천각의 모든 것을 손바닥 보듯 내려다보고 있었다. 이 마천각 안에서 그의 지배를 벗어날 수 있는 자는 아무도 없었다. 그는 지배하고 명령하고 조종하는 자였다. 그를 아는 모든 이들은 북좌(北座)의 어둠 속에 앉아 세상을 오시하는 그를 두려워했다. 그는 백 년 전의 혈전에서 살아남은 망령이며, 수많은 죽음 속에서 살아남은 자였다. 그는 지난 백 년간 멸겁이라 새겨진 저 어두운 장막 뒤에 앉아 다가올 때를 기다리고 있었다. 그는 바위처럼 움직이지 않았지만, 모든 이들이 그를 위해 그의 눈과 귀, 손과 발이 되어 쉴 새 없이 움직이고 있었다. 현재 검은 장막의 남쪽에 공손한 자세로 부복해 있는 흑의청년 역시 그런 이들 중 하나였다. 그는 다른 이들보다 조금 더 특별한 손발이었다. 이 청년은 언젠가 접수처에 앉아 영령이라는 여인에게 마천각 입학시험에 대해 이것저것 질문했던 바로 그 흑의서생 은명(隱名)이었다.

그가 이 공간 안으로 들어와 공손히 무릎을 꿇고 기다린 지 이각이란 시간이 흘렀다. 그러나 여전히 장막 너머에서는 아무런 말도 들려오지 않았다. 그렇다면 말이 들려올 때까지 이대로 언제까지나 기다릴 수밖에 없었다. 먼저 입을 여는 것은 아직 그가 허락받지 못한 일이었다. 암흑이 그의 심신을 옥죄어오는 듯해서 답답했다. 언제나 이곳은 숨 쉬기가 힘들었다.

"준비는 잘되어가고 있느냐?"

드디어 침묵이 깨지며 장막 너머에서 목소리가 들려왔다. 여느 때처럼 어떤 감정도 담겨져 있지 않은 차가운 목소리였다. 저런 목소리를 가질 수 있는 사람은 아마도 영혼이 얼어붙어 있는 사람뿐일 거라고 은명은 생각했다. 그리고 아마 자신의 영혼도 똑같이 얼어붙어 있는 건지도 몰랐다.

들려온 목소리 어디에도 혈육의 잔재는 느껴지지 않았다. 질문은 오직 한 가지 대답만을 허락하고 있었다.

"네, 문제없이 잘 진행되어 가고 있습니다."

은명이 공손한 어조로 대답했다.

"차질은 없을 테지?"

나직하지만 위압적인 목소리에 은명은 숨이 막혔다. 저것은 용서를 모르는 목소리였다.

"그자는 영원히 침묵할 것입니다."

이제 실수 같은 것은 이곳에서 용납되지 않았다. 그는 이제까지 너무 많은 실책을 범했다. 더 이상의 실수는 위험했다.

"지금은 칠상혼이라 불린다고 했던가? 그자의 입은 절대로 열려서는 안 된다, 절대로."

어둠 너머의 존재가 힘주어 강조했다.

"정말로 칠상혼, 그자가 구 년 전에 행방불명되었던 그 사람이 틀림없습니까?"

"틀림없다."

이미 확인이 끝났다는 그 말에 은명의 몸이 가늘게 떨렸다. 언젠가 맞닥뜨려야 될 때가 올 거라 생각하곤 있었다. 하지만 설마 이런 곳에서 이런 식으로 만나게 될 줄은 꿈에도 몰랐다. 하지만 그자와 얼굴을 마주 볼 일은 없었다. 그러기 전에 그자를 제거하거는 것이 그에게 주어진 일이었다. 적절한 도구를 사용하여.

"그가 무엇을 보았습니까? 무엇을 알고 있기에 그렇게까지 견제하시는 것입니까?"

평소라면 감히 하지 않았을 질문이었다. 그만큼 그의 지금 심정은 복잡했다. 이미 모든 감정을 끊어냈다고 생각했는데, 아직도 잔재가 남아 있는 모양이다.

"알려고 하지 마라. 아직은 너도 그것을 알 단계가 아니다. 너는 준비만 착실히 하면 된다."

왜냐고 묻지 마라. 의문을 품는 것은 지금 너에게 허락되지 않은 것이다, 라고 목소리는 말하고 있었다. 은명은 동정호의 아침 안개처럼 뭉클뭉클 피어오르는 의문을 접어 가슴속 깊은 곳에 묻었다.

"안배는 이미 끝나 있습니다."

그리고는 한마디를 더 덧붙였다.

"칠상혼, 그자는 이 대회의 마지막 승자가 되지 못할 것입니다."
"그렇게까지 '그것'이 쓸 만하더냐?"
어둠 너머의 존재가 물었다.
"그것이라니요?"
은명이 반문했다.
"그 계집 말이다, 네가 화산에서 주워온."
은명의 몸이 순간 움찔했다.
"물론 쓸 만합니다."
은명이 떨림을 억누른 채 대답했다.
"믿고 있구나?"
'무엇을' 믿고 있는지 말하지 않아도 은명은 그 무엇이 무엇인지 알고 있었다.
"전 믿고 있습니다."
그러자 나직한 비웃음 소리가 장막 너머에서 들려왔다.
"세상은 언제나 사람의 기대를 배신하게 마련이지. 특히 믿음은 말이다. 꼭두각시 인형을 믿다니, 후회하지 않을 자신이 있느냐?"
네 녀석, 지금 제정신이 아니구나, 라고 힐책하고 있는 것이다. 은명은 살짝 입술을 깨물었다. 그리고는 대답했다.
"전 믿습니다."
하마터면 목소리가 갈라질 뻔했다. 축축해진 등줄기를 타고 식은땀이 흘러내렸다.
"도구는 도구일 뿐이다. 그 사실을 잊은 건 아니겠지?"
"물론입니다."
"그럼 됐다."
확신하는 은명의 대답을 들은 뒤 장막 뒤의 존재는 잠시 침묵했다.

"듣자 하니 이번에 참가하면 나예린이라는 계집아이랑 싸우게 될 수도 있다더구나?"

"그걸 어떻게?"

그것은 장막 너머의 사람이 신경 쓸 만한 이야기가 아니었다.

"위험은 없겠지?"

"없습니다."

은명이 단호하게 대답했다.

"넌 그 계집하고만 연관되면 마음이 흐트러지는구나. 네 믿음이 그저 너의 단순한 기대가 아니길 바란다."

"그, 그건 그렇지……."

그러나 장막 뒤의 존재는 그의 말을 더 들을 일 없다는 듯 끊었다.

"그때 한 맹세는 잊지 않았겠지?"

묵직한 목소리가 기억의 상기를 불러왔다.

"제가 어찌 그 맹세를 잊을 수 있겠습니까?"

잊을 수 있을 리가 없었다. 그는 그때 그녀를 또 한 번 죽이기로 결심했던 것이다. 아마 평생 안고 살아가야 할 기억일 터였다. 그것은 분명 용서받지 못할 일이었겠지. 그녀가 그 사실을 안다면 자신을 끝없이 증오할 게 분명했다. 그래도 상관없었다. 그녀가 그 사실을 아는 일은 아마도 이제 없을 테니까.

"몽환산장으로 보내겠다고? 그 의미를 알고 있느냐?"

"알고 있습니다."

"그건 죽었다가 다시 태어난다는 의미다."

"허락해 주십시오."

"……좋다. 허락하겠다. 하지만 한 가지 맹세해라."

"무엇입니까?"
"새로 태어난 그 아이를 철저한 도구로 사용하겠다는 것을. 그것이 네가 데려온 그 계집아이를 살릴 수 있는 유일한 길이다."

그 길밖에 없다면…….

"약속하겠습니다."
"그 아이가 이곳으로 오게 되면 첫 임무는 내가 내리겠다."
"직접 말씀이십니까?"
"그렇다. 불만있느냐?"
"아, 아닙니다. 명에 따르겠습니다."

그때 주고받았던 문답이 다시 한 번 머릿속에 떠올랐다. 이제 첫 번째 임무가 내려질 때였다.
"그 일에 대해서는 더 이상 왈가왈부하지 않겠다. 대신 그 계집아이가 너의 통제 아래에서 완전하다는 것을 증명해 보여라."
"어떻게 말입니까? 방법을 알려주십시오."
분명 그 방법까지 생각해 놓고 있는 게 분명했다.
"너의 말은 절대적으로 충성한다고 하니 시험해 보는 것도 나쁘지 않겠지. 게다가 기억을 되살릴 수 있는 실마리는 미리미리 제거해 놓는 게 좋은 법."
그 시험 방법은 다음과 같았다.
"만일 그 아이가 나예린이란 계집아이를 만나게 되거든."
은명은 그 뒤에 나올 말이 무엇인지 알고 부르르 몸을 떨었다.
"죽여라."

*　　　*　　　*

 등 뒤에서 철문이 묵직한 소리를 내며 닫혔다. 은명은 찐득찐득하게 달라붙어 있던 어둠 속에서 빠져나와 다시 빛 아래 서 있었다. 그러나 아직도 몸에는 오한이 가시지 않고 남아 있었다. 그는 눈부신 하늘의 햇살을 바라보며 얼굴을 찡그렸다.
 "그렇게 가까운 곳에 있었다니 짐작도 못했습니다. 그곳은 당신의 안식처입니까? 아니면 도피처입니까? 난 당신이 무엇을 알고 있는지 알고 싶습니다…… 총대장."
 그는 한때 자신의 우상 중 한 명이었던 사람을 떠올려 보았다. 이 즐거운 한때가 언제까지고 계속될 것이라 믿던 때의 추억을. 그러나 이미 그 추억이 빛바래 있었고, 얼굴조차 기억나지 않았다.
 "하지만 그분께선 그 일을 용납하지 않으시죠. 전 당신이 알고 있는 것이 남에게 넘어가기 전에 그것을 제거해야만 합니다. 그건 곧 당신의 말살을 의미하지요. 그리고 그 임무를 맡은 사람은……."
 은명은 혼잣말로 중얼거렸다. 차갑게 얼려놓았던 감정들이 날뛰려 하고 있었다.

 "네 도구가 쓸모있길 바란다."

 아직도 귓가에서 목소리가 웅웅거리는 듯했다.
 "……하나의 추억으로 다른 하나의 추억을 말살하라 명하시다니 그분께서도 참으로 잔인하시군요."
 그 의미가 그의 마음을 묵직하게 했다.

"둘 중 하나는 사라질 수밖에 없다니 말입니다."
 그러나 그는 자신이 그 명을 따르리라는 것을 잘 알고 있었다. 그 역시 도구이긴 마찬가지라는 것을. 그리고 차라리 몰랐다면 훨씬 더 행복했을 것이라는 것도 잘 알고 있었다.

불난 집에 부채질
―소녀는 바람을 타고

　우천에 의한 경기 중단 따위는 있을 수 없다는 사람들의 광적인 열의가 하늘에 닿아 비구름을 몰아낸 탓인지, 구름 한 점 없는 파란 하늘 위에서 해가 쨍쨍거리며 지상을 비추는 맑은 날이었다. 허가받은 잡상인들이 시원한 음료를 들고 돌아다니며 팔고 있었다.
　여기서의 허가란 일정 비용 이상의 영업비를 냈다는 것을 의미했지만 그냥 넘어가도록 하자. 어쨌든 바글바글하다는 말로밖에는 원통투기장 안에 자리한 사람들의 모양새를 설명할 말이 따로 없었다.
　시합이 하나둘씩 진행되면 진행될수록, 투기장의 흙바닥이 머금는 피의 양이 많아지면 많아질수록 사람들은 더욱더 소리를 높여가며 흥분해 가고 있었다. 아마 관중들은 몇몇 사람들이 죽어나간다 해도 눈썹 하나 깜짝하지 않을 것 같았다. 실제로 그들은 그렇게 했다. 오히려 환호 소리만 더 높아지고 있었다.
　바글바글한 사람들의 이글이글거리는 흥분을 헤치며 연비와 나예린과 윤미는 앞으로 나아갔다. 그들에게는 참가자 자격으로 투기장의 맨 앞줄에 별도로 마련된 특석에서 편안히 구경할 수 있는 혜택이 있었다. 그곳에서라면 다른 사람들의 방해 없이 좀 더 쾌적하게 경기를 구경할 수 있었다.

자기 자리를 뺏으려는 줄 알고 필사적으로 막아대는 사람들의 어깨를 힘주어 밀치며 세 사람은 나아갔다. 그들이 무공의 고수가 아니었다면 아마 한 발자국도 앞으로 나아가지 못하고 중도에 압사당해서 비명횡사했을 수도 있었다. 아무리 나예린이 얼굴을 면사로 가리고 있다곤 하지만, 이런 미인들이 지나가는데 눈길 하나 주지 않다니 정말 제정신들이 아니긴 아닌 모양이었다.

연비는 마음 같아서는 앞을 가로막는 모든 사람들의 뒷덜미를 잡고 사방으로 이리저리 내동댕이치고 싶은 심정이었지만, 억지로 참았다. 연비의 성격이 갑자기 아리따워져서가 아니라 지금은 그런 쓸데없는 화풀이에 내공을 써댈 상황이 아니었기 때문이다. 지금은 최대한 내공을 쓰지 않고 아껴야만 했다. 모두 다 그 망할 사부의 자비로우신 모종의 조치 덕분이었다.

겨우겨우 사람들을 헤치고 그들은 참가자 관람용 특석으로 갈 수 있었다. 그곳은 다른 자리들과는 벽과 문으로 구별되어 있었기 때문에 상당히 쾌적했다. 저 위의 인간 지옥에 비하면 천국이나 다름없었다.

그곳에서 연비는 무척 낯익은 얼굴을 만났다. 바로 진령과 남궁산산과 마하령이 먼저 와서 자리에 앉아 있었던 것이다. 세 사람 모두 분위기가 심상치 않아서 말을 걸 계재가 아니었다. 특히 진령의 상태가 심각했다. 그녀는 입술을 피날 정도로 세게 깨문 채 경기장을 바라보고 있었다. 그녀의 눈동자 속에서는 지금 온갖 감정들이 소용돌이치고 있었다. 같은 참가조에 속한 남궁산산과 마하령 역시 그 기운을 느끼는지 무척 불편해 보였다. 마치 바늘을 잔뜩 세운 독오른 고슴도치 같았다.

"아, 그리고 보니 이번 시합은 바로 남궁상, 남궁 공자 조의 시합이었 군요."

별생각없이 말하던 윤미는 진령의 비수와도 같은 시선을 받고는 헉 하며 숨을 삼켰다. 하마터면 잡아먹히는 줄 알았을 정도로 그 눈초리는 매서웠다. 그러나 이런 재미있는 상황을 피해갈 연비가 아니었다. 그는 불난 집에 부채질하는 것을 무척 좋아하는 편이었다. 진령들의 빈자리 옆의 자리를 탁탁 턴 다음 앉으며 연비가 말했다.

"아하, 이번 시합의 첫 싸움은 소문의 그 은발소녀인 모양이군요. 이거 참 재미있겠는데요? 천무학관 두. 기. 재. 의 마. 음. 을 사로잡았다는 소문의 주인공이 얼마나 대단하게 활약하는지 볼 수 있는 기회잖아요. 옆에 분도 그렇게 생각하지 않아요?"

"히익, 연비!"

진령보다 먼저 반응한 것은 윤미였다.

이러지 말고 다른 곳에 빈자리도 있으니 다른 곳으로 자리를 옮기자고 윤미가 설득했지만 씨알도 먹히지 않았다. 이런 좋은 자리를 두고 뭣 하러 다른 곳에 가냐는 것이 그 이유였다. 진령의 고개가 연비를 향해 천천히 돌아갔다.

"난, 관심없다."

진령이 차갑게 말했다.

"정말요?"

"정말이다."

"에이, 안 그런 것 같은데?"

"아니라고 하는데 왜 그렇게 집요한 거지?"

저 건방진 여자는 누구길래 이렇게 자신을 귀찮게 한단 말인가! 진령은 부아가 치밀어 올랐다.

"보통 관심없는 사람은 그렇게 잡아먹을 듯이 노려보질 않으니까요. 내가 보기엔 여기 있는 그 누구보다 이 싸움에 관심이 많은 사람처럼 보이는군요. 그것 때문에 자기 자신을 잃을 정도로 말이죠. 안 그런가요?"

"대답하지 않겠다. 게다가 왜 내가 너에게 그런 걸 가르쳐 줘야 하는 거지?"

진령이 아무리 죽일 듯이 노려봤자 연비에겐 귀엽게 보일 뿐이었다. 때문에 그녀의 살기는 아무런 효력이 없었다.

"그야 재밌을 것 같으니까요."

연비가 태연하게 진령의 복장을 뒤집었다.

"후배 주제에 건방지구나!"

보다 못한 마하령이 외쳤다. 그러자 연비는 마하령 쪽으로 살짝 시선을 돌리며 씨익 웃었다.

"어라, 그러고 보니 그쪽은 분명 마하령, 마 언니였죠? 듣자 하니 그쪽 낭군께서도 저쪽 조에 속해 있다던데… 사실인가요? 사실이라면 왜 그랬을까요? 그 역시 저 은발의 소녀한테 관심이 있는 걸까요? 역시 소문은 사실? 하긴 나도 한번 흘낏 스치듯 본 적이 있는데 누구와는 다르게 괄괄하지도 않고 사납지도 않고, 조용하고 차분하고 얌전할 것 같이 생겼더군요. 역시 용 공자는 그런 쪽이 취향?"

연비의 거침없는 말에 마하령의 얼굴이 순식간에 새빨개졌다.

"누, 누, 누가 낭군님이라는 거냐! 우, 우리 그런 사이 아니다! 말조심해라, 후, 후배!"

"큭큭, 정말 그럴까요? 한 은발소녀를 두고 싸우는 두 남자라……. 꽤 그림이 된다고 생각하지 않아요?"

연비가 소리 죽여 웃었다.

"헛소리!"

마하령이 빽 소리쳤다. 얼굴이 붉으락푸르락한 게 극도로 흥분한 티가 역력했다. 그만큼 지금 마하령의 마음속에는 거센 폭풍우가 일고 있었다. 그녀 역시 자신이 얌전한 것하고는 거리가 멀다는 것은 알고 있었다. 하지만 그걸 그는 좋다고 해주었다.

"그건 모두 다 거짓말이었을까요?"

"뭐가 거짓말이라는 거냐?"

"당연히 그의 취향이죠. 사납고 괄괄한 당신을 좋다고 말한 바로 그 취향!"

마치 그녀의 마음을 읽기라도 한 듯 연비가 한마디 덧붙였다. 마하령의 몸이 벼락맞은 사람처럼 부르르 떨렸다.

"마씨 언니, 당신은 얼마나 그를 믿고 있나요? 그 믿음은 언제까지 유지될 수 있을까요? 아니면 이미 산산조각난 이후일까요? 이 후배는 그게 궁금해서 참을 수가 없네요."

연비가 입가를 가리며 웃었다. 정말 한 대 때려주고 싶은 얄미운 웃음이었다.

"그쪽은 어떻게 생각해요, 진 언니?"

"저 남자가 어찌 되든 나와는 상관없는 일이라고 이미 말했다. 난 그를 더 이상 믿지 않아."

그렇게 말하는 진령의 얼굴에 괴로움과 고통이 스쳐 지나갔다.

"상관없는 사람이 그렇게 심경에 큰 영향을 줄 수 있다니 참 놀랍군요. 안 그래요, 윤 미소저?"

"네? 예? 저, 저 말인가요?"

당황한 윤미는 말을 더듬었다. 칼날 위에서 즐겁게 춤을 추다가 갑자기 자신을 끌어들일 줄은 예상치 못했던 것이다. 제발 그러지는 말아줬으면 하는 바람이었다.

"그, 그렇겠죠…… 아니, 그럴까요?"

윤미는 이렇게 대답하지도 저렇게 대답하지도 못했다. 어느 쪽 대답이든 자기에게는 불리할 게 분명했던 것이다.

다행히 연비는 윤미의 어중간한 대답에 대해 트집을 잡거나 하지 않았다. 진령과 마하령의 신경을 긁는 데 몰두하고 있었기 때문이다. 그제야 윤미는 안도의 한숨을 쉴 수 있었다.

'빨리 이 자리를 벗어나고 싶어어어어요!'

하지만 그 바람은 쉽게 이루어질 것 같지 않았다. 윤미는 잔뜩 어깨를 움츠린 채 투기장을 바라보았다. 지금은 차라리 그러는 편이 마음 편했다. 옆에 있는 진령과 마하령이 분노해서 검이나 뽑아 들지 않으면 좋으련만. 언제 피바람이 불어도 이상하지 않았다.

"두 사람의 믿음이 언제 산산조각날지 옆에서 지켜봐 줄게요."

참 고맙죠, 라는 어조였지만, 두 사람은 전혀 고맙지가 않았다.

"말 다 했느냐?"

그럼 이제 죽여주지, 라는 눈빛으로 마하령은 칼에 손을 가져다 댔다. 할아버지 도성에게 받은 바로 그 칼이었다. 그녀 역시 구룡칠봉의 일인으로서 소림제일의 기재라는 용천명도 제압한 전적이 있는 막강한 실력자였다. 그러나 이번에는 상대가 나빴다.

"어머, 그걸로 찌르려고요?"

"심각하게 고민 중이다."

"그러지 않는 게 좋을걸요."

연비가 웃으며 충고했다.

"왜 그래야 하지?"

"규칙도 안 읽어봤어요? 참가자는 자신의 시합 이외에 다른 장소에서 다른 참가자랑 싸우면 실격이에요, 실격(失格)!"

"큭!"

거기까지 미처 생각지 못하고 있던 마하령의 몸이 움찔했다.

"그런데도 할 거예요? 정말로? 진짜로? 후회 안 해요? 그렇게 되면 저 남궁상 조와는 싸울 기회를 잃게 되는데? 그래도 정말로 정말로 정말로 싸울 거예요?"

연비가 몰아치듯 묻자 마하령을 당황해서 어쩔 줄 몰라 했다. 이렇게까지 자신을 압박하는 후배는 그녀로서도 처음이었던 것이다.

"……."

마하령은 입술을 살짝 깨물며 칼자루에서 손을 뗐다. 남궁상 조와 싸워보기도 전에 실격될 수는 없었다.

"현명한 판단이에요."

당연히 이렇게 될 줄 알았다는 듯 환하게 미소 지으며 연비가 말했다. 밝고 환하지만 상대의 속을 뒤집는 미소에 마하령은 다시 한 번 찔러 죽일 듯이 연비를 노려보았다. 하지만 연비는 태연하기만 했다.

"왜 이런 짓을 하는 거지? 재미있나?"

진령이 마하령 앞으로 나서며 조용한 목소리로 물었다.

연비가 고개를 끄덕이는 데는 어떤 망설임도 필요없었다.

"물론 재밌기 때문이죠. 재미도 없는 일에 뭣 하러 힘들게 입을 놀리겠어요. 안 그래요?"

진령의 미간이 좁게 모아졌다.

"뭐가 그렇게 재밌지?"

"타인의 어리석음을 보는 건 언제나 즐거운 일이죠. 뭐, 가끔 좀 짜증나기도 하긴 하지만."

재밌다는 건지 짜증난다는 건지, 어느 쪽인지 헷갈리게 하는 말투였다.

"내가…… 어리석다고?"

진령의 목소리가 살짝 떨려왔다.

"그럼요. 평생을 믿지 못한다면 지금 이 자리에서 끝내는 것도 나쁘지 않죠. 아니면 그냥 진실을 아는 걸 두려워하는 것뿐인가요?"

연비의 눈동자와 목소리에는 어떤 떨림도 느껴지지 않았다. 진령의 아미가 한껏 치켜 올라갔다. 동시에 무형의 살기가 진령의 전신에서 솟구쳤다. 그 모습을 보고 윤미는 안절부절못하고 나예린도 살짝 아미를 움찔거렸지만 연비만은 여전히 웃고 있었다.

"이런 짓을 하고도 무사할 거라 생각하나? 설마 그 뒤에 있는 나 소저를 믿고 있는 건가?"

그 말에 연비는 속으로 폭소를 터뜨렸다. 참 많이 컸다는 생각에 귀여워 보일 정도였다.

"그런 실례의 말씀을. 왜 내가 내 일을 우리 사랑스런 린에게 전가하겠어요? 자기 일 정도는 자기가 책임질 수 있다고요. 사람 그렇게 보면 섭하죠."

진령은 그 말을 듣고 잠시 곰곰이 생각했다.

"연비라고 했던가? 자기 일은 자기가 책임진다고 한 말을 믿지. 이 대회가 끝난 후에 다시 이 빚을 청산하겠다. 그때 어떻게 자기 일을 책임지는지 두고 보지. 어디로 도망가거나 하지는 마라."

연비의 입가에 맺힌 웃음이 더욱 짙어졌다.

"지금 누구한테 그런 말을 하는지 알고나 있나요? 물론 모르겠죠. 아마 영원히 모르는 편이 행복할걸요? 큭큭. 뭐, 좋아요. 이건 이것대로 재미있으니까. 잠시 잊고 있나 본데 난 이래 봬도 입관 시험에서 저 '궁상' 공자를 쓰러뜨린 사람이에요. 그러니 무시하지 않는 편이 좋을 거예요. 그쪽이야말로 도망가지 말아요."

순간 진령의 안색이 크게 변하며 빽 소리쳤다.
"그 이름으로 그를 부르지 마!"
연비가 그를 궁상이라 부른 것이 마음에 들지 않았던 것이다.
그 이야기는 들어서 알고 있었다. 그 일로 인해 주작단원들로부터 상당한 놀림을 당했어야 했다. 또 미녀라고 헤벌레하며 방심하다가 당했다고 길길이 날뛰었던 기억이 진령에게도 있었다. 하지만 연비가 남궁상을 궁상이라 부르는 것이 이유없이 귀에 거슬렸다.
"그 이름으로 그를 불러도 되는 건 우리 주작단 이외에 대사형 한 사람뿐이야."
"오, 그건 미처 몰랐군요. 그 대사형이란 분은 무척 훌륭한 분인가 보죠?"
그러자 진령이 진저리를 치며 말했다.
"절대 아냐! 비록 대사형이 제멋대로에 안하무인이고 막무가내인 데다가 전혀전혀전혀 안 훌륭하지만, 그래도 네가 그를 궁상이라 부를 순 없어. 내가 허락하지 않아."
"맞아맞아. 훌륭한 점이라고는 하나도 찾을 수 없지. 그 사람은 정말이지 망할 사람이야!"
남궁산산이 옆에서 거들었다.
순간 연비의 입가에 맺힌 미소가 더욱더 짙어졌다. 정도가 지나쳐서 오히려 얼굴이 굳어 보일 정도였다. 연비는 호안석 같은 눈동자를 빛내며 두 사람을 유심히 바라보았다. 그 순간 눈동자 깊은 곳에서 황금빛 광채가 암운을 가르는 찰나의 섬광처럼 번뜩였다.
"그 말도 기억해 두죠, 옆에 분의 말과 함께. 아~주 오랫동안."
진령과 남궁산산, 두 사람을 뚫어지게 바라보는 호안석 눈동자와 그 안쪽 깊숙한 곳에서 번쩍이고 있는 광채가 자신들을 옭아매는 듯했다.

'윽, 뭐지? 이런 압박감, 대사형 이외에 느껴본 적이 없었는데……'

이 여자… 정체는 모르겠지만 방심할 수 있는 존재는 아냐, 진령은 그렇게 잠정적으로 결론을 내렸다.

"자, 그럼 이제는 사이좋게 시합이나 관전할까요? 자, 린과 윤 미소저도 여기에 앉아요."

그러면서 바로 진령 일행 옆에 그대로 앉아버리는 연비를 보며 윤미는 경악했다. 분위기를 여기까지 나쁘게 몰고 가놓고서도 여전히 저런 말을 태연히 내뱉을 수 있다니, 강심장도 저런 강심장이 없었다. 나예린은 아무렇지도 않은 표정으로 가타부타 아무런 이의를 제기하지 않은 채 연비 옆에 가서 앉았다. 혼자 남은 윤미는 울고 싶어졌다.

'연비 소저, 하는 행동이 꼭 류연하고 똑같네……'

비류연의 터무니없는 행동 때문에 곤란을 겪을 때의 심정이랑 지금 심정이랑 너무나 똑같아 묘한 기시감까지 느껴졌다.

사실 연비의 본질을 생각해 볼 때 이 정도는 아무것도 아니었다. 연비의 가면이 벗겨지는 쪽이 훨씬 더 위험천만한 일이었다. 그러나 그 사실을 모르는 윤미는 '하아……' 하고 한 번 한숨을 길게 내쉬고는 내키지 않는 발걸음을 옮겨 연비 옆에 앉았다. 누가 콕콕 바늘로 찌르기라도 하는 것처럼 옆통수가 따끔따끔했다.

진령은 관심이 없는 척, 동요하지 않는 척, 아무렇지도 않은 척, 침착함을 유지하고 있는 것처럼 보이도록 애쓰고 있었지만, 현재 그 노력은 그다지 보답받고 있지 못했다. 옆에서 흘끗흘끗 보는 것만으로도 여기 있는 누구보다도 그녀가 더 긴장하고 있다는 것을 다 알 수 있었던 것이다. 진령은 지금 소문의 '은발소녀'에게서 시선을 떼지 않고 있었다. 마치 눈으로 보는 이를 잡아먹을 수 있다면 이미 류은경은 손톱 하나 남아

나지 못했을 것이다. 그 정도로 진령은 집요하게 류은경의 전신을 뚫어지게 응시하고 있었다. 그걸 보고 연비가 한마디 했다.

"재미있군요, 진 소저는. 뭐, 귀엽기도 하고."

그 소리에 진령이 발끈했다. 지금 그녀는 언제든지 폭발할 수 있는 불안정한 폭탄이었다. 그 옆에서 재미로 불장난할 수 있는 담을 가진 것은 연비 정도였다.

"아까부터 재미있다 재미있다 하면서 재미를 찾는데 뭐가 재미있다는 거지? 재미에 중독되기라도 했어? 이 기회에 확실히 말하지만 난 하나도 재미가 없어."

불쾌한 감정을 숨기지 않은 채 진령이 대꾸했다.

"그런 점이 바로 재미있는 거죠. 아무런 상관도 없다는 사람의 시합을 보며, 순간순간마다 계속해서 표정이 바뀔 정도로 감정 이입이 잘되니 누구누구 씨를 옆에서 구경하는 것 같은 거 말이에요."

"그건 네가 신경 쓸 일이 아닌 것 같은데?"

"그냥 취미 생활이라고 해두죠. 그렇게 화내니까 꽤 귀여운데요, 진 언니? 킥킥."

자기가 말해놓고도 웃긴지 연비가 키득거렸다. 자기 정체를 알면 아마 졸도하겠지? 그건 너무 불쌍한 일이었다. 연비는 그만 놀리기로 했다.

"자, 그럼 잡담은 이만하고 시합이나 구경할까요? 소문의 은발 아가씨가 얼마나 활약하는지 보고 싶기도 하고요."

나예린도 동의했다.

"확실히 그녀의 기(氣) 운용은 확실히 흥미로운 부분이 있어요. 저도 연비처럼 궁금하군요."

바람을 이용한 무공이라는 것을 어떻게 응용할 수 있을지 나예린도 검사로서 무인으로서 흥미가 있었다. 특히 그녀의 스승이 누구인지 안 이후로 더욱더 관심을 기울이게 되었다. 그때는 영령이 나타나서 사태를 수습하는 바람에 그녀의 무공 실력을 확인할 수 없었지만, 오늘 이 자리는 전력을 다하지 않으면 안 될 자리였다.

나예린은 조용히 투기장을 바라보았다. 그곳에 키 차이가 거의 삼 척은 될 것 같은 거인과 소녀가 서 있었다.

바람에 나부끼는 소녀의 머리카락은 투명한 은색이었다.

"저, 아이 결국 여기까지 왔군요."

원통투기장 한가운데 선 은발소녀를 바라보며 나예린이 말했다. 솔직히 거의 가망이 없다고 생각하고 있었던 것이다.

"꽤 필사적이었던 모양이에요. 장하다고 칭찬해 줘야 할까요, 이런 때는?"

"기회를 던져 준 건 연비였잖아요?"

아마 연비의 한마디가 없었으면 애당초 류은경은 좌절해서 상금은커녕 여기 서지조차 못했을 터였다. 그러나 연비의 생각은 그렇지 않은 모양이었다.

"기회를 준 건 나지만 기회를 잡은 건 저 아이죠. 기회란 건 눈을 부릅뜨고 찾아보면 의외로 가까운 곳에 있어요. 다만 그걸 잡을 수 있느냐 없느냐는 별개의 문제죠. 그런 부분에선 좀 더 점수를 주겠어요. 끈질기게 달라붙어 그 기회를 자기 것으로 만들었으니까요. 사실 성공 가능성은 반반이라고 생각했거든요."

게다가 용천명까지 같은 조로 만든 것은 예상 밖이었다. 성공한다 해도 나머지 한 명은 주작단의 현운이라고 생각했었는데 멋지게 빗나가고만 것이다. 하긴 남궁상이 대장이고 용천명이 부대장이니 어떻게든 밀어붙이면 불가능한 일은 아니었다.

"이길 수 있을까요?"

"이기지 못하면 곤란할걸요? 궁상 대장도 바보가 아니라면 동정심만으로 참가자로 뽑진 않았겠죠. 그쪽도 지금 상금 때문에 목이 탈 지경일 테니까요."

만일 도박으로 빚진 돈을 못 갚게 된다면 무슨 수모를 당하게 될지 미지수였다. 얼마나 그 염원이 대단하면 그들의 조명을 '사채청산'이라는 암울함이 줄줄 흐르는 이름으로 지었겠는가.

"이번 상대는 '강맹삼인방'이란 조였죠? '서해왕'이라는 자의 직속 부하들이라는?"

"맞아요. 마천십삼대 중에서도 특히 더 난폭한 자들이라더군요. 모든 문제를 칼과 근육으로 해결한다고 악명이 자자한 자들이에요."

"어, 잘 아네요?"

약간 놀랍다는 투로 연비가 감탄했다.

"헤헤, 조금 공부해 왔어요."

약간 얼굴을 붉히며 윤미가 머리를 긁적였다. 이번 대회에 참가하게 되는 처지에 놓이게 된 이후로 정보통 장홍을 꼬드겨 이런저런 정보들을 속성으로 교육받았던 것이다. 확실히 장홍은 이상한 것에까지 아는 것이 많았다.

"덩치도 그자보다 크고, 생김새는 좀 비슷하네요."

강호란도의 숨은 지배자라 할 수 있는 돈왕을 방문하기 위해 어쩔 수 없이 연비가 쓰러뜨렸던 거력신이란 자보다 류은경의 상대는 더 커 보였다.

"저자의 이름은 거력왕이래요."

"더욱 의심스럽군요, 그런 부끄러운 이름, 아무나 못 쓸 테니까 말이에요."

"확실히 그렇네요."

나예린도 동의했다.

때마침 미성공자 유진이 이 두 사람의 궁금증을 해결해 주었다.

"무의 재능으로만 본다면 거력왕, 그는 형을 훨씬 뛰어넘고 있죠. 스무 살 이후로는 순수한 힘 겨루기에서도 한 번도 진 적이 없다더군요. 그렇지 않습니까, 무박 선생님?"

정말로 저 거력왕은 거력신의 동생이었던 것이다. 게다가 무능했던 형과는 달리 상당히 유능했다.

"맞습니다. 그는 천생신력을 타고 태어난 장사입니다. 힘 겨루기에 있어서는 그의 형 거력신도 그를 당해내지 못했죠. 때문에 그는 적은 내공으로도 더 강한 힘을 낼 수 있습니다. 거기에 그의 내공이 더해지면 무슨 일이 벌어질지 아무도 알 수 없죠. 저 자그마한 아가씨한테는 최악의 상대라 할 수 있겠군요."

멀리서 보니 그 거력왕이란 사내는 은발소녀 류은경보다 두 배는 더 커 보였다. 아무래도 그는 류은경 같은 작은 소녀는 안중에도 없는 것 같았다. 사실 그는 이런 자그마한 소녀랑 싸워야 한다는 사실 자체에 대단한 모욕감을 느끼고 있었다. 하지만 그는 뽑기 운이 나빴고, 성격이 그보다 거칠면 거칠었지 결코 부드럽지 않은 동료들은 그와 순서를 바꿔줄 생각이 전혀 없었다. 그래서 그는 지금 매우 기분이 나빴다.

"끄응!"

서 있는 것만으로도 사람을 압박하는 존재감이 있는데 기분 탓에 얼굴까지 일그러져 있으니 더욱 험악해 보였다. 그에 비하면 류은경은 어찌나 작은지 그의 그림자에 다 가려져 버릴 지경이었다.

"괜찮을까요, 저 아이?"

나예린이 약간 걱정스런 어조로 물었다.

"여기서부터는 그녀 스스로가 헤쳐 나가야 할 길이죠. 여기서 저 근육밖에 안 차 있는 덩치조차 이기지 못한다면 칠상흔을 상대한다는 생각은 버리는 게 좋아요. 그 정도도 못하면 어차피 그자에게는 어떤 눈물도 통용되지 않을 테니까요. 그와 만나는 순간 저 아가씨는 눈물을 흘릴 짬도 없이 바로 죽을 테니까요. 하긴 우리가 있는 이상 그자와 싸울 일은 결코 없겠지만 말이에요."

가혹할 정도로 엄한 말이었지만, 연비는 진심으로 그렇게 생각하고 있었다.

"기회는 줬어요. 이제 그 기회를 잡고 안 잡고는 오직 저 아가씨 실력에 달렸어요."

기회를 얻은 것이 '운'이라면, 그 기회를 놓치지 않고 잡는 것은 '실력'이었다.

'자, 거기는 막다른 길, 물러설 곳은 없죠. 쓰러뜨리고 앞으로 가느냐, 그 자리에서 주저앉느냐, 선택은 하나뿐이니까.'

기왕이면 흥미로운 장면들을 보여주길 원했다.

"우리가 할 수 있는 건 구경뿐인 거죠. 하지만 개인적으로는 기대하고 있어요. 여기서 뭐가 보여주지 않으면 섭섭하죠. 한 남자의 인생을 절단 내면서까지 저 자리에 섰으니까요."

남궁상이 이 자리에 있었다면 '아직 절단나지 않았습니다, 아직은!' 이라고 외치며 항의했을 것이다.

"확실히 특이한 속성의 무공을 익히고는 있지만, 그것만으로 괜찮을까요?"

그 근거가 무엇인지 나예린은 궁금했다.

"궁상 대장이 바보긴 하지만, 같은 조에 속할 사람의 실력을 시험 한 번 해보지 않고 뽑았다고는 생각하지 않아요. 아무리 '귀여운 협박'을 당했다고 해도 말이죠."

"협박? 협박을 당했다는 게 무슨 소리지?"

진령이 고개를 획 돌리며 반문했다. 역시 무공을 익힌 고수답게 이목이 날카로웠다.

"어라, 내가 무슨 말이라도 했나요?"

연비는 시치미를 뚝 떼며 씨익 웃었다. 참지 못한 진령이 소리쳤다.

"방금 분명 '협박'이라고 하지 않았느냐!"

그러자 연비는 미소를 지우지 않은 채 손사레를 치며 말했다.

"에이, 기분 탓이겠죠."

'내, 내가, 저 사람을 혼자서 이길 수 있을까?'

너무 키가 커서 올려다보는 것만으로도 목이 아픈 거력왕을 쳐다보며 류은경은 고민했다. 설마 그녀의 상대가 이런 거구일 줄은 상상도 못해봤던 것이다. 그녀의 대련 상대는 그동안 사부인 검선자 이약빙이 유일했기 때문에 이런 거구의 사내랑은 싸워본 적이 한 번도 없었다. 그래서 그녀는 지금 무척 당황하고 있었다.

다행히 거력왕 그도 자신과 비슷한 감정, 즉 '당황'이라는 감정을 느끼고 있는 것 같았다.

"서해왕님의 심복 중의 심복인 이 천하의 거력왕이 너 같은 작은 계집애랑 싸워봤자 무슨 보람이 있겠냐? 녀석들의 놀림이나 당하고 말 텐데. 그러니 그냥 항복해라, 지금 당장. 싸워서 이기기도 귀찮다. 안 때릴 테니 그만 들어가 봐, 어서."

그는 힘을 최고의 가치로 숭앙하는 무골이었는지라 모든 가치 판단은 기준은 '힘'이었다. 그러므로 힘을 겨룰 수 없고, 힘도 뽐낼 수 없는 싸움에 그는 아무런 흥미도 느낄 수 없었다. 그래서 그냥 얌전히 항복시켜

버리기로 한 것이다. 그의 영광된 싸움에 오점을 남길 수는 없으니까. 그러나 그의 계획은 제대로 돌아가지 않았다.

"아니오. 전 항복하지 않아요!"

류은경이 외쳤다. 사실 그런 마음이 안 든 것은 아니었으나, 이대로 물러날 수는 없었다. 억지를 부리고 부려 여기 이 자리에 섰는데 상대가 엄청 키가 크고, 팔뚝이 굵고, 성성이(고릴라)처럼 생겼다 해서 물러날 수는 없었다. 그건 그녀를 같은 조에 끼워준 남궁상에 대한 배신이었다. 그가 비록 그 허락을 내릴 때 소태 씹은 표정을 짓기는 했지만, 그렇다 해도 마찬가지였다.

"이봐, 계집. 방금 말 후회할 거야. 멀쩡히 돌아가지 못하게 될 테니까!"

거력왕이 윽박지르는 목소리로 외쳤다.

"상관없어요. 어차피 돌아갈 곳도 없으니까요. 나 따위 받아줄 곳은 아무 데도 없는걸요."

순간 또다시 세상을 불신하는 류은경의 병이 도졌다. 이럴 때의 그녀는 상당히 불안정하고 막무가내가 되는 경향이 있었다.

"그러니 빨리 덤비세요! 어차피 봐주지도 않을 거잖아요. 그저 힘밖에 없으니 분명 사람을 때리는 것 말고 다른 건 할 줄 모를 테죠? 그러니 때리세요. 때려봐요! 어차피 때릴 거니까요, 이 난폭자! 흑흑!"

거력왕의 얼굴이 금세 시뻘게졌다.

"누가 난폭자냐!"

커헝!

야수의 포효 같은 일성을 터뜨리며 거력왕이 주먹을 날렸다.

바람의 검법, 구름의 신법
―미녀와 야수

"죽어라!"
부웅!
천둥 같은 파공음이 일어나며, 사나운 권풍이 소녀를 향해 내달렸다. 그의 장기는 단단하게 단련된 근육으로부터 뿜어져 나오는 권법이었다. 그동안 많은 단련을 거친 듯 그의 두 주먹은 마치 암석처럼 거칠게 단련되어 있었고, 또한 빨랐다. 류은경은 그 일권을 미처 피해내지 못했다. 무시무시한 일권을 맞은 그녀의 몸이 부웅 허공중으로 떠올랐다.
"꺄악!"
그 끔찍한 광경을 목도한 윤미의 입에서 비명이 터져 나왔다. 저 주먹에 깃든 강맹한 위력은 연약하기 짝이 없는 한 소녀를 피떡으로 만들기에 충분한 위력을 지니고 있었던 것이다.
"……!"
나예린도 하마터면 비명을 지를 뻔했다. 그러나 그녀는 곧바로 비명을 삼켰다. 류은경이 거력왕의 일권을 미처 피하진 못했지만 그의 주먹이 그녀의 몸에 닿은 것도 아니었던 것이다. 부웅 허공중에 떠올랐던 소녀의 작은 몸은 마치 깃털처럼 사뿐하게 다시 땅에 착지했다. 다만 처음보다 조금 더 뒤로 밀려났을 뿐 상당히 멀쩡해 보였다.

"……?"

이렇게 되자 알쏭달쏭하게 된 쪽은 오히려 거력왕이었다. 그는 믿을 수 없다는 표정으로 자신의 주먹과 소녀를 번갈아가며 바라보았다. 그의 얼굴의 불신의 빛이 역력했다.

"부, 분명히 맞았는데……."

그런데도 제대로 된 타격감이, 자신의 주먹이 사물을 분쇄하는 느낌이 전혀 느껴지지 않았다. 마치 솜뭉치를 치는 것만 같았다.

"저게 어찌 된 일이죠?"

분명 피떡이 되어 널브러졌을 거라 생각했던 류은경이 생각 이상으로 멀쩡하자 깜짝 놀란 윤미가 반문했다.

"킥, 재밌는 보법이네요."

당황하는 거력왕의 모습이 재미있어 보였는지 연비가 킥킥 웃으며 말했다.

"연비도 그렇게 생각해요? 제 생각엔 보법이라기보단 운신법이라고 하는 쪽이 더 정확할 것 같지만요."

나예린이 신중한 어조로 말했다. 그녀는 지금 자신이 본 일련의 광경을 분석하는 데 여념이 없었다.

"하긴, 발로 움직이는 건 아니니까 린의 말대로 운신법이라 지칭하는 게 더 정확할지도 모르겠네요. 하지만 그냥 보법이라 하죠. 어차피 보법도 운신법의 일종이니까요. 그런데 저런 재주를 숨기고 있었다니…… 예상 이상으로 재미있는 광경을 보여주네요."

바람의 검법, 구름의 신법 33

"바람을 타고 움직이다니……마치 깃털 같아요. 저도 처음 보는 보법이에요."

나예린 자신이 배운 검각의 비전보법 비설보(飛雪步)는 상대의 눈을 현혹시킬 정도로 빠르게 신형을 움직이는 보법이다. 상대의 가시 영역을 뛰어넘는 움직임으로 마치 눈발이 흩날린 듯한 환상을 심어준다. 그러나 저것은 달랐다. 저것은 기다리는 보법이었다. 상대의 공격이 일으킨 바람을 타고 몸을 움직인다. 조금 전에도 얇은 공기의 막이 거력왕의 주먹과 소녀의 몸 사이를 가로막는 것을 나예린은 놓치지 않았다. 소녀는 그 힘을 타고 몸을 뒤로 움직인 것이다. 막대한 내공과 체력을 소모하는 비설보에 비해 지극히 경제적인 보법이라 할 수 있었다.

"이얍!"

부웅! 부웅! 부웅!

혹시나 방금 전의 일은 요행일지도 모른다고 믿은 거력왕은 쉴 새 없이 주먹을 휘둘렀다. 무수한 권의 그림자가 소녀의 몸 앞을 가득 메웠다. 그러나 그의 주먹이 아무리 빠르고 힘있게 내질러져도 결코 소녀의 몸에 닿는 법은 없었다. 이번에도 소녀는 거력왕이 일으킨 바람을 타고 가뿐하게 몸을 움직였다. 한 푼의 무게도 느껴지지 않는 너무도 가벼운 움직임이었다.

짝짝짝!

"훌륭해요! 마치 구름이라도 밟고 선 듯한 보법이네요. 이름이 뭐죠?"

흥이 나서 박수를 친 것은 한참 열심히 관전 중이던 연비였다. 조용히 말한 듯했지만 그 목소리가 어찌나 컸던지 시합장 한가운데 있는 류은경에게까지 들릴 정도였다. 은근히 목소리에 내공을 실었기에 가능한 일이었다.

"아, 이 무공의 이름은……."

류은경이 멀리 떨어져 있는 연비를 쳐다보며 입을 열었다. 싸움 중에 그것은 매우 어리석은 행위였다. 게다가 연비는 거의 측면 쪽에 앉아 있었다.

"감히 이 몸을 무시해!"

그 커다란 빈틈을 놓칠 리 없는 거력왕이 암석도 파쇄할 만한 거력이 담긴 일권으로 소녀의 얼굴을 향해 날렸다. 폭풍처럼 사나운 권풍이 류은경의 전신을 후려쳤다.

"위험……!"

다급한 목소리로 나예린이 외쳤지만, 그다지 필요한 행동은 아니었다. 시선이 다른 곳으로 향하고 있는데도 공기의 벽은 거력왕의 주먹이 소녀의 몸을 침범하려는 것을 막아주었다.

다시 한 번 상대가 보내준 바람을 타고 살짝 몸을 뒤로 날리며 사뿐히 착지한 류은경은 하려던 말을 마저 했다.

"수약답운(水躍踏雲)이라고 해요."

　　　　　　*　　　　*　　　　*

친어머니에게조차 사랑받지 못한다는 슬픔을 이기지 못하고 가출한 류은경은 산에서 길을 잃고 늑대 떼를 만나 죽을 위험에 처하게 되었다. 그때 그녀는 한 명의 이인(異人)을 만났다. 그 사람은 사십대 중반 정도 되어 보이는 얼굴에 병색이 완연한 중년 여인이었다. 그 여인은 소녀가 늑대들에게 포위당해 죽을 위기에 처했을 때 홀연히 나타나 그녀를 구해주었다. 금방이라도 쓰러질 것만 같은 몸인데도 불구하고, 수십 마리의 늑대가 사방에서 달려들어도 그 잔인한 짐승들의 이빨은 병약한 여인의 옷자락조차 스치지 못했던 그 신비한 광경을 소녀는 아직도 기억하고 있었다. 여인은 자신을 불승불패(不勝不敗) 검선자(劍仙子) 이약빙이라고 소개했다. 가족에게서 버림받았던 소녀는 새로운 인연을 만나 거두어지게 되었다. 참된 사부와의 만남이었다.

소녀의 사부 검선자 이약빙은 어려서부터 몸이 무척 약했다. 그녀의 몸은 병치레가 잦았고 맷집 같은 것은 기대할 수도 없었다. 그녀의 몸은 다른 보통 여인들의 몸보다도 훨씬 약했다. 그녀는 오히려 너무나 약했기에 무의 길에 들어섰다. 약체 그 자체인 자신과 정면으로 싸우기 위해서였다. 그것은 운명에 대한 도전이었다. 무의 길은 멀었다. 하지만 이약빙은 비록 몸은 약했지만, 정신까지 약한 것은 아니었다.

특히나 육체가 약했던 그녀는 자신에게 맞는 보법을 개발해야 할 필요성을 느꼈다. 눈에 보이지 않을 만큼 빠른 보법은 금방 부서질 것만 같은 연약한 육신을 지닌 그녀에게 어울리는 보법이 아니었다. 그런 보법은 근육과 관절의 힘을 한계까지 짜내야 하는데, 그런 걸 시전했다가는 적의 공격이 적중하기도 전에 스스로 자멸할 게 뻔했다.

몸이 약한 대신 머리가 비상했던 이약빙은 오랜 연구 끝에 본인은 가만히 서 있으면서도 적의 공격을 피해낼 수 있는 신비의 보법 '수약답운'을 개발하는 데 마침내 성공하게 된다. 적이 일으키는 바람을 타고 몸을 피하는 매우 특이한 보법이었다. 꼭 큰 바람이 아니더라도 상관없었다. 아주 미세한 바람만으로도 충분했다.

수약답운을 완성한 그녀의 몸을 건드릴 수 있는 무공은 어디에도 없었다. 어떤 적과 싸워도 그녀는 패배하지 않았다. 하지만 선천적으로 몸이 약한 그녀에겐 대적한 적을 패퇴시킬 비장의 일초가 모자랐다. 때문에 그녀는 어떤 적에게도 패배하진 않았지만 이기지도 못했다. 그녀의 또다른 별호인 불승불패는 그렇게 해서 붙여진 이름이었다.

수약답운(水躍踏雲)!

확실히 그것은 수비에 있어선 가장 뛰어난 최고의 운신법이라 할 만했다.

　　　　　*　　　　*　　　　*

"사부님께 들은 적이 있어요. 바람을 희롱하는 듯 바람을 타고 노닐며 어떤 공격도 다다르게 하지 않는 환상의 보법이 있다고. 분명 그 보법의 이름이 '수약답운' 이었어요. 설마 그 환상의 보법을 이런 곳에서 보게 되다니……."

정말이지 사람의 운명이란 어디서 어떻게 펼쳐질지 모르는 것인 모양이다.

"흠, 그래요? 꽤 유명한가 보네요?"

꽤 실력이 있다고 생각했지만 그렇게 유명한 무공의 소유자인 줄은 꿈에도 몰랐던 연비였다. 물론 알아도 별로 신경 쓰지 않는 주의이기도 했다. 연비에게 중요한 건 현재 본인이 지닌 실력이지 뒷배경이나 사승 같은 것이 아니었던 것이다. 사부는 밥 먹여주지 않는다. 그것은 죽을 때까지 변치 않을 그의 굳건한 신념이었다.

"몇 안 되는 여검객이라 꽤 관심있어 하셨거든요."

강호 여검객의 실력을 보다 발전시켜 멍청한 사내들이 구시렁거릴 수 없도록 해야 한다는 게 그녀의 사부인 검후의 오랜 생각이었다.

"설마 저 아이가 검선자 이약빙 여협의 고제자였다니……."

존경하는 사부님인 검후는 눈이 굉장히 까다로워 칭찬하는 무공은 거의 없다 해도 과언이 아니었다. 한데 그중 하나이며 환상의 보법이라고까지 불리우는 무공이 지금 그녀의 눈앞에서 펼쳐지고 있었다. 나예린도 한 명의 검객이었다. 그녀는 더욱 시선을 집중하며 소녀와 거인의 대결을 바라보았다. 두 눈에 소녀의 일거수일투족을 놓치지 않으려는 의지가 가득했다.

"그렇다면 저 보법엔 약점이 없다는 건가요?"

여전히 바람에 흔들리는 나뭇잎처럼, 혹은 깃털처럼 요리조리 잘 피해 다니고 있는 류은경을 지켜보며 연비가 물었다.

"아니요. 약점은 있어요."

나예린은 이미 알고 있는지 조금의 망설임도 없이 대답했다. 사부인 검후로부터 들은 이야기가 있었던 것이다.

"호오? 그게 뭐죠?"

나예린은 류은경의 움직임에서 시선을 떼지 않은 채 말했다.

"저 수약답운이란 보법은 저 거력왕이 뿜어내는 권법이나 퇴법 같은 바람을 일으키며 질풍처럼 적을 공격하는 무공들엔 상극이라 해도 좋을 정도로 강해요. 하지만 그런 반면 바람을 가르는 쾌속한 검술에는 매우 취약하죠."

아무리 힘이 담긴 주먹이라도 떨어지는 낙엽이나 솜뭉치를 부수는 것은 어렵다. 그러나 물을 베고 바람을 베는 날카롭고 신속한 검술이라면 그것들을 절단할 수도 있는 것이다.

"물론 본인도 그 사실을 모르지는 않아요, 절대로 잊을 수 없는 일을 당했으니까."

"그건 왜 그렇죠?"

"강호에 알려지진 않았지만 불승불패라 불리우던 검선자 이약빙에게 최초의 패배를 안겨준 사람이 바로 저희 사부님이시니까요."

연비는 고개를 갸웃했다.

"그럼 이상하잖아요? 한 번 졌으면 이미 불승불패가 아니잖아요? 불승일패(不勝一敗)지!"

"왜냐하면 누구보다 사부님 본인이 그 사실을 알리길 원치 않으셨으니까요."

"그건 왜죠?"

"자신과 십 합 이상을 겨룰 수 있는 여검객이 있다는 사실 하나만으로도 사부님은 만족스러우셨대요. 게다가 본인 스스로 강호 여검객의 대표 중 하나를 깎아내리고 싶지도 않으셨고요."

그것은 강호에 알려지지 않은 비사였다.

"사부님께 패배한 후 검선자 이약빙은 반드시 수약답운의 취약점을 보강해 다시 사부님께 도전하겠다고 맹세했죠."

"사부님은 얼씨구나 좋다고 받아들였겠군요?"

"그, 그걸 어떻게?"

나예린이 깜짝 놀라 반문했다.

"왠지 그럴 것 같았어요."

연비는 별거 아니라는 듯 어깨를 으쓱했다. 그 아줌마라면 충분히 그럴 수 있지요, 란 말은 생략했다.

"그래서 성공했대요?"

나예린은 고개를 가로저었다.

"아쉽게도 그건 아무도 몰라요. 왜냐하면 그 후로 검선자 이약빙의 행적은 뚝 끊겼으니까요."

아마도 심산유곡이나 모종의 장소에 틀어박혀 취약점을 보강할 방법을 찾기 위해 심신을 쏟아 부었을 것이 분명했다.

"만일 이약빙이 보강에 성공했고, 그 진전이 저 아이에게 전해졌다면 우리는 새로운 '환상'을 만날 수 있을지도 모르겠네요."

아마 그 광경을 목격할 수 있다면 무척 행복할 것이다. 만일 그 사실이 알려지면 사부님은 또 얼마나 기뻐하실까. 그 모습을 그리는 것만으로도 입가에 살짝 미소가 맺히는 나예린이었다.
 그러나 아무리 환상의 보법으로 사뿐사뿐히, 너무도 가볍게, 혹은 바람을 타고 노는 솜털처럼 몸을 움직이고는 있었지만 결판은 좀처럼 쉽게 나지 않았다. 기회가 될 때마다 휘두르는 류은경의 양손검은 번번이 거력왕의 팔뚝에 감싸인 철토시에 막혀 무위로 돌아가기 일쑤였다. 거력왕이 연성한 강권은 암석을 부수고, 철괴를 우그러뜨릴 수 있었고, 맨손으로 창칼을 막을 수는 있었지만, 검기까지 맨손으로 막을 만큼 화후가 높지는 않았다. 그래서 그는 두꺼운 강철토시로 그 부족한 부분을 메우고 있었다.
 땅땅땅!
 다시 류은경이 빈틈을 타서 세 번 검을 휘둘렀지만 또다시 그의 강철 팔뚝에 막혀 버리고 말았다. 몸집이 큰 만큼 두 개의 통나무 같은 팔뚝을 앞으로 내밀고 있으면 조그만 류은경으로서는 그 팔 안쪽 간격으로 들어가기가 무척이나 어려웠다.
 "역시 마무리 기술이 부족하군요. 저래선 매듭을 지을 수 없을 텐데……."
 현 상태라면 최소한의 내공 소모를 자랑하는 보법을 이용해 상대가 지치기를 기다리는 수밖에 없었다.
 "비장의 절초 말이군요."
 "맞아요. 바로 그거죠."
 방어만 해서는 싸움이 끝나지 않는다. 싸움에 종지부를 찍을 만한 기술이 필요한 것이다. 갑자기 대적하는 상대가 평화주의자로 돌아서리라고 기대하는 것은 무척 어리석은 일 아닌가.
 "없는 걸까요, 아니면 아직 안 보여준 걸까요?"
 연비가 무척 흥미롭다는 표정으로 물었다.

"후자였으면 좋겠군요."

류은경도 답답하긴 마찬가지였다. 이제 피하는 데는 자신이 붙었다. 그녀의 사부님은 결코 거짓말을 하지 않았고, 어떤 공격도 그녀를 상하게 할 수는 없었다. 그러나 이제 문제는 저 어마어마한 거구를 어떻게 쓰러뜨리는가 하는 것이었다.

몇 가지 공격에 특화된 초식들이 있었지만, 저 단단한 피부를 지닌 거인에겐 통용되지 않을 것 같았다. 무엇보다 간격 안으로 늘어가는 게 어려웠다.

'역시 '그것' 밖에 없나?!'

아직 미완성이니 함부로 써서는 안 된다고 경고했던 그 기술이라면 저 거인을 쓰러뜨릴 수 있으리라. 그것은 몸집이 크든 작든 상관치 않는 기술이었다.

'여기까지 와서 이대로 물러설 수는 없어!'

되돌아갈 길 따윈 없어. 앞으로 나아가기만 할 뿐. 그 길을 열 수 있는 것은 지금 자신의 두 손이 움켜쥐고 있는 한 자루의 은빛 검뿐이었다.

운명을 개척하기 위해서는 온몸을 다해 전심전력으로 부딪쳐야 한다고 사부 이약빙은 가르쳐 주었다. 사부 본인이 병약한 신체라는 운명과 맞서 싸웠듯, 그녀는 그녀가 가지고 태어난 성(性)과 가족들이 얽어매어 오는 가혹한 운명의 속박과 맞서 싸울 운명이라고 했다. 그것은 피해진다고 되는 것이 아니라고 했다. 그것을 정복하거나 그것에 복속되거나 선택지가 두 가지밖에 없으며 어느 쪽도 선택 안는다는 선택지는 그 사이에 존재하지 않는다고 했다. 그러면서 차분한 목소리로 경고했다. 쉽게 바뀌는 운명 따윈 존재하지 않는다고. 거저 먹으려 하면 된통 당하기만 할 뿐이라고. 대가를 치르지 않고 얻은 물건은 언젠가 어떤 형태로든 그 대가를 요구하고 만다. 그때 그 대가엔 막대한 이자가 붙어 있을 것이라고 경고했다. 그것은 사부와 제자라기보단 앞서 운명과 싸웠던 선배로서 후배에게 해주는 조언이었다. 그런 앙금을 남기지 않으려면 지금 이 순간 회계 정산을 끝마치는 수밖에 없었다.

완벽하게 안전한 길 따윈 없는 것이다. 위험을 짊어지지 않으면 그에 상응하는 대가를 얻을 수 없다.

'필요한 것은 각오!'

류은경은 마침내 결심했다. 그러자 은빛 검이 새하얗게 빛나며 바람을 뿜어대기 시작했다. 동시에 고요하게 멈춰 있던 류은경의 몸이 바람에 펄럭이기 시작했다. 그녀를 보호하고 있던 바람의 단층이 풀려나며 일으키는 바람이었다.

"저토록 어린 나이에 어떻게 저런 내공이······!"

나예린은 깜짝 놀랐다. 자그마한 소녀의 몸에 들어 있기엔 너무나 커다란 힘이었던 것이다.

"기연을 얻어서 영약을 먹었거나 아니면······ 이미 그녀의 사부는 이 세상에 존재하지 않는지도 몰라요. 아니면 상당히 몸이 약해져 있거나······."

"그 말은 자신의 내공을 제자에게 모조리 전수했다는 이야긴가요? 그렇다면 본인도 무사하지 못할 텐데요?"

"아마 더 이상 현역으로 뛸 수 없는 상태일 가능성이 높아요. 저 소녀는 비록 눈치 채고 있지 못한 것 같지만 말이에요. 아마 자신이 아직 남을 가르칠 수 있을 때 후계자를 만들고 싶었을 거예요. 그래서 자신의 철학을 전수할 만한 제자를 찾았던 거구요. 그게 마침 저 소녀였던 거겠죠. 그렇지 않으면 설명이 안 돼요."

뒷산에서 천년하수오나 인형설삼 같은 영약을 캐 먹었다는 것보다는 훨씬 설득력있는 가설이었다. 본인이 바로 그런 경우에 해당한다는 것은 전혀 염두에 두지 않은 연비였다.

"저 나이에 저 정도로 뚜렷하게 신체 변이가 있었던 것이 이상하긴 했지만……."

그렇게 생각하면 앞뒤가 딱 맞았다.

"그렇다면 넘긴 건 단순한 내공만은 아니겠죠. 새로운 그릇을 만난 그녀의 무공은 새로운 가능성을 꽃피웠을 수도 있으니까요."

병약한 몸으로도 검선자 이약빙은 검후 이외에는 그 누구에게도 지지 않는 놀라운 업적을 남겼다. 그녀는 자신의 운명을 극복한 것이다. 그 무공이 건강한 신체를 만나면 얼마만 한 위력을 발휘하게 될까? 그것은 이제 이약빙의 기(氣)와 기술, 그리고 정신을 모두 전수받은 류은경 본인 이외에는 아무도 알려줄 수 없는 일이었다.

"이… 이게 뭐지?!"

거력왕은 갑작스레 자신을 향해 불어오는 세찬 바람 때문에 눈 뜨기조차 버거웠다. 눈살을 찌푸린 채 바라본 바람의 근원은 소녀가 들고 있는 은빛 검이었다.

'도대체 뭘 하려는 거지?'

무엇을 하든 상관없었다. 그는 저 소녀의 공격을 모두 막아낼 자신이 있었다. 기가 상대적으로 부족하다 해도 그에겐 그 격차를 메울 수 있는 단련된 육체가 존재했다.

"지금 어르신이 흘린 땀을 식혀주는 거냐? 착하기도 하지. 그런 바람 수십 번 일으켜 봤자 시원하기만 할 뿐이다. 헛수곤 집어치워!"

그러나 류은경은 뿜어내는 기를 거둘 생각이 없었다. 이런 바람으론 사람을 상하게 할 수 없다는 것은 알고 있었다. 그러나 그녀의 검이 베고자 하는 것은 거력왕의 질긴 육체가 아니었다. 그녀가 지금 베고자 하는 것은 바람 그 자체였다. 그녀의 검은 지금 바람으로 바람을 베려 하고 있었다.

풍령검(風靈劍) 비전(秘傳).
오의(奧義).
선풍검계(颱風劍界).

류은경의 은빛 검, 은풍(銀風)이 천지 사이를 횡으로 갈랐다. 그러자 그녀가 내지른 일격이 일으키는 바람이 소용돌이가 되어 거력왕의 몸을 휘감았다.
갑작스럽게 생겨난 바람벽에 거력왕은 당황했다. 그러나 그 바람벽은 그를 직접 공격하고 있지도 않았다.
"이쯤이야!"
거력왕은 바람벽을 꿰뚫어 버릴 기세로 양손을 그곳에 가져다 대었다.
파팟!
그 순간 그는 화끈한 통증과 함께 황급히 손을 떼야 했다. 보이지 않는 검격이 그의 주먹을 가로막았던 탓이다.
"이익……!"
먼지로 가득 싸인 벽 때문에 사방을 분간하기가 힘들었다. 어디서 어떻게 공격이 들어올지 알 수 없게 되자 문득 두려운 생각이 들었다. 볼 수 있는 검은 두렵지 않았지만, 볼 수 없는 검은 그를 두렵게 만들었다. 그 두려움이 그의 발목을 잡았고 그의 움직임을 봉쇄했다.
이번엔 어디서 공격이 날아올까, 라는 생각이 어떻게 이곳을 빠져나가지, 라는 생각보다 우선시 되었다. 서너 번 더 시도해 보았지만 번번이 보이지 않는 장벽 너머의 검격에 가로막힐 뿐이었다. 게다가 정면을 집중하고 있으면 갑자기 뒤쪽에서 보이지 않는 공격이 채찍처럼 날아오기도 했다. 그러나 그를 패퇴시킬 만큼 강력한 공격은 아니었다. 이 바람벽 안에서도 그의 철갑은 그 위력이 유효했다.

"저 공격이 효과가 있을까요? 기술의 크기에 비해 효과는 적은 것 같군요."

안타까운 어조로 나예린이 말했다. 저토록 거대한 바람벽을 만들어내는 내공과 기술은 놀랍지만 그것은 여전히 상대에게 타격을 주지 못하고 있었다.

"하지만 아직 저 아이의 얼굴에는 확신이 남아 있네요. 다른 의도가 있는 걸까요? 그것이 무엇이든 빨리 결과가 나와야 할 텐데요."

기술이 크다는 것은 그것의 지속 시간이 짧다는 의미이기도 했다. 저 정도의 기술을 오래 발동할 수 있을 리 만무했다.

커다란 기술은 양날의 검과 마찬가지. 지금 저 기술이 무너지면 막대한 힘을 소비한 소녀는 거력왕의 제물이 될 수밖에 없을 것이다. 그리고 그런 생각은 머리 나쁜 거력왕도 할 수 있을 정도였다.

"멍청한 년! 이런 바람벽으로 사람을 죽일 수 있다고 생각하느냐! 어차피 이런 건 오래 끌 수 없겠지. 이 성가신 바람이 가시면 네까짓 년은…… 어?"

그 순간 거력왕은 갑자기 머리가 띵해졌다.

"어라?"

다음 순간 그의 무릎은 땅에 꿇려 있었다. 그리고 눈앞이 가물가물해지기 시작했다. 사고가 흐릿해지면서 점점 더 의식이 아득해져 갔다.

"이게 어찌 된…… 수… 숨 쉬기가……."

어찌 된 일인지 숨 쉬기가 괴로웠다. 물 밖으로 나온 물고기처럼 입을 뻐끔뻐끔해 보지만 입 안으로 들어오는 것은 그저 텅 빈 허공뿐이었다.

"이게 대체……."

쿵!

마침내 거력왕은 땅바닥에 고개를 처박았다. 그리고는 그대로 기절하고 말았다. 그제야 그를 감싸고 있던 바람벽이 서서히 잦아들기 시작했다. 그것은 그 벽을 만들기 위해 쉴 새 없이 휘둘러지고 있던 류은경의 검이 잦아들고 있다는 의미이기도 했다.

"하아! 하아!"

선풍검계를 펼치기 위해 쉴 새 없이 검을 휘둘렀던 류은경은 기진맥진해 있었다. 검계의 효과가 조금만 더 늦게 나타났더라면 쓰러진 사람은 거력왕이 아니라 바로 그녀 자신이었을 것이다.

"설마 검풍으로 진공 상태를 만들다니……."

나예린은 금세 그 기술의 이치를 깨달을 수 있었다. 어떤 생물이든 숨을 쉬지 않고서는 살아갈 수 없다. 호흡이란 세계와의 연결이며 생명을 생명으로서 지속시키는 최우선 유지 행위이기도 했다. 그것이 단절된다면 가깝게는 두통과 호흡 곤란으로 의식이 혼미해지고, 그보다 심해지면 죽음에 이른다. 그전에 뇌가 타격을 입을 수도 있었다. 선풍검계는 적의 몸을 절단시키는 게 아니라 적의 호흡을 단절시키는 데 그 목적이 있는 기술이었던 것이다.

"흠, 나쁘진 않은데, 좀 비능률적이긴 하군요. 아직 미완성이라서 그런가? 아무래도 저 다음에 한 단계가 더 있는 것 같아요. 왠지 그런 느낌이 들어요. 아직 거기까지 이르지 못한 것 같지만요."

하지만 저런 위험 상황에서 위험을 무릅쓰고 새로운 기술에 도전한 배짱은 칭찬해 줄 만했다. 물러나는 것은 누구나 할 수 있지만, 앞으로 나아갈 수 있는 사람은 언제나 극소수인 것이다. 소녀는 앞으로 한 발짝을 내딛었고, 멋지게 성공했다. 그 사실 하나로 충분했다.

"승부가 났군요."
 보는 이들의 예상을 뒤엎고 시합은 류은경의 승리로 돌아갔다.
 "아름다운 검법이었어요."
 그리고 류은경은 나예린의 감탄사를 끌어내는 위업을 달성했다. 그녀가 이렇게 타인의 검법을 보고 칭찬하는 것은 무척 드문 일이었다.
 "저런, 진 언니는 좀 더 긴장해야겠는걸요. 지금 저 모습을 보고 궁상 대장이 뻑 가버리면 어떻게 해요?"
 무시무시한 눈길이 연비를 향해 쏟아졌다.
 "나완 상관없는 일이다!"
 이글거리는 눈빛을 연비에게 고정시킨 채 진령이 소리쳤다.
 "과연 그럴까요? 이제 눈에 보이는 승리를 거머쥐었으니, 저기 대기석에서 기다리고 있던 두 남자도 저 아가씨를 다른 눈으로 보게 될 텐데?"
 '두' 남자라는 말에 진령은 물론이고 옆에 있는 마하령까지 덩달아 어깨를 움찔했다. 그 미약하지만 확실한 반응을 보고 연비는 흡족한 미소를 지었다. 그 미소에 울컥한 진령이 소리쳤다.
 "나완 선혀 상관없는 일이다, 물돈 너와도!"
 "정말요?"
 "끈질기군. 정말이다!"
 "흠, 정말이군요……. 앗! 저기 궁상 대장이 그 아가씨랑 서로 껴안고 있어요!"
 진령은 고개가 거의 빛의 속도로 돌아갔다. 엄청난 박력이었다. 그러나 류은경은 남궁상과 껴안고 있기는커녕 아직 대기석에 도착도 하기 전이었다. 류은경을 밀려서 자신을 향해 쏟아지는 한기 어린 눈빛을 전혀 눈치 채지 못한 채 상기된 얼굴로 대기석을 향해 걸어가고 있었다. 이 시합은 그녀에게 있어서도 의미있는 첫 승리였던 것이다. 연비는 만족스러운 미소를 지었다.
"음, 그렇군요. 정말로 전혀 상관없었군요."
얼굴에는 재미있어하는 기색이 역력해서 진령을 더욱 화나게 만들었다.
"이이……."
자신이 깜박 속은 것을 깨달은 진령이 이를 바득바득 갈았다. 그런데 갑자기 그 일이 일어났다.
상기된 얼굴로 돌아온 류은경을 향해 남궁상이 환한 얼굴로 달려오더니 두 손을 덥석 붙잡은 것이다. 부끄러운지 볼을 발갛게 붉히는 류은경의 모습이 똑똑히 보였다. 연비 덕분에 그 광경을 똑똑히 지켜보고 있게 된 진령의 안색이 창백하게 변했다.
배신감에 파들파들 떨고 있는 진령을 보며 연비는 머리를 긁적이며 조용히 혼자 중얼거렸다.
"바보 궁상 녀석. 제 무덤이 덜 깊다고 삽질을 해요, 삽질을."
그 어리석음에 대해 연비는 모른 척하기로 했다. 다행히도 이 혼잣말을 들은 사람은 아무도 없었다.

두 번째 시합 선수는 용천명이었다. 강맹삼인방 측에서는 거도(巨刀)라는 자가 나왔다. 별호 그대로 자기 키보다 더 큰 거대한 칼을 들고 있었다. 황소도 단숨에 두 동강 낼 수 있을 것 같은 칼이었다. 그는 조금 전 쓰러진 거력왕보다 서열이 두 단계 더 높은 자였다.
"쳇, 이런 샌님하고 싸워야 하다니, 이 어르신의 칼이 운다, 울어. '거력졸(巨力卒)' 그 녀석은 쓸데없이 방심이나 해가지고 이 형님을 피곤하게 만드는군."

자신의 싸움 상대를 한번 흘끗 본 거도가 불만스런 어조로 툴툴거렸다. 그 말을 들은 용천명이 미간을 찡그렸다.
 "역시 흑도의 무리라 그런지 예의범절이란 걸 전혀 모르는군. 학습 능력도 없고."
 용천명이 불쾌한 어조로 중얼거렸다. 그는 언제나 격식을 중요시했는데, 이곳 마천각 쪽에서는 거의 지켜지는 일이 없었다.
 "오우, 성깔있는 샌님이셨군. 몰라 봬서 죄송하게 됐습니다, 이 자식아! 케케케!"
 용천명은 조용히 분노했다. 그리고는 검지손가락 하나를 들어 털이 숭숭한 두 번째 사내 앞에 내밀었다.
 "그 손가락은 뭐냐, 샌님? 어르신 귓구멍이라도 파주게? 아니면 이 어르신의 콧구멍이라도 파는 영광을 줄까? 케케케, 그건 아주 영광스러운 일이라고. 아주 말이야."
 그러자 용천명이 차가운 어조로 대꾸했다.
 "무슨 헛소리를 지껄이는 거냐, 털보? 너 같은 무뢰한이 휘두르는 크기만 크고 쓸데는 없는 잡칼을 상대하는 데는 이 손가락 하나만으로도 충분하다."
 그 말에 거도가 폭소를 터뜨렸다.
 "푸하하하하! 무슨 헛소리를 지껄이는 거냐? 이 샌님아, 정신이 나가기라도 했냐? 얼굴은 반반하게 생긴 게 맛이 갔군. 제정신이 아냐."
 안됐다는 듯 거도가 혀를 찼다. 그러나 용천명은 표정 하나 변하지 않았다.
 "그건 곧 알게 될 거다. 이게 평범한 손가락으로 보이냐? 이건 소림(少林)의 공부가 깃든 손가락이다."
 거도는 비웃기 위해 한번 피식 웃었고 그런 다음 시뻘게진 얼굴로 자기 키보다 더 큰 칼을 직선으로 찔러 들어갔다. 휘두르거나 내려칠 거라고 생각하고 있던 관중들은 이 의외의 공격에 깜짝 놀랐다. 당황한 탓인가, 용천명은 검지손가락을 치켜든 채 움직이지 않았다.

그렇게 큰 소리는 나지 않았다. '땅!' 하고 한 번 맑은 금속성 울림이 울렸을 뿐이다. 그러나 어느새 용천명과 거도 사이의 거리는 '무(無)'가 되어 있었다. 용천명은 여전히 그 자리에서 한 발짝도 움직이지 않고 있던 채 그대로였다.

그 광경을 지켜본 마하령의 안색이 파랗게 변했다. 커다란 도는 용천명의 등 뒤로 삐죽이 튀어나와 있었다. 마하령은 숨 쉬는 것조차 잊어버린 듯 창백했다.

"커르르르륵! 커르르르륵!"

그때 어디선가 탁하게 가래 끓는 듯한 소리가 들렸다. 소리의 진원지는 용천명과 거도가 격돌한 곳, 바로 그 중간이었다.

털썩!

한 사람의 무릎이 꺾이며 땅을 때렸다. 바로 거도였다. 어느새 그는 용천명을 향해 무릎을 꿇는 자세가 되었다. 용천명은 그런 그를 가만히 내려다보았다. 그의 시선은 무감정했다.

거도는 이내 부처님을 향해 절을 하듯 용천명 쪽으로 풀썩 쓰러졌다. 몇몇 고수들만이 그가 쓰러지기 전에 그의 목에 뚫린 동그란 구멍을 볼 수 있었다.

"저게 바로 소림의 탄지신통(彈指神通)!"

윤미는 자기도 모르게 탄성을 터뜨렸다. 그가 비록 같은 구대문파의 하나인 화산파의 제자이기는 하나 다른 구파의 비전을 견식할 기회는 그리 많지 않았던 것이다. 그러던 차에 이런 곳에서 저런 절기를 견식하자 저도 모르게 흥분하여 소리를 지르고 말았다. 그러자 연비가 말했다.

"그래서는 삼십 점짜리 답안이에요. 첫 번째는 분명 그 탄지신통인지 뭔지 하는 건지도 몰라도 두 번째는 다른 지법이었어요."

"두 번째요?"

"저기 저 털보의 목에 구멍을 낸 초식은 분명 다른 지법이었어요. 그렇지 않아요, 린?"

"연비 말이 맞아요. 아무래도 두 번째 지법은 소림의 금강지(金剛指)인 것 같아요. 하지만 큰 칼의 찌르기를 살짝 튕겨낸 지법은 탄지신통이 확실한 것 같아요. '깡!' 하는 금속성은 그때 울린 거구요."

"그걸로 백 점인가요?"

"그것까지 합쳐도 아직 육십 점이죠. 왜냐하면 마지막 하나가 더 있어요."

"그것도 지법인가요?"

연비와 나예린은 동시에 고개를 가로저었다. 그리고는 동시에 말했다.

"아뇨, 그건 바로 보법(步法)이에요."

"보법이라고요? 하지만 용 공자는 한 발자국도 움직이지 않았는데요?"

"그러니까 보법이죠."

윤미는 어리둥절하지 않을 수 없었다. 그러나 연비도 그것이 보법이라는 것만 알고 이름까지는 알지 못했다. 사실 연비는 다른 문파의 비기 같은 것에 그다지 관심이 없어서 제대로 깊게 알아보려고 한 적이 한 번도 없었다. 다만 기억력이 좋아 그동안 천무학관에서 지내면서 귀동냥으로 들은 거랑 어쩔 수 없이 수업 시간에 필수 교양 과목으로 배운 것을 잊지 않고 있는 것이 전부였다.

"이게 어찌 된 일이죠? 무박 선생님? 저 용천명 선수는 한 발짝도 움직이지 않았지 않습니까? 그런데 어떻게 쓰러진 것은 거도 선수일까요?"
 무박 선생은 잠시 턱의 수염을 쓰다듬으며 고민하더니 이내 입을 열며 소리쳤다.
 "부동(不動)!"
 "예?"
 "저건 바로 소림의 비전 중의 비전인 '부동명왕보(不動明王步)'입니다. 어허, 저런 절기를 여기서 보게 될 줄이야! 이 자리를 맡은 보람이 있군요."
 그의 목소리에 미미한 감탄이 어려 있었다.
 "좀 더 자세히 설명해 주시죠."
 미성공자 유진이 부탁했다. 그 역시 방금 전에 무슨 일이 벌어졌는지 무척이나 궁금하던 차였다.
 "조금 전 거도 선수가 자신의 거대한 칼로 찌르기를 시도했죠. 나쁘지 않은 선택이었습니다. 찌르기는 칼의 이동 거리가 적기 때문에 보다 적은 허점을 드러내니까요. 그리고 최단 거리로 상대와의 거리를 좁힐 수 있는 장점이 있죠. 그 순간 거도 선수와 용천명 선수의 사이의 간합은 직선이 되었습니다. 거도 선수의 칼끝이 정확히 용천명 선수의 폐 부위를 노리고 있었으니까요. 정석적이고 빨랐지요. 하지만 용천명 선수의 대응은 더욱 대단했습니다. 그는 자신을 향해 날아오는 칼끝을 보고도 움직이지 않았죠. 그리고는 내뻗은 검지손가락을 튕겨 찌르기의 축을 약간 빗나가게 했습니다. 아마 이때 쓴 지법이 바로 탄지신통이겠죠. 틀어진 축은 손톱 하나 정도의 차이였지만 그 정도면 충분했습니다. 서로 직선일 때는 이 정도의 뒤틀림이면 찌르기는 전혀 다른 방향으로 바뀌어져 버리니까요. 실제로 거도 선수의 찌르기는 용천명 선수의 목옆을 살짝 스치고 지나갔습니다. 옷깃이 조금 베이긴 했지만 살갗은 무사했죠. 그 순간 이미 두 사람 사이의 거리는 '무'가 되었죠. 용천명 선수는 자신을 향해 달려온 거도 선수의 목을 '금강복마지(金剛伏魔指)'로 꿰뚫었으니까요. 저 금강복마지가 괜히 마(魔)를 복속시킨다고 불리는 게 아닙니다. 저걸 제대로 맞으면 자신도 모르게 두 무릎을 꿇게 되고 호흡이 곤란해져 앞으로 절하듯 쓰러지게 되죠. 마치 오체투지하는 듯한 자세가 되는 거죠."

"음, 그거 정말 무서운 무공이군요."

확실히 용천명을 향해 몸을 조아린 채 부들부들 떨고 있는 거도의 모습은 실로 끔찍했다.

"그 잔인성 때문에 소림에서도 일상에서는 거의 쓰지 않는 기술이라고 들었습니다. 그런 기술을 이런 곳에서 보게 되다니 행운이군요. 아시다시피 여기는 지역 특성상 소림의 무공은 아~주 구경하기 힘들단 말이죠."

무박 선생은 무척이나 만족스러운 모양이었다.

"그런데 부동명왕보는 언제 사용한 겁니까? 용 선수는 한 발자국도 움직이지 않았잖습니까? 혹시 너무 빨리 움직여서 제 눈에 포착되지 않은 겁니까?"

"아마 정말로 한.발.자.국.도 움직이지 않았을 겁니다. 그게 바로 부동명왕보의 요체이니까요. 제가 듣기로는 경지에 오르면 오를수록 움직이는 걸음 수가 적어진다고 합니다. 삼 보 이상 걸음을 떼면 이미 부동명왕보가 아니라고 하더군요. 이건 개인적인 추측이지만 사실 보법이라기보다는 일종의 상승 비결이라 보는 게 옳겠지요. 겪어보면 알겠지만, 찔러오는 칼끝을 예민하게 단련된 감각으로 느끼고도 몸을 피하지 않기 위해서는 대단한 정신력이 필요로 합니다. 아마 용천명 선수가 저 자리에서 조금이라도 움직였으면 거도 선수의 찌르기는 그의 얼굴이나 폐를 가

바람의 검법, 구름의 신법 53

르고 지나갔을 겁니다. 끝까지 부동을 유지한 용천명 선수의 승리인 거죠. 그의 장담대로 말입니다."

용천명의 시합은 너무도 싱겁게 끝났다. 거도의 울퉁불퉁한 근육과 무겁기만 한 병장기로는 이 소림의 기재를 막을 수 없었다.
이 소림의 기재는 그의 장담대로 검을 뽑지도 않고 손가락 하나만으로 상대를 쓰러뜨리고 말았다.
"끝났군요."
연비가 말했다.
"그러네요."
나예린이 대답했다.
"재미있는 시합이었어요. 저기 세 분 소저는 어떨지 모르겠지만 말이에요."
진령과 남궁산산과 마하령은 말이 없었다. 아직도 조금 전 시합의 여파와 그때 본 광경들이 눈앞에 아른거리고 있었다. 한마디 뭐라고 쏘아붙일 줄 알았는데 세 사람 모두 말이 없자 연비는 곧 흥미를 잃었다.
"자, 그럼 다음은 우리 차례군요. 이만 일어날까요?"
"좋아요."
연비, 나예린, 그리고 윤미 세 사람은 모두 자리에서 일어나 자신의 시합을 준비하기 위해 움직이기 시작했다.
'드디어 그 '백의의원' 들과 싸우는 건가.'
윤미는 쿵쾅거리는 심장을 진정시키며 두 사람의 뒤를 따라갔다. 첫 번째 선수는 바로 윤미 자신이었다.

윤 미소저(美小姐)의 출진!
─매화의 춤

소년은 항상 사람들 앞에 서는 것을 부끄러워했다. 언제나 자신도 모르게 발갛게 달아오르는 얼굴 때문이었다. 그런 걸 적면증(赤面症)이라고 하는 모양인데, 고치려고 해도 마음대로 고쳐지는 종류의 것은 아닌 데다 상당히 중증이기까지 했다.

하늘이 내린 소심함은 천부적이었던 탓인지 쉽게 고쳐지지 않았고, 적극적이지 않다 보니 화산파의 동문 사형제들에게도 쉬이 깔보임을 당하게 되었다. 인간은 아직 동물의 본성을 완전히 제어하고 있지 못한 처지라 약한 자를 보면 도와주기보다는 괴롭히거나 억누르며 자신의 우위를 확인하려 드는 경향이 다분했다. 그래서 소년은 항상 날이면 날마다 괴롭힘을 당했다. 거기에는 적면증과 함께 타고 태어난 또 하나의 체질도 한몫 단단히 했는데, 그는 화산파의 상징이라 할 수 있는 매화의 향기에 대해 두드러기가 나는 아주 특이한 체질의 소유자였던 것이다. 모종의 기연을 얻어 그의 실력이 어느새 주위의 동문들을 친구라고 부르는 것은 친구에 대한 모욕이었다. 보다 앞서나갔음에도 심적인 문제로 인해 여전히 왕따를 당했다. 아마 비류연이라는, 세상의 관습이란 관습은 모두 때려부수지 않으면 성이 차지 않는 인간을 만나지 않았다면 그는 여전히 변함없는 왕따 신세였을 것이다.

물론 많은 사람들이 비류연, 그가 인간이라는 사실에 대해 많은 회의를 품고 있었고, 그가 귀신이나 도깨비가 분명하다고 주장하는 이들도 적지 않았지만, 소년은 그를 만나고 비로소 자신을 똑바로 바라보며 인정하고 반성하며 자신감을 가질 수 있게 되었던 것이다. 그를 만나고서 비로소 소년은 자신이 먼저 바뀌어야 세상도 덩달아 바뀐다는 것을 깨달았다.

하지만 조금 자신감을 가졌다 해서 고질적인 소심증이 완전히 완치된 것은 아니었다. 그것은 연비라는 사람에 의해 모종의 협박과 회유에 의해 윤미라는 가공의 인물로 변모한 후에도 마찬가지였다.

'왜 일이 이렇게 된 걸까?'

비류연과 떨어진 이후, 자신의 의지에 반하여 괴상한 사건에 휘말려들 일은 없겠지 하고 안도의 한숨을 내쉬던 때가 엊그제 같았다. 그런데 눈을 떠보니 어느새 또 다른 사건에 휘말려 들어 있었다. 그 소용돌이의 중심에 서 있는 자는 바로 연비라 불리는 사람이었다.

사실 그는 연비라는 사람에 대해 잘 몰랐다. 그뿐만 아니라 사절단의 다른 모든 이들도 마찬가지였다. 그 신비한 호안석(虎眼石) 눈동자를 가진 검은 옷의 여인은 어느 날 갑자기 하늘에서 뚝 떨어진 것처럼 나타나 새로운 태풍의 눈이 되었다. 그와 그의 친구들이 아는 것이라고는 연비라는 여인이 빙백봉 나예린과 무척 친하며 오랜 옛날부터 아는 사이라는 것뿐이었다. 그가 이렇게 원치 않는 복장으로 이렇게 많은 사람들 앞에 서 있는 것도 다 그 덕분이었다.

'내 모습, 정말 괜찮은 걸까? 이상하게 보이지 않을까?'
 다행히 아직까지는 자신이 남자라는 것을 들키지 않았지만, 이렇게 수많은 사람들 앞에 설 때마다 가슴이 떨리는 것은 어쩔 수 없었다. 그런 그에게 연비는 단호한 목소리로 확신을 담아 말했다.

 "아~무 걱정 할 필요 없어요. 대중은 자기들이 보고 싶어하는 것만 보니까. 혼자일 때보다 더 차분하게 생각하지도 않아요. 꼭 남이 대신 생각해 주고 있으니 자기는 생각하지 않아도 되겠지, 라고 생각하는 꼴이라고나 할까요? 그러니 오히려 눈썰미 좋은 단 한 사람 앞에 있는 것보다 수만 명의 사람 앞에 있는 게 훨씬 들킬 확률이 덜해요."
 "정말 그럴까요?"
 "그럼요. 대중은 눈뜬장님이라는 말도 못 들어봤어요? 그들은 일의 본질은 보지도 않고 볼 생각도 없는 인종들이에요. 자기 보고 싶은 것만 보죠. 그러니 아~무 걱정 말아요. 알겠죠?"
 "그, 그렇군요……."

 첫 출전에 앞서 연비가 그렇게 말하며 기운을 북돋워 주었지만, 여전히 불안한 것은 아마도 자신의 소심한 성격 때문이리라. 어쨌든 지금은 싸워야 할 때이니 잡생각은 빨리 접고 정신을 집중할 필요가 있었다. 윤미는 약간 긴장된 손길로 자신의 애검을 어루만졌다.
 아직도 싸울 때마다 떨렸다. 상대가 무서운 게 아니었다. 그는 칼을 꼬나 든 상대가 보다 자신을 보고 있는 수많은 관중들의 시선이 더 두려웠다. 대기석에서 긴장으로 떨고 있을 때 다가온 연비가 어깨에 턱 하고 손을 올리며 했던 말이 떠올랐다.

"걱정 말아요, 윤 미소저. 긴장할 거 전혀 없어요. 왜냐하면 저치들은 당신을 보고 있는 게 아니니까요."

연비는 그를 부를 때면 언제나 '윤미 소저'라 부르지 않고, 언제나 '윤 미소저'라 불렀다. 고의가 분명했다.

"절 보고 있지 않다고요? 그게 무슨 뜻이죠?"

눈물이 글썽거릴 것 같은 눈동자로 연비를 바라보며 윤미가 울먹였다. 연비는 힘차게 고개를 끄덕였다.

"저들은 지금 윤 미소저라는 가공의 인물을 보고 있는 거예요. 그러니 전혀 떨 거 없고 긴장할 것도 없어요. 말했다시피 저들은 당신을 보고 있지 않으니까요. 보고 있지 않으니 부끄러워할 필요도 없죠."

"나를 보고 있지 않다……."

그 조언 같지 않은 조언은 의외로 효과가 있었다. 어느새 거짓말처럼 손의 떨림이 멎어 있었다.

"어라? 괜찮네요? 진짜로 떨리지 않아요."

본인 스스로도 신기한 모양이었다. 그러자 연비가 웃으며 말했다.

"거봐요. 전혀 떨 필요 없잖아요. 긴장하지만 않으면 저런 상대쯤 아무것도 아니에요. 자, 이제 나가서 화산의 검기가 얼마나 뛰어난지 보여 주는 거예요."

그리고는 살짝 한마디를 더 덧붙였다.

"매화의 춤을."

윤미는 눈처럼 하얀 옷을 입은 세 명을 하나씩 하나씩 천천히 바라보았다. 둘은 남자고 하나는 여자였는데 모두들 깡마른 몸에 눈빛이 뱀처럼 날카로웠다. 그들이 입고 있는 백의(白衣)는 순결하고 순수하다기보다는 병적이라는 느낌이 완연했다. 서 있는 것만으로도 뱀이나 개구리처럼 사람을 불쾌하게 하는 기운을 내뿜는 자들이었다. 윤미 역시 예외는 아니었다.

믿어지지 않게도 그들의 하얀 옷에는 먼지 하나 묻어 있지 않았다. 기분 나쁠 정도의 하얀색이란 바로 저런 색깔일 것이다. 하지만 저들의 시합을 본 적이 있는 윤미는 알고 있었다. 시합이 끝났을 때 저 백의에 묻어 있는 것은 먼지가 아닌 피라는 것을. 그러나 그 피를 부른 도구는 평범한 병장기가 아니었다. 그것은 매우 작고 얇고 날카롭기 짝이 없는 수술용 소도였다. 그렇다. 저들은 의원이었다. 그것도 의료를 담당하는 마천십삼대 제사번대(第四番隊) 소속의 수뇌부들이었다. 분명 사번을 택한 건 '사(四)' 자가 죽을 '사(死)' 자와 음이 동일하기 때문일 터였다. 그들은 자신들이 죽음을 관장하고 있다고 주장하고 싶은 것일까. 마천각의 학생들에게 생명을 줄 수도 있고, 죽음을 줄 수도 있는 것은 바로 자기들 뿐이라고 말이다. 솔직히 윤미는 멀쩡한 사람도 순식간에 환자로 만들어 버릴 수 있는 광기로 물들어 있는 이자들과 싸우고 싶지 않았다.

'아아, 정말, 꼭, 싸워야 하나……'

지금이라도 당장 등을 돌려 이 자리를 떠나고 싶었다. 그들의 깡마른 몸에 걸친 새하얀 백의와 하얀 장갑을 보고 있는 것만으로 속이 울렁거렸다. 얼마 전 시합에서 저 하얀 장갑에 들려 있던 것을 윤미는 잊을래야 잊을 수가 없었다.

* * *

'의료미숙(醫療未熟)!'

그것이 저 새하얀 의원 지망생들이 속한 조의 이름이었다. 스스로를 겸양하기 위해 지은 이름이라면 최악의 이름이었고, 그게 아니라면 더욱 더 최악이었다. 그들 조의 이름은 알 수 없는 공포와 불안과 혐오를 느끼게 하는 힘을 지니고 있었다. 그들의 시합을 눈여겨보게 된 것은, 그들이 마천십삼대 제사번대의 핵심 수뇌부이자 굉장한 실력의 소유자이니 꼭 눈여겨봐야 한다는 은설란의 상당히 과격한 귀띔이 있었기 때문이다.

"그 미친놈들의 시합은 꼭 봐두는 게 좋아요. 왜냐하면 엄청나게 위험한 놈들이거든요. 직접 보지 않으면 얼마나 미쳤는지 아마 알 수 없을 거예요. 왜냐하면 그들은 상상 이상으로 미쳤거든요."

은설란이 덧붙이듯 해준 경고였다. 그렇게까지 말해주는데 안 볼 수는 없는 노릇이었다. 그래서 윤미는 연비, 나예린과 함께 앞자리에 앉아 그들의 시합을 관전하게 되었다. 참가자 특혜로 그들은 제일 좋은 자리에서 시합을 관전할 수 있었다. 은설란은 참가자는 아니었지만 너무나 손쉽게 선수 전용 자리로 들어와 함께 앉았다.

"오호호호, 제가 그래도 여기선 한 가닥 한답니다."

놀라는 사람들에게 은설란이 일부러 과장되게 웃으며 한 말이었다.

의료미숙조를 응원하러 온 사번대 대원들을 구분하는 건 무척 쉬웠다. 왜냐하면 그들은 저들과 똑같이 모두들 먼지 하나 없이 새하얀 백의를 입고 있었던 것이다.

"분명 저 사번대의 규율 중엔 저 백의에 먼지를 묻히면 사형이라는 조항이 있을 거예요."

틀림없어요, 연비는 확신을 담은 목소리로 나예린의 귓가에 대고 소곤거렸다.

"그럴지도 모르겠네요. 그런데 저기 백의 구경꾼들 한가운데 있는 저 사람은 누구죠? 얼굴에 사선으로 큰 상처가 나 있는 사람 말이에요? 키가 굉장히 큰데요? 한 '구 척'은 되겠어요? 상당히 근육질이고, 외공고수인가?"

나예린의 손가락이 한곳을 가리켰다. 나이는 서른 초반 정도 되어 보였는데, 꼬맨 자국 같은 흉터가 얼굴을 사선으로 가르고 있었다. 어쩐지 사선의 위쪽 피부색과 아래쪽 피부색이 미묘하게 다른 듯했다.

"아, 저 사람이 바로 사번대 대장 '생사무허가(生死無許可) 불락구척'이에요."

은설란이 말했다.

"아, 저 사람이 바로!"

그제야 비로소 연비도 그에게 흥미가 생겼는지 시선을 옮겼다. 일단 마천십삼대 대장 급은 될 수 있는 한 일단 기억해 두는 게 여러모로 유리하기 때문이다.

"상대는 누구죠? 저들도 마천각 사람인가요?"

은설란이 고개를 끄덕였다.

"저들은 푸른 늑대들이에요."

"푸른 늑대요?"

"마천십삼대 제구번대, 일명 '창랑대(蒼狼隊)'의 사람들이죠."

그래서 그들 조의 이름도 '창랑조'였다. 시간을 별로 들이지 않았을 것 같은 간단한 작명이었다.

사번대 의료미숙조와 구번대 창랑조의 대결은 일 대 일 삼판양승이 아닌 삼 대 삼 한판승으로 결정되었다. 이 삼십만 냥 투기제는 하나씩 나와 싸우든 셋셋이 동시에 싸우든, 하나가 계속 셋과 싸우든 그건 서로가 합의하기만 하면 아무런 문제가 되지 않았고, 합의가 안 되면 뽑기로 결정했다. 양쪽 모두 서로 호흡을 맞추는 데 무척 익숙해 보이는 것으로 보아 아무래도 개인전보다는 단체전이 더 유리하다고 판단한 모양이었다.

특히 '창랑조'는 서로 무기의 길이가 다르면서도 서로의 장점을 해치지 않는 것을 보니 합격술을 전문으로 익힌 자들 같았다. 합격술이란 건 한 사람이 두 사람이 되고, 두 사람이 세 사람이 된다고 해서 무조건적으로 강해지는 것은 아니었다. 어설프게 대가리 수만 믿고 합격술을 펼칠 경우 동료의 칼에 상처를 입는 경우도 비일비재했다. 하지만 저 '창랑조'는 무리를 이룬 늑대처럼 호흡이 딱딱 맞고 자기 자리를 지키면서도 남의 자리를 침범하지 않으니, 서 있는 모습만 봐도 한눈에 강하다는 것을 알 수 있었다.

"혼자인 늑대는 무섭지 않더라도 무리를 이룬 늑대는 무섭지요. 과연 늑대는 늑대군요."

그들의 가슴 섶에 새겨진 푸른 늑대 문양을 보며 은설란이 중얼거렸다.

"그렇게 무서운 자들인가요, 저들이?"

그들의 등에 새겨진 아홉 구(九) 자를 보며 윤미가 눈살을 찌푸렸다.

"늑대의 무리만큼 집요하고 끈질긴 무리도 드물지요. 특히 저 푸른 늑대들은요."

은설란의 말에 따르면 저들은 마천십삼대 중에서도 지나칠 정도로 합격술에 집착하는 자들이었다. 저들이 합격술을 쓸 수 없을 때는 혼자일 때뿐이라는 이야기까지 돌고 있는 것만 봐도 그 집착이 얼마나 대단한지 알 수 있었다. 그 말이 사실인지 거짓인지는 아무도 몰랐다. 왜냐하면 그들은 혼자 다니는 법이 결코 없었던 것이다. 두 명 이상일 때 저들은 언제든지 구번대 누구와도 합격술을 펼칠 수 있었다. 그 수가 늘어나 넷이 되고 다섯이 되고 여덟이 되고 아홉이 되어도 전혀 문제없었다. 들리는 소문에 의하면 구번대 전체 인원을 총동원해 펼치는 '대합격진'도 있다고 한다. 그들은 날마다 본대 회의청에 모여 타 문파의 진법을 연구하는데, 그중에 파훼 요망 일순위 진법이 소림의 백팔나한진이라는 것은 공공연한 비밀이었다. 그러나 아직까지 백팔나한진을 파훼했다는 이야기는 들리지 않았다. 구번대 대장이 계속해서 바뀌는데도 그 순위에 변동은 없었다. 그리고 이론상의 파진법이 실제로도 적용되는지는 직접 몸으로 증명하는 수밖에 없었다. 물론 그자들은 기회가 오기만 한다면 언제든 응할 것이 분명했다.

"그럼 저 하얀 옷을 입은 사람들은 얼마나 강하죠? 합격술이라면 이골이 난 자들에게 합격술을 펼칠 수 있는 기회를 순순히 넘겨주다니…… 상당한 자신감이 없고는 불가능할 텐데요?"

연비의 말에 틀린 점은 어디에도 없었다.

"저들은…… 광인들이에요."

"광인이요?"

"네, 의술에 미친 광인이죠."

은설란의 아미가 살짝 찡그려졌다.

"그렇다면 저 구번대 사람들이 유리하겠군요."

아무래도 의원이라는 것은 약한 인상을 가지고 있었다. 왜냐하면 그들은 남을 상처 주기보다 상처를 치유해 주는 역할을 맡고 있기 때문이었다. 저 사번대 대장만 예외적으로 상대를 흠씬 두들겨 팬 후, '넌 이미 죽어 있다'라고 말할 것 같은 인상이었지만, 나머지는 하나같이 약골들이었다. 그러나 은설란은 윤미의 말에 동의하지 않았다.

"왜 그렇게 생각하죠?"

은설란이 반문했다.

"당연히 저들이 무력 담당이기 때문이죠. 그렇다면 그에 대한 훈련과 실전도 훨씬 많이 겪어보지 않았을까요? 생긴 것도 훨씬 강하게 생겼고요. 반면 저 하얀 옷을 입은 사람들은 겨우 의술을 익혔을 뿐이잖아요?"

누가 봐도 무력적인 우세는 명백했다. 저 하얀 옷을 입은 자들이 없어서는 안 되는 필수불가결한 존재이긴 했지만, 그렇다고 해서 저들이 강하다는 말은 아니었다.
"과연 그럴까요?"
은설란이 씁쓸한 미소를 지었다.
"백문이 불여일견이라고 했던가요? 아마 이번 시합을 보시면 알게 될 거예요."
한 번 더 은설란은 직접 보는 것을 강조했다.
얼마나 대단한 실력을 보여줄지 기대하며 그들은 투기장의 중심을 주목했다. 조금 후 그들은 확실히 저 백의인들이 대단하긴 대단하다는 사실을 알게 되었다. 다만 그것은 끔찍한 쪽으로 대단했다.

구번대 창랑조는 삼각형 모양으로 포진했고, 사번대 의료미숙조는 일자로 포진했다. 창랑조 세 명이 각기 검, 도, 창을 들고 자세를 취하고 있는 반면, 의료미숙조는 눈처럼 흰 장갑을 낀 채 두 손을 모두 가슴까지 들어 올리고 있었다. 세 사람의 여섯 손 모두 빈손이었다.
"왜 저런 이상한 자세를 취하는 거죠?"
궁금증을 참지 못한 윤미가 물었다. 이 중에서 그 궁금증에 답해줄 수 있는 유일한 사람을 쳐다보며. 은설란은 작게 한숨을 내쉬며 대답해 주었다.
"저도 자세한 건 몰라요. 다만 병기로부터 손을 보호하기 위해서라고 하더군요."
"칼이나 검 같은 병기로부터요? 어떻게요? 엄청 취약해 보이는데요?"
윤미에게는 저들의 자세가 꼭 자기 손을 잘라달라고 외치는 것처럼 보였다. 그만큼이나 저들의 자세는 무도의 상도에 심히 어긋나 있었던 것이다.

"그런 병기(兵器)가 아니라 병의 기운인 병기(病氣)예요. 저들은 우리 외부의 모든 것은 더러운 병기에 오염되어 있기 때문에, 그 병기가 침범하지 못하도록 항상 깨끗함을 유지해야 한다고 믿는다고 하더군요."

"뭘 위해서?"

이 짧은 물음은 연비로부터 나온 것이었다. 은설란은 대답을 해주어야 되나 말아야 되나 조금 고민하다가 할 수 없다는 표정을 지으며 입을 열었다.

"듣자 하니…… 사람의 배를 가르기 위해서라더군요."

두 조 중 먼저 움직인 쪽은 구번대 창랑조 쪽이었다. 이들 푸른 늑대들은 먹이를 기다릴 만큼 인내심이 깊지는 못했다.

"삼련마랑진(三連魔狼陣)을 펼쳐라!"

셋 중 가장 우두머리 늑대인 혈삼랑(血三狼) 마성진이 외쳤다. 그는 구번대 서열 삼위로 패도적인 검술의 달인이었다. 그의 명에 따라 서열 사위 흑사랑 도명과 서열 오위인 적오랑 여위가 자기 위치로 가서 섰다. 이들 구번대는 별호에까지 서열을 매겨 넣는 특이한 전통이 있었다. 그만큼 늑대들이 서열을 중시하기 때문이었는데, 서열이 바뀌면 별호 가운데 들어가는 숫자도 바뀌었다.

세 사람은 삼각형 모양으로 포진했다. 삼각형의 꼭지를 담당하며 전면에 선 이는 바로 혈삼랑 마성진이었다.

"저런 기분 나쁜 놈들이랑 오랜 시간 끌 필요 없다. 단숨에 끝장낸다. 알겠나?"

"예!"

동시에 대답이 들려왔다.

"어차피 의원 나부랭이들이다. 서로서로 실컷 치료하게 만들어주자!

마음껏 두들겨라."

"알겠습니다."

혈삼랑이 명령했다.

"'제삼(第三) 진형'으로 움직인다."

진형이란 미리 약속된 합격진의 운용법으로, 합격술에서는 이런 약속이 없으면 동작이 엉클어져 자칫 잘못하면 진세가 무너지는 경우도 있으니 조심해야 했다.

"저놈들에게 푸른 늑대의 이빨이 얼마나 날카로운지 보여주자!"

세 명의 늑대가 대형을 유지한 채 일제히 자리를 박차며 울부짖었다.

"돌격!"

합벽진(合劈陣), 합벽술(合劈術), 혹은 합격술(合擊術)이라 불리는 것들은 쉽게 말해서, 여러 사람으로 한 사람을 효과적으로 조질 수 있는 방법을 총칭한다. 적어도 흑도에서는 그렇게 생각하고 있다. 때문에 흑도의 합벽진은 백도의 합벽진과는 모든 면에서 궤를 달리한다. 음양, 오행, 삼재, 구궁, 그런 골 아픈 것들은 다 필요없다. 자연의 운행이니 오행의 상생상극이니 하는 것은 그들에게 있어 고리타분하기만 하고 아무짝에도 쓸모없는 이론이었다. 그들이 추구하는 것은 오직 하나, 실전성(實戰性)이었다. 얼마나 적을 쉽고 빠르게 단시간 안에 쓰러뜨릴 수 있는가, 그것이 바로 합벽진의 처음이자 끝이었다. 이들 창랑조의 합벽진 역시 마찬가지였다. 그들 역시 어떻게 하면 목표를 가장 쉽고 빠르게 물어뜯을 수 있는가 하는 것에 모든 것을 걸고 있었다. 그런 만큼 그들의 움직임은 매우 빠르고 군더더기 하나 없고, 탐욕스러웠다.

이때까지 꼼짝도 하지 않고 있던 백의인 쪽에서도 드디어 움직임이 있었다. 이들 역시 그냥 서서 늑대의 아가리에 머리를 들이밀 생각은 없었던 것이다.

"자, 그럼 진단을 시작한다. 문진 개시!"

의료미숙조 중 맨 뒤에 자리한 자가 외쳤다. 그는 바로 사번대 서열 이위인 의호(醫虎) 하우수였다.

"옙! 의료장님!"

첫 번째 백의남자 '문진 채이수'가 포진한 세 명의 푸른 늑대를 향해 달려들었다. 푸른 늑대도 달려오는 먹이를 그냥 둘 만큼 멍청하지는 않았다.

삼각형의 오른쪽 날개에 서 있던 적오랑이 움직였다. 그의 무기는 양손으로 휘두르는 거대한 대도였다. 한 손보다는 양손에서 나오는 힘이 강한 법. 그의 역할은 이 한 수로 상대의 움직임을 봉쇄하는 것이었다. 죽이는 것이 아니라 봉쇄하는 것이었기에 상대를 막기만 하면 그 뒤는 자신의 일신 거력을 발휘하여 충분히 상대를 붙잡아둘 수 있었다. 그러나 채이수는 엄청난 빠르기로 보법을 밟으며 매섭게 떨어지는 일도를 피했다. 그리고는 재빨리 그의 손목을 잡아챈 후, 뒤로 관절을 비틀어 꺾은 다음 발로 무릎 뒤를 지긋이 밟아 다리를 봉쇄했다.

적오랑이 너무 순식간에 제압당하자 혈삼랑과 흑사랑은 어안이 벙벙하여 달려들 호흡을 놓치고 말았다. 지금 그들의 대장이 이 광경을 내려다보고 있다면 돌아가서 경을 칠 일이었다. 그들의 대장 늑대는 용서란 것을 모르는 잔인한 마랑(魔狼)이었다. 가장 안타까운 점은 그 대장이 지금 저기 앞줄에서 이 시합을 지켜보고 있다는 점이었다. 거기까지 생각이 미치자 세 늑대의 등줄기를 타고 식은땀이 흘러내렸다.

"으하아아아압!"

높은 기합성을 내지르며 흑사랑이 기다란 장창을 벼락같이 찔러갔다. 원래대로라면 대도로 봉쇄된 상대의 배를 꿰뚫는 것이 그의 역할이었다.

"마취 개시!"

그때 의호 하우수가 다시 외쳤다.
"예!"
그러자 두 번째 백의인이 달려들었다. 그 백의인은 놀랍게도 여자였다. 백의녀의 손에서 커다란 침이 여럿 튀어나오더니 장창을 찔러오는 흑사랑을 향해 던졌다. 흑사랑은 하는 수 없이 창의 방향을 바꿔 날아오는 침들을 튕겨냈다.

챙챙챙! 푹!

흑사랑은 세 번째 침까지는 튕겨냈지만 네 번째 침까지는 막지 못했다. 마혈을 침에 찔린 흑사랑은 순간 석상처럼 우뚝 움직임을 멈추었다. 그러자 혈삼랑이 부하를 돕기 위해 달려들었다. 그러나 하우수는 나서지 않았다. 그는 백의녀 호원을 믿고 있었다.

백의여인의 왼손이 활짝 펴졌다. 그러자 그녀의 하얀 장갑에서 뿌연 연막 같은 것이 피어올라 순식간에 사방 삼 장을 뒤덮었다.

"독(毒)?!"

깜짝 놀란 혈삼랑은 즉시 호흡을 멈추며 몸을 뒤로 뺐다. 그러나 세 발짝 이상 뒷걸음질칠 수가 없었다.

'이, 이럴 수가! 분명 호흡을 멈추었는데……'

원래 '독무(毒霧)'는 생각보다 살상력이 높은 종류의 하독술이 아니었다. 특히 이렇게 쉴 새 없이 몸을 움직이는 격전 중에는 그다지 쓸모가 없었다. 상대의 호흡기로 들어가기 전에 흩어져 버리기 일쑤이기 때문이다. 그러니 효과가 없어야 하는데 효과가 있었다. 그의 전신에서 서서히 감각이 빠져나가고 있었다.

'설마 피부독!'

혈삼랑은 경악했다. 그렇다면 숨을 멈추었는데도 몸이 뻣뻣해지는 이 현상이 설명이 됐다. 그는 내막을 알 수 없었지만 사실 침에 묻어 있던

'마비산' 과 피부로 흡수된 독무가 상호작용을 일으켜 더욱 빨리 약효가 돌게 된 것이었다.

"앗, 독입니다! 독! 독은 규칙 위반 아닙니까?"

미성공자 유진이 경악하며 외쳤다.

"아, 독이면 규칙 위반이죠. 하지만 독만 아니면 괜찮습니다."

무박 선생이 태연한 목소리로 대답했다.

"그럼……."

대답은 백의여자 본인의 입에서 튀어나왔다.

"독이 아니라 마비산의 일종입니다. 피부 흡수용이죠. 침에 묻어 있는 건 근육용이고요."

백의여자가 무식한 소리 그만 하라는 눈빛으로 싸늘하게 외쳤다.

"하지만 왜……."

옴짝달싹 못하게 된 세 사람의 전신을 첫 번째 백의남자와 두 번째 백의녀가 빠른 손놀림으로 훑었다.

"증상은?"

아직도 움직이지 않고 있는 하얀 복면의 남자, 의호 하우수가 물었다.

"넵. 속이 안 좋은 것 같습니다."

문진 채이수의 대답을 들은 하우수의 두 눈이 날카로운 섬광을 발휘했다.

"채이수, 인간의 속에 몇 가지 장기가 들어가 있으며, 몇 가지 근육과 몇 개의 뼈가 자리하고 있다고 생각하나? 겨우 그 정도로 환자를 고칠 수 있겠나? 정확한 부위는?"

"죄, 죄송합니다. 다시 하겠습니다. 아마 소장 쪽인 것 같습니다."

"아마? 같습니다?"

여전히 불만 가득한 어조로 의호 하우수가 반문했다. 손으로 만져서 진찰하던 채이수의 얼굴이 급박해졌다.

"아닙니다. 소장이 확실합니다. 소장이 경색되어 극심한 소화불량을 앓고 있는 게 분명합니다."

확신에 찬 어조로 채이수가 대답했다.

"좋다! 그럼 환자의 증상을 개선하기 위한 들어간다. 어떤 처치가 필요한가, 호원?"

하우스가 이번에는 백의녀 호원에게 물었다.

"시급한 개복 처치가 필요하다고 사료됩니다."

개복이란 말 그대로 배를 갈라 여는 것을 말했다.

"좋다, 지금부터 개복수술을 시작하겠다."

그 말이 끝나기도 전에 의호 하우수가 움직였다. 질풍 같은 보법을 밟으며 날랜 호랑이처럼 단숨에 거리를 좁힌 그의 하얀 장갑에는 어느새 날카롭게 빛나는 소도가 들려 있었다. 날에 푸른빛이 감돌 정도로 날카롭게 벼려져 있지만, 무기라고 하기에는 너무나 작았다. 아무리 크게 봐줘도 조그만 붓 정도의 크기였다. 아무리 날카롭게 벼려져 있다 해도 저런 칼로는 사람을 상하게 할 수 없을 것 같았다.

서걱!

좌아아아악!

그러나 순식간에 사람들의 예상은 모두 틀렸음이 증명되었다. 하우수의 손에 들린 소도가 한 번 번뜩이자 순식간에 선 채로 굳어져 있던 창랑조의 푸른 늑대 적오랑의 배가 반으로 갈라졌다. 그러나 본인은 전혀 아픔을 느끼지 못하는 듯했다. 그는 오히려 의아한 시선으로 자신의 배를 내려다보았다. 상처에 비해 피는 생각보다 많이 나오지 않고 있었다. 그는 아무래도 이럴 리가 없다고 생각하는 모양이다.

푸욱!

갈라진 틈을 향해 하우수의 하얀 장갑이 망설임없이 파고들었다.
"히익!"
그 끔찍하고 기괴한 광경을 본 윤미의 입에서 괴이한 비명이 터져 나왔다. 연비랑 나예린도 살짝 눈살을 찌푸렸다. 은설란은 시선을 외면했다. 다음에 벌어질 끔찍한 일은 보고 싶지 않았기 때문이다.
주루룩!
적오랑의 배에 박혔던 하얀 장갑이 가차없이 뽑혀 나왔다. 그의 손에는 기다란 내장이 들려 있었다. 바로 상대의 소장이었다.
"흠, 색깔에 붉은 기운이 도는 걸 보니 상태는 생각보다 건강한 것 같군. 이 소장의 색깔이 보이나?"
하우수는 채이수와 호원을 향해 시선을 돌리며 물었다.
"네, 보입니다."
"예, 보입니다."
나머지 두 사람이 동시에 대답했다.
"이런 소장이 건강한 소장이다. 이 탄력과 색상을 잘 기억해 두도록. 알겠나?"
"네."
"예."
방금 전 채이수의 진단이 오진이었다는 점은 전혀 관심이 없는 모양이었다. 어느 누구도 그 부분을 지적하지 않고 있었다. 이들의 관심은 오직 사람의 속이 어떻게 생겼나 하는 것뿐이었다. 하얀 두건의 남자는 지체 없이 내장을 다시 배 안으로 집어넣었다. 그리고는 망설임없이 돌아서며 말했다.
"문진, 이번엔 네가 봉합해 보도록."
"기회를 주셔서 감사합니다, 부의료장님!"

채이수는 기쁜 어조로 대답하고는 어딘가에서부터 바늘과 실을 꺼내더니, 빠른 솜씨로 개복된 배를 꼬매기 시작했다. 조심조심 혹여나 내장이 꼬이거나 먼지가 묻지 않도록 집어넣은 다음, 수술 부위를 닫고 실이 꿰인 바늘로 일정한 간격으로 단단하게 봉합했다. 한두 번 해본 솜씨가 아닌 듯 동작이 무척 재빨랐다.

"사람의 배는 다른 부위와 달리 근육이 강하고 두께가 두껍기 때문에 제대로 봉합하지 않으면 금방 벌어질 수 있다. 그러므로 봉합 시엔 항상 주의하도록."

의호 하우수가 열심히 봉합하는 채이수를 보며 세세하고 친절하게 설명해 갔다. 투기제의 팔강 진출 시합이 벌어지고 있는 이런 상황만 아니라면 진지하게 의도를 탐구하는 이들의 대화로 여겨질 정도였다. 하지만 지금은 비무 중이었다. 그러니 이들의 태도는 미친 짓이나 다름없었다.

"봉합이 끝났습니다."

그 말에 사번대 부대장인 하얀 두건은 그 봉합 상태를 찬찬히 살핀 다음 환자의 눈동자와 입 안을 살폈다.

"음, 이상없군. 잘했다."

"감사합니다."

채이수가 허리를 반으로 접으며 인사했다.

"뭐하면 자네들도 진료해 줄까? 아직 시간도 많으니 우린 상관없는데? 마천각 친구들의 건강을 책임지는 것이 우리의 소임이니까."

하우수가 천천히 남은 두 사람을 향해 고개를 돌리며 말했다. 흑사랑과 혈삼랑의 얼굴이 창백해졌다. 아무리 거친 늑대 무리들 속에서 싸움을 거듭했다지만, 방금 본 광경은 정말로 견디기 힘든 지옥 같은 광경이었다. 그 둘을 재빨리 고개를 저었다. 다행히 목은 움직일 수가 있었다.

"이번 개복은 저에게 맡겨주십시오, 부의료장님!"

열의에 가득한 눈으로 채이수가 말했다. 언제 또 이런 기회가 오겠는가. 사람의 배를 갈라볼 수 있는 이런 멋진 기회를 그는 놓치고 싶지 않았다.

"아닙니다. 저에게 맡겨주십시오. 저도 잘할 자신이 있습니다."

"호원, 넌 저번에 환자 배에다가 칼을 넣은 채 봉합했잖아!"

"흥, 그러는 채이수 넌 장갑을 넣은 채 꼬맸잖아. 이틀 뒤에 그 봉합된 부위가 튼튼하지 않아 다시 상처가 벌어져 내장이 쏟아질 뻔한 걸 벌써 잊었어?"

채이수와 호원의 말다툼이 격해질수록 혈삼랑과 흑사랑의 얼굴에서 점점 더 핏기가 빠져나갔다.

"우…… 우리가…… 졌다."

마침내 혈삼랑의 입에서 패배를 시인하는 소리가 흘러나왔다. 저 미친 놈들이라면 호기심 하나로 자신의 배를 가르는 것을 망설이지 않을 게 분명했다. 차라리 대장 늑대에게 물어뜯기는 편이 더 마음이 편했다.

채이수와 호원의 다툼을 잠자코 지켜보고 있던 하우수가 품속에서 종이 한 장을 꺼내 붓으로 무언가를 빠른 속도로 휘갈겨 적기 시작했다. 그리고는 방금 전 아무렇지도 않은 얼굴로 배가 갈린 적오랑의 품을 향해 던졌다. 종이에는 내공이 실려 있는 듯, 허공을 날아 정확히 배에 커다란 개복수술 자국이 나 있는 창백한 얼굴의 적오랑 품 안으로 들어갔다.

"처방전이다."

그 말을 끝으로 새하얀 백의인 세 명은 몸을 돌려 자신의 대기실로 향해 걸어갔다. 새하얗던 그들의 장갑은 지금 모두 피로 새빨갛게 물들어 있었다.

"바, 방금 뭐 한 거죠?"

떨리는 목소리로 윤미가 물었다.

"건강진단이요."

"뭘 진단한다고요?"

"저 사람 내장의 건강을 진단한 거예요. 다행히 병은 없는 모양이네요."

그렇게 말하는 은설란의 표정은 가히 편치 않았다.

"그, 그걸 위해서 멀쩡한 사람의 배를 가른단 말입니까?"

"오진(誤診)이었던 모양이죠. 그래서 말했잖아요, 저들은 미쳤다고."

"저 무자비한 진료를 받다가 죽는 사람도 있나요?"

"없을 거라고 생각해요?"

은설란이 윤미의 눈동자를 똑바로 쳐다보며 반문했다.

"아, 아뇨."

식은땀을 흘리며 윤미가 대답했다. 하긴 없다는 게 말이 안 되는 상황이었다.

"당장 죽지는 않지만, 세 번 중 한 번 꼴이라고 하더군요. 저 부대의 대장인 생사무허가 불락구척도 열 번에 한 번은 실패해요."

그나마 거의 '신기(神技)'에 가깝기 때문에 그 정도 성공률이라고 한다.

"그런데도 계속한단 말이에요?"

"그러니깐 계속해야 한다더군요. 백 번을 가르고 봉해도 실패가 없을 때까지 말이에요. 저번에 보니깐 이번에 일흔일곱 명까지 성공했다고 자랑하더군요. 앞으로 서른세 번밖에 안 남았다고."

윤미는 그 뻔뻔함과 따라갈 수 없는 광기에 멍해져서 그만 할 말을 잃어버리고 말았다.

윤미는 하마터면 구토할 뻔했다. 더 놀라운 것은 자신의 내장을 구경한 이가 죽지 않았다는 것이다. 그들은 자신의 실력을 과신하기라도 하듯, 혹은 그들의 실력 향상을 위해 실전적인 연습을 하기라도 하듯 재빠른 솜씨로 내장을 밀어 넣고, 실과 바늘로 절개 부위를 신속하게 봉합했다. 모든 봉합실의 간격이 단 한 치의 오차도 없이 일정하게 꿰매진, 실로 기분 나쁠 정도로 깔끔하기 짝이 없는 솜씨였다.

그제야 연비와 나예린과 윤미는 은설란이 했던 말이 무슨 의미인지 분명히 알 수 있었다. 저 광경을 말로 표현하라고 강요하는 것은 확실히 무척이나 잔인한 일이었다.

"확실히 적당히 미친 건 아닌 것 같군요."

연비가 살짝 찡그린 얼굴로 감상을 피력했다. 불쾌한 기색이 물씬 풍겨나는 어투였다.

"추가 설명을 하지 않아도 돼서 정말 기쁘군요."

고운 미간을 잔뜩 찌푸리며 은설란이 말했다. 이번이 첫 번째가 아니었음에도 절대로 익숙해지지 않는 광경에 속이 메스꺼웠다. 아마 수백 번을 다시 본다 해도 결코 익숙해지지 않으리라. 만일 저 광경이 익숙해지는 날이 온다면 그때는 자기 머리가 이상해진 게 아닌가 의심해 보기로 하고 오늘 본 광경은 그만 잊기 위해 지그시 눈을 감았다. 꽤 거리가 떨어져 있음에도 진한 혈향이 후각을 자극하는 것 같았다.

윤미 대 의료미숙
—아픈 곳은 없습니다

윤미는 그때의 그 광경이 다시 눈앞에 선연히 떠오르자 온몸에 오싹한 오한이 돋았다. 그때 느낀 강렬한 혐오감은 짙은 혈향처럼 몸에 감긴 채 아직도 지워지지 않고 있었다. 그런 자들을 자신이 직접 상대해야 하다니……. 그들과 대치하고 서 있는 것만으로도 뱃가죽이 따끔따끔하고 속이 더부룩했다. 이미 그들의 소도가 그의 배를 가르고, 그 벌어진 틈으로 먼지 하나 묻지 않은 흰 장갑을 쑤셔 넣고 이리저리 헤집고 있는 듯했다.

우웁, 느닷없이 치밀어 오르는 구토를 윤미는 억지로 참았다. 그리고는 좀 더 긍정적인 생각을 하려고 노력했다. 그때는 삼 대 삼으로 세 명이 동시에 붙었지만, 지금은 일 대 일이었다. 이 시합은 쌍방의 합의하에 대전 방식을 바꿀 수 있었지만, 서로 의견이 다르다 보니 당연히 합의가 되지 않았고 제비뽑기까지 간 끝에 삼판 양승제가 채택되었다. 세 명이 동시에 덤벼들지 않으니 지난번 같은 참상은 벗어날 수 있을지는 몰라도 그 역시 연비와 나예린의 도움은 기대할 수 없었다. 그쪽에 신경 쓰다 보니 수만 개의 시선이 자신을 향해 쉴 새 없이 쏟아지고 있다는 사실은 잊을 수 있었다.

"윤 소… 저, 괜찮을까요?"

소협이라고 말하려던 것을 얼른 소저로 바꾸며 나예린이 물었다.

"물론 괜찮고말고요. 걱정 말아요."

연비가 웃으며 대답했다. 지금 두 사람은 투기장 좌우에 위치한 대기석에 앉아서 투기장 한가운데를 지켜보고 있는 중이었다. 대기석은 벽 안쪽에 지면보다 약간 밑에 만들어져 있었는데 의자에 앉아서도 경기장의 상황을 한눈에 볼 수 있었다.

"하지만…… 상대가 좋지 않아요."

윤미는 그래서인지 좋게 말하면 정직하고, 나쁘게 말하면 융통성이 없었다. 소심한 성격 때문에 금방금방 잘 긴장하는 것이 그 원인이었다.

"윤 미소저가 소심하긴 하지만, 본인도 익히 알고 있던 사실이에요. 그동안 그걸 극복하기 위해서 노력도 했고요. 저들이 특이하고 짜증스러울 정도로 괴이하긴 하지만 저런 상대에게 질 정도는 아니에요."

"믿고 있군요, 윤 소저를?"

나예린은 조금 놀란 듯했다.

"그럼요. 그게 그렇게 이상한가요?"

그동안 윤준호가 암중으로 많은 성장을 거듭해 왔음에도 그의 능력을 믿어주는 사람은 거의 전무하다시피 했다. 사실 그의 소심함과 자신감없는 태도는 타인의 신뢰를 사기에는 부족한 면이 있었다. 그런데 천무학관에 입관한 지 얼마 되지 않는 연비의 입에서 믿는다는 대답이 망설임 없이 나오니 깜짝 놀랐던 것이다. 나예린은 의아함이 담긴 시선으로 연비를 바라보았다.

"사실 이상해요. 윤 소저에 대해서 잘 모르고 있는 연비의 입에서 그렇게 쉽게 믿는다는 말이 나오다니 말이에요. 연비는 남을 쉽게 신뢰하는 사람은 아닌 것 같았거든요."

그 말에 연비는 깜짝 놀랐다. 나예린의 말이 맞았다. 비류연이든 연비든 어느 쪽도 쉽게 사람을 믿지는 않았다. 나름의 기준대로 검증을 거친 후에야 비로소 믿을지 안 믿을지를 결정했다. 그리고 그 기준은 상당히 까다로운 축에 속했다. 그런데 자신도 모르는 사이에 너무도 쉽게 믿는다는 말을 내뱉고 말았던 것이다.

'이거 좀 더 주의해야 할 필요가 있겠는걸?'

시간이 지날수록 경계심이 약해지면서 마음이 해이해지고 있었다.

"아, 아뇨. 그렇게 잘 아는 건 아니에요. 조금 알아본 정도죠. 그래도 같이 대회에 출전할 사람인데 아무것도 알아보지 않는다는 것도 말이 안 되잖아요? 적을 아는 만큼 우리 편도 잘 알지 않으면 안 되니까요, 안 그래요?"

"그건 그렇네요."

연비의 말이 나예린의 의혹을 완전히 씻어주지는 못했다. 하지만 연비는 나예린에게 속마음을 모두 보여줄 수는 없었다.

'하지만 지금 내가 나설 수는 없어요, 린. 그러니 믿고 있는 수밖에 없잖아요, 저 친구와 예린을.'

현재 이런 몸 상태에서 내공을 함부로 운기한다는 것은 매우 위험천만한 일이었다. 홍수로 불어난 물을, 저수지의 문을 억지로 닫은 채 간신히 버티고 있는 중이었다. 조금이라도 이변이 발생하면 아슬아슬하게 차 올라 있던 물은 당장에 흘러넘칠 게 분명했고, 한 번 흘러넘친 물은 걷잡을 수 없는 격류로 변할 터였다. 그렇게 되면 목숨을 걸어야 했다. 그러니 결승전까지는 최대한 힘을 아껴야 했다. 결승전도 아닌 시합에 나서는 것은 적이 아무리 비리비리해도 위험했다.

지금 그가 할 수 있는 것은 두 사람을 믿고 한 발짝 뒤로 물러난 채 기다리는 것뿐이었다.

'하필이면 왜 저 사람이……'
윤미에게 불행한 일은 하나가 아니었다.
지금 윤미 앞에 서 있는 상대는 바로 창랑조의 배를 갈랐던 장본인, 의호 하우수였다. 윤미는 저들 세 명 중 가장 강한 자와 맞붙게 된 것이다. 결코 좋은 대진운이라고 할 수 없었다.
"아가씨, 어디 아픈 곳은 없소?"
의호 하우수가 진지한 어조로 물었다. 멀리서 봤을 때는 몰랐는데 가까이서 보니 그의 눈동자에는 환자의 안위를 생각하는 열정이 가득했다.
"어, 없는데요! 없습니다. 절대로 없어요!"
윤미가 세차게 고개를 흔들며 외쳤다. 만일 아픈 곳이 있다고 했다가는 무슨 꼴을 당하게 될지 상상하는 것만으로도 소름이 쫙 돋았다.
"흠, 그것참 아쉽군."
뭣 때문에 아쉬운지는 무서워서 감히 물어볼 수조차 없었다.
"진짜로 없소?"
의심이 많은지 하우수가 다시 한 번 물었다. 치료의 공포에 떨고 있는 윤미가 대답을 바꿀 리는 없었다.
"어, 없어요. 절대로. 맹세해요."
왜 아픈 곳이 없다는 것에 대해 맹세까지 해야 하는지 알 수 없지만 일단 맹세하고 보는 윤미였다.
"흐음, 그런 것치고는 안색이 창백한데?"
사실 지금 윤미의 얼굴은 너무 당황한 나머지 그다지 좋은 색이 아니었다.

"음, 안 되겠군. 진맥을 한번 받아보는 게 좋을 것 같소."

"저, 진짜로 필요없거든요. 전 건강해요."

그러나 의호 하우수는 고개를 가로저었다.

"의외로 사람들은 자기 몸이 지금 얼마나 나쁜 상태인지 모르고 살아간다오. 그게 얼마나 병을 키우는지 알지도 못한 채 말이오. 하지만 아가씨는 운이 좋군. 이렇게 나 같은 전문 의원에게 건강을 검진 받아볼 기회는 좀처럼 오지 않으니까 말이오."

될 수 있으면 영원히 그런 기회는 안 왔으면 하는 게 윤미의 솔직한 바람이었다.

챙!

너무 당황한 나머지 윤미는 자신도 모르게 검을 뽑아 들었다.

그 모습을 보고 연비는 쯧쯧 혀를 찼다. 상대의 흐름에 휘말리는 것은 어떤 경우든 좋지 않았다. 윤미는 자신의 흐름을 유지할 필요가 있었다. 지금으로서는 빨리 원래대로의 흐름으로 돌아오길 바라는 수밖에 없었다.

"진짜로 진맥 따윈 필요 없어요, 난 건강하니까. 다가오면 가만있지 않을 겁니다."

"환자들은 그렇게 항상 자신들이 멀쩡하다고 주장하지. 하지만 진정한 의원은 그런 환자의 말에 귀를 기울이지 않는다오. 왜냐하면 환자들은 대부분 다 거짓말쟁이이기 때문이오."

확신에 찬 어조로 하우수가 말했다. 그는 정말로 그렇게 믿고 있는 모양이었다.

"하아? 진짜로 그렇게 생각하나요?"

"물론. 걱정 마시오, 병의 근원을 뿌리째 뽑아줄 테니. 아무런 아픔도 느끼지 못할 거요. 순식간에 끝나지. 아가씨가 할 일은 간단하오."

"그게 뭔데요?"

어느새 그의 손에는 파랗게 날이 선 소도가 들려 있었다. 소도를 든 그의 눈동자가 기묘하게 빛나고 있었다. 그 눈빛과 마주치자 윤미는 으스스한 한기를 느꼈다. 마치 자기 내장을 뚫어져라 보고 있는 것 같았기 때문이다.

"그건 바로 가만히 있는 거요, 치료가 끝날 때까지. 그럼, 진료를 시작하겠소."

그 말이 끝나기도 전에 의호 하우수가 호랑이처럼 달려들었다.

비록 의호 하우수의 소도가 날카롭고 재빨랐지만, 윤미의 반응은 생각 이상으로 기민했다. 윤미는 검끝으로 소도의 궤도를 막으며 몸을 뒤로 뺐다. 저들의 금나수와 점혈법의 수준을 생각할 때 접근전은 그다지 좋은 선택이 아니었다. 검의 간격을 유지해야만 했다.

윤준호가 익힌 칠매검은 화산파의 유명한 검법인 매화이십사수에 그 바탕을 두고 있지만 그보다 좀 더 압축된 검로였다. 그것은 한 천재가 이십사수 매화검의 검로를 압축해서 만든 검법이었다. 오랜 고련 끝에 불필요한 동작을 줄이고, 흐름의 한 호흡 한 호흡을 뛰어넘어 만들어낸 걸작이었다. 검이 같은 속도로 휘둘러진다면 보다 짧은 거리를 움직인 검초가 더 빨리 도착하는 법이다. 간단한 이치지만, 그것을 몸으로 체현하는 것은 결코 쉬운 일이 아니었다. 그것은 무수한 고난의 길이었다.

최근 들어 윤준호는 자신이 익힌 칠매검의 진가를 깨달아가고 있던 참이었다. 그동안 보통 사람은 할 수 없는 경험들을 무수히 해오면서, 그와 다른 화산파 제자 사이에는 알게 모르게 많은 격차가 생겨나 있었다. 단지 본인이 그것을 자각하지 못하고 있을 뿐이었다.

이렇게 여장을 하고 투기장 한가운데서 서서, 한눈에 딱 보기에도 광기에 번들거리는 괴물들과 싸워야 되는 처지에 놓일 수 있는 이들이 얼마나 많겠는가. 아마 이런 경험을 해볼 수 있는 것은 화산파 제자 중에서, 아니, 강호의 젊은 후기지수를 통틀어서도 거의 없을 터였다. 이 경험이 배움에 도움이 될지 해가 될지는 아직 알 수 없지만, 좀처럼 하기 힘든 것이라는 데는 변함이 없었다. 그에게는 아직도 자신감이 좀 더 필요했다. 그는 아직도 부끄러운지 자기 자신과 눈을 마주치지 못하고 있었다.

"좀 더 긴장을 풀면 좋을 텐데……."
나예린이 안타까운 어조로 말했다. 멀리서도 윤미의 몸이 굳어 있는 게 뚜렷이 보였던 것이다.
"그럴 수만 있었으면 벌써 구룡이 십룡이 되었겠죠."
약간 불안해하는 나예린과 다르게 연비의 어조는 태평했다. 그러나 그 내용은 결코 평범하지 않았다.
"연비는 그에게 그 정도 잠재력이 내재되어 있다고 믿고 있나요?"
그건 과대평가일 수 있으니 다시 한 번 생각해 보라는 의미였다.
"일단 지나치게 성실하잖아요. 그동안 차곡차곡 쌓아온 시간은 거짓말을 하지 않죠. 특히 재능이 있는 자에게는 말이죠."
"그 힘이 지금 당장 발현될 수 있을까요?"
나예린의 질문에 연비는 살짝 웃었다.
"그건 윤 미소저 하기 나름이죠."
상당히 무책임한 대답이었다.

화산검성(華山劍聖)이라 불리우는 태사부에게서 비급을 받은 이후 수련을 게을리 한 적은 단 한 번도 없었다. 그리고 여러 번의 경험을 쌓으면서 조금씩이나마 자신감을 가져가고 있었다. 그동안 그런 일들을 겪으면서 아직까지 멀쩡히 살아 있는 것만으로도 충분히 자신감을 가져도 될 만했다. 그리고 자신감은 전염성이 있는지 안하무인 급을 뛰어넘어 천상천하유아독존 급의 자신감을 지닌 비류연 옆에 있다 보니 그 넘치는 자신감이 조금 자신에게 전염된 것 같기도 했다. 그리고 가장 무서운 일은 이 시합에서 지는 것이 아니었다. 윤미에게 가장 무서운 일은 실수로라도 옷이 베여서 자신의 정체가 만천하에 드러나는 것이었다. 여자인 줄 알았는데 갈라 보니 알맹이는 남자였다. 게다가 그 여장 취미의 변태남은 대화산파의 제자 윤 모모였다, 라는 충격적인 비사를 강호에 던져 줄 수는 없었다. 사문의 명성에 누를 끼칠 수는 없었다. 그 사실이 알려지면 그는 살아도 산 목숨이 아니었다. 소문은 바람보다 빠른 법이고, 사해팔방을 향해 뻗어나가는 법이다. 그 사실이 화산에 전해지면, 그렇잖아도 그를 열심히 괴롭히던 동문사형제들이 가만히 있을 리 없었다. 그런 사태가 발생하면 어떻게 그가 태사부님의 존안을 뵐 수 있겠는가.

그런데 저 미칠 것 같은 강박적인 하얀 옷을 입은 흰장갑인들은 그를 이기기보다 그의 속을 갈라보는 쪽에 훨씬 더 흥미가 있는 듯했다. 내장이 꼬이듯이 울렁거리고 아파왔다. 만일 저들이 배를 가르면 자연히 옷이 갈라지게 되어 있었다. 저들이 옷이 찢지 않고 살도 가르지 않는 무슨 요상한 심령 수술이라도 배우지 않은 이상 어쩔 수 없는 일이었다. 그렇게 되면 백이면 백, 정체가 드러날 터였다. 그 사태만은 어떻게든 막아야 했다. 그러기 위해서는 딱 한 가지 방법밖에 없었다.

"그래요! 이겨요, 윤 미소저. 정체를 들키지 않으려면 그 수밖에 없을 거예요."

연비가 씨익 웃으며 혼잣말을 했다.

"무슨 얘기죠?"

"정말 읽기 쉽다는 얘기였어요, 우리 윤 미소저는!"

"아, 그 얘기였군요. 확실히 연비 말대로예요. 그는 정말 순진하군요. 티없이."

윤미는 상대를 앞에 두고도 적을 먼저 생각하기보다 자기 고민에 치여 이리저리 생각이 많았다. 그 안절부절못하는 모습이 대기석까지 보여서, 지금 무슨 생각을 하고 있는지 너무나 읽기가 쉬웠다.

"그게 바로 매력의 핵심이죠, 나나 린이 관중들에게 보여줄 수 없는. 이런 유형의 여성이 한 명 끼어 있어야 인기가 더욱 올라가는 거예요. 같은 유형의 인물 셋이면 조금 밋밋하니까요."

"설마 그걸 노리고……."

"글쎄요?"

연비는 그저 웃기만 할 뿐 가타부타 대답하지 않았다. 갑자기 나예린은 연비의 생각을 읽을 수 없다는 사실이 못 견디게 갑갑해졌다.

'이런 점은 정말 그 사람이랑 꼭 닮았어.'

남매라고 해도 믿을 정도였다. 아직도 연비의 정체에 대해서는 막연하게 감을 느끼면서도, 마치 의식의 사각에 있는 것처럼 똑바로 직시하지 못하고 있는 나예린이었다.

'태사부님! 저에게 힘을!'

화산의 명예를 위해! 자신의 명예를 위해! 그리고 변태가 되지 않기 위해!

윤미는 전심 전력으로 검을 휘둘렀다.

허공중에 한 송이, 두 송이, 세 송이 매화가 피어오르며, 은은한 매화향이 감돌기 시작했다. 그리고 그 다음 순간, 매화가 바람에 휘돌리며 춤을 추기 시작했다.

마침내 칠매검의 진면목이 윤미의 검을 통해 만천하에 드러난 것이다. 아름답다고밖에 표현할 수 없는 그 검법에는 그동안 윤미가 쏟아 부었던 피와 땀이 어려 있었다.

춤을 추는 꽃잎들이 걷혔다. 그러자 의호 하우수의 모습이 드러났다. 그는 바닥에 주저앉아 있었는데 얼굴 곳곳이 울긋불긋했다. 그리고 입에 거품을 물고 있었고 눈동자도 게슴츠레하게 풀려 있었다.

"왜 저러죠, 무박 선생님?"

"글쎄요? 이상하군요. 검에 베인 것 같지는 않은데? 저건 마치…… 음, 그렇군요. 병에 걸린 사람 같습니다."

"듣고 보니 확실히 그렇군요. 지병이 있었던 걸까요?"

"글쎄요, 자기 건강에 엄청 신경 쓸 것 같은 사람이었는데……. 만일 그렇다면 스스로의 병 하나 못 고친 것이 되겠지요."

하우수는 헤벌어져서 침이 뚝뚝 떨어지는 입으로 연신 무언가를 중얼거리고 있었다.

"우웅! 안 돼…… 안 돼…… 나 꽃향기를 맡으면…… 부작용이……."

아무래도 그는 매화향뿐만 아니라 모든 꽃향기를 맡으면 힘이 쭉쭉 빠져나가는 모양이었다. 게다가 그 증세의 정도는 윤준호보다 심하면 심했지, 결코 덜하지는 않았다. 쓰러져서 괴로워하는 하우수를 보며 당황스러운 듯 중얼거렸다.

"어라, 이겼네?"

두려워하던 것과 달리 시합은 스스로의 체질 개선에 성공한 윤미의 승리였다.

두 번째로 나선 사람은 바로 연비였다. 연비의 상대는 의료미숙조의 홍일점이라 할 수 있는 호원이었다. 그녀의 성은 '간' 씨였다. 별거 아니게 보이던 상대에게 사번대 서열 이위가 지는 바람에 한판을 빼앗긴 탓인지 호원의 분위기는 매우 긴장되고 흉흉했다. 절대로 이기고 말겠다는 의지가 일렁거리는 것이 보였다. 창랑조와의 시합에서 보여주었던 얼음처럼 차갑던 그 모습은 온데간데없었다.

두 사람이 서로를 마주 보고 섰다. 시합 개시라는 선언이 울려 퍼졌다. 호원이 장침 세 개를 빼 들며 달려들려 했으나 연비가 더 빨랐다. 즉시 손을 치켜든 연비가 외쳤다.

"기권합니다!"

막 달려들려던 호원의 몸이 돌처럼 딱딱하게 굳었다. 그런 반면 연비의 얼굴은 태연자약하기만 했다. 용건이 끝났다고 생각했는지 연비는 곧장 몸을 홱 돌려 아무런 미련도 없이 나예린이 기다리고 있는 대기석을 향해 걸어갔다.

"잠깐, 멈춰!"

굳이 저 말을 들어야 할 필요는 없었지만 한 번쯤 선심 쓰는 것도 나쁘지는 않았다.

"왜 그러죠?"

뒤돌아보며 연비가 물었다.

"지금 무슨 짓이냐? 장난치는 거냐?"

심장이 나쁜 사람처럼 헐떡거리며 호원의 얼굴은 시뻘겋게 달아올라 있었다. 연비는 이해할 수 없다는 표정으로 말했다.

"방금 한 말 못 들었어요? 기권한다는 말? 아니면 자기 귀가 먹은 건 자기 스스로 치료할 수가 없는 건가요? 별 이상한 사람 다 보겠군요."

"난 귀먹지 않았어! 왜, 왜, 싸워보지도 않고 기권하는 거지? 내가 무서운 거냐?"

피식.

연비가 웃었다. 그 웃음의 의미는 명백했다.

"재미있는 농담이었어요. 하지만 안타깝게도 틀렸네요."

"그럼 왜냐?"

연비는 천연덕스럽게 대꾸해 주었다.

"필요가 없으니까요."

호원은 이해하지 못했다.

"왜? 왜 필요가 없는 거냐?"

"그야 우린 이미 승리했으니까요. 굳이 드잡이질을 벌여 체력을 소모할 필요는 없죠."

그건 상당 부분 진심이었다.

"……."

말문이 막힌 호원은 뭐라고 한마디 제대로 쏘아붙이지도 못했다.

"그럼 이제 의문이 풀렸나요? 뭐, 풀리든 풀리지 않든 나랑은 상관없지만 말이에요. 그럼 난 바빠서 이만 돌아가겠어요."

연비가 대기석으로 돌아와 나예린으로부터 한 일도 별로 없으면서 수고했다는 말을 들을 때까지도 호원은 돌부처럼 몸을 굳힌 채 움직이지 않았다.

매우매우 기분 나쁘고 찝찝한 승리였다.

마침내 대장전이 시작되었다.

미소저연대의 대장은 당연히 나예린이었다. 빙백봉이라는 별호답게 그녀는 침착했다. 거의 감정의 흔들림이 보이지 않았다. 차갑고 기품있는 발걸음으로 걸어나온 그녀는 투기장 한가운데 섰다. 눈동자는 맑은 겨울날의 호수처럼 잔잔하고 고요했다. 정적은 아름다운 그녀의 몸을 감싸고 있었다. 숨죽인 탄성이 관중석에서 흘러나왔다.

의료미숙조의 마지막 남은 사람은 문진 채이수였다. 그의 시선은 걸어오는 나예린의 얼굴에서 떨어질 생각을 못하고 있었는데 그 눈빛 안에서는 지금 어떤 열망이 일렁거리고 있었다.

'갈라보고 싶다!'

상상만으로도 황홀한지 그의 눈동자가 게슴츠레하게 변했다. 그는 멍한 눈으로 홀린 듯이 나예린을 바라보았다. 나예린이 이제까지 몇 번이나 보아왔던 익숙한 눈빛이었다.

'이 사람은 의원인데도 저러니…… 어쩔 수가 없구나.'

자신의 업은 의원이 치료할 수 있는 것은 아닌 모양이었다. 그렇다면 더 이상 볼일은 없었다. 빨리 정리하고 돌아가고 싶었다.

그런데 본인은 가만히 있는데 표정을 시시각각으로 변화시키며 안절부절못하는 사람이 하나 있었다. 옆에 있는 사람까지 덩달아 불안하게 만드는 그 사람은 그다지 젊지도 않았다. 머리카락이랑 수염 모두 눈처럼 새하얀 그였으나 지금 그의 몸짓 어디에도 세월 속에서 길러진 연륜은 눈 씻고 찾아봐도 찾을 수 없었다. 그렇다고 그가 하찮은 신분의 소유자인 것도 아니었다. 그는 무려 백도무림맹의 맹주 신분이었던 것이다.

"쯧쯧. 왜 이러나, 정신 사납게? 호들갑 좀 그만 떨어. 맹주씩이나 되서 나잇값 좀 하게, 나잇값 좀 해. 옆에 있는 노부가 다 부끄럽군. 청아야, 이 녀석은 만날 이러냐?"

혁중노인이 혀를 차며 예청에게 물었다. 그녀는 딸이라는 껌벅 죽는 팔불출 남편과 다르게 평정을 유지하고 있는 듯했다.

"지금은 많이 참고 있는 거예요. 아직 뛰쳐나가지는 않잖아요."

예청의 대답은 가관이었다. 그러고 보니 그녀 역시 묘하게 안정이 안

된 모습이었다. 평소에 차가운 달, 빙월(氷月)이라고 불리던 모습은 찾을 수가 없었다. 지금의 달은 약간 열에 들떠 있었다.

"왜? 청아야, 너도 뛰쳐나가고 싶은 게냐?"

미심쩍은 목소리로 혁중노인이 물었다. 그러자 예청이 살짝 씁쓸한 미소 지으며 말했다.

"엄마니까요."

단순명쾌한 대답이었다.

그녀는 지금까지 자신의 딸, 나예린이 제대로 싸우는 모습을 한 번도 본 적이 없었다. 소문으로는 들었지만 그것이 실감난 적은 한 번도 없었던 것이다. 얼마나 딸아이가 강한지 그녀는 몰랐다. 때문에 불안하기는 마찬가지였다. 다만 더 참고 내색하지 않는 것뿐이었다. 자기마저 불안한 모습을 보이면 남편을 제어하지 못하게 되리라는 것을 알고 있었던 것이다. 그나마 다행으로 마음은 이미 뛰쳐나가 있지만 몸까지 진짜로 뛰쳐나가지는 않을 모양이었다.

"그런데 왜 안 뛰쳐나가고?"

예청은 다른 물음에 같은 말로 답했다.

"엄마니까요."

두 번 모두 똑같은 대답이었지만 의미는 서로 달랐다. 엄마니까 직접 달려가 지켜주고 싶지만, 엄마로서 그저 묵묵히 자식이 혼자 서기를 지켜봐 줘야 할 때도 있는 것이었기에. 둘 모두 엄마로서 해야 할 일이었다.

"그런 거냐?"

"그런 거죠."

혁중노인은 허허 하고 웃었다.

"그렇게 말괄량이였던 너도 이제는 한 아이의 부모가 되었구나. 그때는 네가 철들 날은 절대로 오지 않을 줄 알았는데. 허허허."

노인은 감개가 무량한 모양이었다.

"그럼요. 전 할아버지랑 다르게 사람인걸요."

"허허, 꼭 누가 괴물인 것처럼 말하는구나?"

"어머, 아니셨어요?"

예청은 마치 수십 년 만에 처음 알았다는 표정을 지었다.

"떽끼. 이제는 어른을 놀리기까지 하는구나."

혁중노인이 장난스럽게 호통쳤다. 이 정도 애교는 충분히 감당 가능한 범위였다. 혁중노인은 날카로운 시선으로 나백천을 쩨려보며 엄한 목소리로 말했다.

"자넨 나이는 배 이상 처먹어서 철이 훨씬 덜 들었군. 자네도 자네 아내를 본받아 좀 참고 지켜보게. 그저 가만히 지켜보는 것도 부모의 역할이라잖아? 낄 데 안 낄 데 구별 못하고 팔불출처럼 촐랑촐랑거리는 게 부모 노릇 잘하는 건 아니니까. 그렇게 눈에 넣어도 아프지 않을 만큼 애지중지하니, 자네 옆에서 저 아이가 컸으면 어떻게 됐을지 상상만으로도 끔찍하네. 검각의 '옥상(玉霜)'에게 맡긴 건 천만 억만 잘한 일이야."

나백천은 매우 불만스러운 표정을 지었다.

"아빠의 마음과 엄마의 마음은 다르다니까요. 대형은 모릅니다, 몰라요."

반성이라는 걸 모르는 태도에 혁중노인은 한숨을 푹 내쉬며 말했다.

"자네, 운 좋은 줄 알아. 맹주 같은 것만 아니었으면 한 대 쥐어박았어!"

"빨리 결판을 짓고 돌아가겠어요. 계속 서 있기가 불편하군요."

이유는 그녀를 향해 쏟아지는 수많은 사람들의 탐욕 어린 시선들 때문이었다. 약속 때문에 면사를 하지 않은 바람에 생긴 일이었다. 이런 불편한 장소에서 오래 서 있고 싶은 생각은 추호도 없었다.

"삼 초 안에 끝내겠어요. 그러니 너무 원망하지 마세요."

마음이 약간 급해진 나예린이 발검했다.

"난 당신의 배를 갈라……."

그러나 채이수의 말은 끝까지 이어지지 못했다.

쉬익!

싸늘한 섬광이 반원을 그리며 날아갔다.

순식간에 거리를 좁혀오는 검에 당황한 채이수가 보법을 밟으며 뒤로 물러났다. 그러나 그것이 실수였다. 나예린의 검술은 한 번 몰아친 상대에게는 반격의 틈을 주지 않았다. 물러난 거리만큼 다시 거리를 좁혀 들어가며 압박하기 때문이다. 특히나 나예린은 몸도 가볍고 물새처럼 재빨랐다.

채이수는 소도를 휘둘러 검기를 날렸다. 작은 칼날이라고 생각할 수 없을 정도로 날카로운 검기가 나예린을 향해 날아갔다. 그러나 그 예리함에서 차우수에 미치지 못했다. 그의 장기는 사실 금나수와 관절기와 안마였다. 그러나 최절정의 수준에 검술을 상대하는 데는 많은 부족함이 있었다.

두 번째 검이 휘둘러졌다.

검각 비홍검의 한 초식이었다. 물 위를 나는 기러기의 움직임을 본딴 검초였다.

날개 편 기러기가 검풍을 갈랐다. 너무나 우아하고 매끄러운 동작은 보는 이의 심혼을 뒤흔들 정도였다.

팔랑!

채이수가 쓰고 있던 하얀 복면이 반 토막 되어 떨어졌다. 나예린의 검끝은 이미 채이수의 코끝에서 멈춰 있었다.

"져, 졌소."

검끝을 타고 전해지는 싸늘한 냉기에 멍했던 채이수의 눈빛이 정상으로 돌아왔다. 정수리 끝에서부터 얼음물을 뒤집어쓴 듯한 기분이었다. 굳이 채이수가 입 밖으로 내뱉지 않더라도 나예린은 그가 무슨 생각을 품고 있는지 알 수 있었다. 나예린이 불쾌함을 느끼는 것은 당연했다. 나예린이 발산한 싸늘한 분노에 정신을 번쩍 차린 채이수는 순순히 자신의 패배를 시인했다.

"소문은 과장되게 마련이라는데 이건 오히려 축소된 감이 있군요. 나 소저의 승리입니다. 과연 검각의 검술은 명불허전이었습니다."

"과찬의 말씀이에요. 그럼 전 이만."

여전히 관객들의 시선이 불편했던 나예린은 도망치듯 그 자리를 빠져나왔다.

미소저연대는 팔강전을 승리로 장식하며 수월하게 사강에 진출하게 되었다. 하지만 윤미만은 '수월하게'라는 말에 동의할 수 없었다.

절대로.

나백천과 예청의 걱정과 다르게 시합은 싱거울 정도로 간단하게 끝나 버렸다.

"저 아이가 언제 저렇게 강해졌을까요?"

시합을 지켜보았던 예청의 눈동자 속에서 무한한 긍지와 샘솟는 기쁨과 진한 아쉬움이 한데 뒤섞였다.

"부모가 모르는 사이에 아이는 어른이 되어 있는 법이지. 어떻게 부정한다 해도 말이야."

혁중노인이 한마디 했다. 부모의 눈이 미치지 않는 곳에서 어느새 아이는 훌쩍 커버렸다. 이제 더 이상 작고 연약해서 보호해 주지 않으면 안 됐던 어린아이가 아니었다. 이제 자신의 두 발에 세상에 당당히 설 수 있는 어른이었다.

"허허, 이거 잘못하면 당신보다 더 강할 수도 있소이다?"

나백천이 감탄 섞인 웃음을 터뜨리며 말했다.

"흠, 그래도 괜찮아요. 어차피 당신은 저한테 못 당하잖아요."

사실 나백천의 무공이 지금보다 열 배는 더 강해져도 그가 부인을 이길 수 있는 가능성은 희박했다. 이건 무공의 고하 문제가 아니었기 때문이다.

"부인, 난 감히 그런 무서운 생각을 품어본 적도 없다오. 하지만 내 생각엔 내가 예린이한테도 질지도 모르겠구려. 허허허."

"당신이 그렇죠 뭐."

예청이 자포자기한 듯한 한숨 소리를 흘려들으며 나백천은 나예린이 있는 대기석 쪽으로 다시 한 번 시선을 던졌다. 그의 시야에 검은 옷을 입을 여인이 들어왔다.

"다 끝났는데 왜 아직도 그렇게 불만이 가득한 표정인가?"

그의 시선이 범상하지 않은 것을 본 혁중노인이 물었다. 대무림맹주를 이렇게 아이 취급할 수 있는 사람은 아마 전 무림을 통틀어 이 사람 하나뿐일 것이다.

"연비라는 아이 때문입니다."

"그 아이가 왜? 저기 대기석에 앉아 있지 않는가?"

"예, 편하게 앉아 있지요. 저도 잘 보입니다. 예린이가 저렇게 위험을 무릅쓰고 싸우는데 아직 한 번도 싸우지 않고 자리만 지켰지 않습니까?"

"두 번째 시합에 나갔잖는가?"

뭐가 불만인지 알면서도 그렇게 말했다.

"그냥 나갔다가 기권하고 들어온 걸 싸웠다고 하지는 않지요."

나백천은 그게 불만인 모양이었다. 자기 딸만 위험한 일을 하는 게 마음에 들지 않았던 것이다. 그가 보기에 순진한 자기 딸을 꼬신 모든 원흉은 바로 저 연비라는 계집아이였다.

"그나마 여자 아이이기에 참고 있는 거지 만일 남자였다면 참지 않았을 겁니다."

"흐음, 남자 아이면 참지 않았을 거라고?"

확인이라도 하는 어조로 혁중노인이 물었다.

"당연하지요. 그런 놈팡이라면 단숨에 달려가 다리 몽댕이를 부러뜨렸을 겁니다."

"자넨 아직 철들려면 먼 것 같군. 아직도 여전히 팔불출이야."

"대형은 딸아이를 안 가져 봐서 이 기분 모릅니다. 딸 가진 아빠의 마음이라는 것을요."

그 말에는 은근한 자부심과 자랑이 스며들어 있었다. 그 부분이 혁중은 못마땅했다.

"그야 노부는 시커먼 사내 녀석밖에 못 낳았지. 그래서 지금 자네, 노부한테 자랑하는 건가? 같은 말도 한두 번 이어야지. 아주 입에 붙었어요, 입에."

"당연하지요. 부럽지요?"

혁중노인이 기가 막힌 듯 '허허!' 하고 허탈한 웃음을 터뜨렸다.

"자네가 하는 꼴을 보니 부러운지 한심한 건지 헷갈리는군."

딸아이가 없어서 다행인지 안 다행인지 알 수가 없었다. 아무리 전 무림에서 신마라 칭송받는 그도 경험해 보지 못한 일을 알 수는 없는 노릇이었다. 그저 과거에 예청이나 그의 언니처럼 아끼고 귀여워하던 여자아이 몇 명을 생각하며 짐작하는 것이 다였다.

"하지만 그렇게 화낼 일만이 아니지."

"저 연비라는 아이, 듣자 하니 청아랑 싸우면서 좀 다쳤다며? 피를 토했다는 이야기를 보면 내상을 입었다는 건데, 얼마나 회복됐는지 알 수 없지. 차라리 지금 별거 아닌 시합에서 힘을 축적해 놓고 큰 시합에서 활약하면 될 일 아니겠나?"

"큰 시합이라면 어떤 시합 말씀입니까?"

지금 이 노인에게 중요한 시합은 딱 하나뿐이었다.

"당연히 그 녀석…… 아니, 칠상흔과의 대결이지."

친절한 진령 씨
―바람과 뇌전의 싸움

'내가 검 이외의 것을 사랑하게 될 줄이야!'
진령에게 있어 그것은 하나의 기적이었다. 그녀는 자신이 남자를 사랑하게 될 줄은 꿈에도 몰랐다. 예전에는 그녀 역시 대부분의 여자 아이가 그러하듯 남자 따위는 불결하고 이 세상에서 필요없는 존재로 여겼다. 할 줄 아는 것이라고는 싸움과 폭력과 힘자랑밖에 모르는 그런 야만인들을 좋아하는 다른 여자들의 심리를 이해할 수 없었다.
'나는 평범하고 그들은 이상하다!'
그렇게 굳게 믿었다. 그런데 어느 날 눈을 떠보니 자기 역시 사랑하는 사람이 생겼다. 있을 수 없는 일이 일어나는 것을 기적이라 한다면 그건 분명 기적이었다. 그 남자의 이름은 남궁상이라고 했다.
행복했다.
사람을 사랑하는 게 이렇게 행복한 일인지 그녀는 처음으로 알게 되었다. 그걸 알려준 그가 고마웠다. 그는 자신을 위해 그녀가 존경하고 경외

하는 고모와 싸우는 일도 서슴지 않았다. 그것을 위해 그 혹독하고 끔찍한 대사형의 특훈도 즐거운(!) 마음으로 감내했다. 다들 죽을까 봐 꺼려하는 그 훈련은 자신을 위해 감내하다니. 그녀는 감격했다.

그리고 그는 이겼다.

그것은 그가 줄 수 있는 최고의 선물이었다. 가장 큰 난관을 넘음으로 해서 이제 남은 과정은 하나뿐이었다. 그녀 자신은 물론이고 그도 분명 알고 있을 거라 생각했다. 그날이 언제가 될까? 진령은 두근거리는 마음으로 언제가 갑작스럽게 찾아올 그날을 행복 속에서 기다렸다.

그러나 어느 날, 벌컥 열린 문 저편에서 그녀의 행복은 산산조각이 났다. 그곳에는 절대 볼 리가 없다고 생각하는 광경이 펼쳐져 있었다. 자신의 눈을 믿을 수 없었던 진령은 서둘러 문을 닫고 뒤돌아섰다. 그는 방금 무슨 짓을 하려 하고 있었던 것일까? 알고 싶지 않았다. 지금까지의 자신의 기다림은 어떻게 된 것인가? 지금 그가 그것에 대해 눈곱만큼이라도 생각하고 있을까?

마음속에 가득 차 있던 행복감이 썰물처럼 빠져나가고 텅 빈 그 자리에 배신감이 밀물처럼 몰려들어 왔다.

그녀는 대부분의 여자가 그러하듯 복수를 맹세했다.

아직도 진령의 눈에는 반쯤 벗겨진 옷과 흩날리는 은발 머리카락, 그리고 드러난 새하얀 어깨, 그리고 그 옷을 잡고 있는 한 남자의 얼굴이 아른거리고 있었다.

뿌드드득!

"가만두지 않겠어요, 절대로."

진령은 악귀처럼 싸웠다. 삼십만 냥이란 거금에 꼬여든 강자들이 그녀의 앞을 가로막았지만 귀신의 검이 된 아미(蛾眉)의 검을 막아내진 못했다. 그 무시무시한 패기에 그녀의 고모인 아미신녀 진소령마저 놀랄 지경이었다.

"도대체 무슨 일인지 알 수가 없군요. 저 아이, 지금은 마치 복수를 향해 나아가는 나찰 같은 검을 휘두르는군요."

그러나 지금 진소령은 조언자로서 적합하지 않았다. 그녀 역시 그런 쪽 일에는 문외한이었던 것이다. 그리고 그녀가 문외한이 탓에 속 앓이를 하고 있는 점창제일검 유은성은 옆에서 고개를 설레설레 저으며 한마디 덧붙였다.

"이유는 모르겠지만, 누군지 몰라도 참 불쌍하군요. 저 무서운 검의 표적이 되어야 하니 말입니다."

누굴까, 건드리지 말아야 할 것을 건드린 불쌍한 자는? 누군지는 몰라도 아마 남자이리라. 누군지 몰라도 앞날이 참으로 고달플 것 같았다. 그러나 다행히 진령은 혼자가 아니었다. 그녀에게는 동료와 친구가 있었다. 특히 마하령은 이제 이 일에 대해 상당히 열을 올리며 적극 동조하고 있었다.

"맞아요. 가만둘 필요 없어요, 가만두지 말아요. 남자에겐 본때를 보여줄 필요가 있어요. 내가 응원할게요."

여인의 한을 공감한 탓인가? 어느새 사이가 좋아진 두 사람이었다. 그러나 현재 진령은 매우 불친절한 상태였다. 동료의 응원도 올곧게 받아들이지 못할 정도로.

"마 소저도 조심하세요, 남자는 다 늑대니깐. 다 늑대……. 늑대 고기가 먹고 싶어요."

진령 자신은 늑대 고기에 굶주려 있었건만 마하령은 아직 용천명과 별 문제 없이 잘되고 있었다. 마하령도 그걸 알고 진령도 그걸 알고 있었다. 때문에 더욱 슬펐다. 지금 그녀의 마음을 이해해 줄 사람은 아무도 없었다.

"괜찮겠어, 진령아? 안색이 안 좋아 보여."

조심스러운 어조로 남궁산산이 물었다. 그녀 역시 동생에게 심한 배신감을 느끼고 징벌하기 위해 진령의 한 팔을 거들기로 나선 것이었다.

"난 물론 괜찮아. 괜찮고…… 말고. 이 정도쯤이야 아무렇지도 않아."

사실 지금 진령은 이해를 바라는 것은 아니었다. 지금 그녀가 바라는 것은 오직 복수였다. 남궁산산은 그런 친구의 모습에 마음이 아파왔다.

'궁상, 이 바보천치! 얼간이 자식!'

이 사태는 오직 그녀의 파렴치한 동생 때문에 발생한 것이라는 게 남궁산산의 잠정적인 결론이었다. 그렇기 때문에 누나로서(쌍둥이지만!) 응징하지 않으면 천하의 도리가 바로 서지 않을 터였다. 이번이 바로 그 남궁상과의 시합이었다. 드디어 쌓인 한을 청산할 결전의 순간이 온 것이다.

"저 친절해지고 싶어요. 그러니 친절하게 없애주겠어요."

진령의 눈동자 속에선 결연한 의지가, 그녀의 전신에선 숨 막힐 정도로 농후한 살기가 풍겨나며 사방으로 넘쳐흐르고 있었다.

"우리 모두 친절해지도록 하죠."

* * *

'왜지?'

남궁상은 이해할 수 없었다. 왜 일이 이렇게까지 지독하게 배배 꼬였는지 아무리 이해해 보려고 해도 도무지 이해할 수 없었다. 그리고 아마 앞으로도 이해하지 못할 것 같았다. 아니, 사실 솔직한 심정으론 이해하고 싶지도 않았다.

'난 잘못한 거 하나도 없는데, 왜?'

그러나 자신은 지금 준결승 참가 자격을 둔 준준결승 싸움을 앞두고 있었다. 지금 남궁상한테는 강호란도에서 도박으로 잃은 돈을 벌충하기 위해 상금 오만 냥이 어떻게든 필요했고, 그러기 위해서는 반드시 이 투기제에서 삼위 안에 들어야 했다. 그 염원을 담아 조 이름도 '사채청산'이라 지었다. 그런데 얄궂게도 그 앞길을 태산처럼 가로막고 있는 존재는 다른 누구도 아닌 그가 가장 사랑하는 정인(情人)인 진령과 그녀가 속한 '오뉴월 서리' 조였다. 그녀의 등 뒤에는 아직도 뜨거운 분노의 날개가 불꽃을 일으키며 끊임없이 일렁이고 있었다. 순순히 물러날 생각이 없는 것은 흘깃 훔쳐만 봐도 알 수 있었다.

'날 밟고 지나가지 전엔 여길 순순히 통과할 순 없을 거예요!' 라는 무언의 기세를 느끼고 있는 것은 비단 그 혼자만은 아니었다. 그녀는 지금 현금의 빚이 아닌 마음의 빚을 받아내려 하고 있었다.

'일이 왜 여기까지 꼬인 거지? 왜?'

다시 한 번 뇌리 한쪽 구석에 붙박여 있는 의문이 고개를 쳐들었으나 이번에도 역시 이해할 수 없었다.

"쯧쯧, 그러게 왜 바람 같은 걸 피고 그랬나?"

옆에 있던 용천명이 한숨을 내쉬며 고개를 설레설레 저었다. 상대편 진영과는 십수 장이 떨어져 있는데도 느껴지는 원한이라니. 거기다 남궁산산은 개인적인 친분 관계가 있으니 그렇다 치고, 그렇게 사이 나쁘던 마하령까지 왜 한팔 거들고 있는지 알 수가 없어 더 무서웠다.

"누, 누, 누가 바, 바, 바람을 피웠다는 겁니까?"

남궁상은 흥분한 나머지 말까지 더듬거렸다. 그렇잖아도 오해 때문에 골치가 아파 죽겠는데 선배라는 사람이 지금 옆에서 염장을 지르는데 그가 어찌 평상심을 유지할 수 있겠는가. 그러나 용천명은 그의 마음을 아는지 모르는지 태연하게 말했다.

"그야 바로 자네지."

용천명의 손가락은 정확히 남궁상의 심장을 가리키고 있었다. 남궁상은 가슴이 철렁해져서 외쳤다.

"오, 오, 오해라니까요! 정말 아무 일도 없었습니다, 아무 일도!"

그러나 용천명은 별로 믿는 기색이 아니었다.

"그야 그때는 아무 일도 없었을 수도 있겠지. 하지만 또 누가 아는가? 그때 누군가가 '벌컥!' 문을 열고 들어오지 않았다면 무슨 일이 어떻게 일어났을지 누가 알겠는가? 그때도 아무 일도 없었다고 어찌 보장할 수 있겠는가? 당시 자네는 변명의 여지가 없는 자세였다네. 부처님께서도 말씀하셨지, 마음이 동(動)하면 이미 행(行)한 것이나 마찬가지라고. 아미타불. 자네 정말 '동(動)' 하지 않았는가?"

마지막에 가서 얄밉게 사이비(似而非)스런 소림의 속가제자 티를 내니 더욱 열이 받았다. 게다가 계속 '동' 자를 강조하는 것은 놀리기 위한 의도가 분명했다.

"그, 그건 억지입니다! 이상한 질문도 하지 마시구요. 그때 제 손이 위로 올라갈지 아래로 내려갈지 용 선배께서 어떻게 아십니까? 제 마음속에 들어와 본 것도 아니잖습니까?"

"경험으로 알 수 있지, 경험! 그런 상황에서 대부분의 남자의 손은 아래로 내려간다네. 색즉시공(色卽是空) 공즉시색(空卽是色), 아미타불."

반배합장하며 용천명이 나직이 불호를 외었다.

"자꾸 색색색 하지 마세요! 전 정말 억울하다고요. 게다가 색즉시공과 이 색이 무슨 관계가 있습니까? 괜히 좋은 말, 나쁘게 망치지 마세요."

물론 아무런 관계도 없고 전혀 의미도 다르지만 놀림거리가 되기에 의의가 있다는 말은 전혀 하지 않았다.

"하지만 실제로 자네의 말은 진 소저에게 전혀 먹히지 않고 있지 않은가?"

"그, 그건 그렇지만……."

그렇게 아픈 곳을 정면으로 찌르면 할 말이 없었다. 그러나 이대로 그냥 인정하고 싶지도 않았다.

"게다가 경험경험 하시는데, 용 선배도 동정이지 않습니까? 설득력이 없어요."

그러자 옆에서 입 꼭 다물고 있던 류은경의 얼굴이 확 달아올랐다. 그건 용천명도 다르지 않았다.

"누, 누, 누가 동정이라는 건가? 게, 게, 게다가 동정이면 또 어떤가? 나, 난 소림의 제자일세. 육욕을 멀리하는 건 당연한 일일세."

예상외로 엄청 당황하는 모습에 남궁상은 눈을 동그랗게 떴다.

"정말…… 동정이었군요."

사실 넘겨짚어 본 것에 불과했던 것이다.

"그게 나쁜가! 그러는 자네는? 설마 자네……."

그러자 이번에는 남궁상의 얼굴이 확 달아올랐다.

"비, 비밀입니다."

그가 허둥거리며 말했다. 그리고는 두 사람 모두 침묵했다. 이대로 계속해서 대화를 이어간다는 것은 스스로 무덤을 파는 행위라는 것을 너나 할 것 없이 깨달은 탓이었다. 어색한 기운이 가시는 데는 조금 시간이 걸렸다. 다시 먼저 입을 연 사람은 용천명이었다.

"자넨 지금 진 소저에게 위축되어 있어. 지금 자네의 마음 상태로 이 싸움에서 이길 수 있을지 모르겠군."

"우린 반드시 이겨야 합니다. 도박장에서 진 빚을 갚아야죠. 사채청산의 염원을 이루지 못한다면 저흰 끝장입니다. 저는 그렇다 치고 용 선배는 마 소저한테 이길 자신 있습니까? 저번에도 한 번 졌잖습니까?"

복수심 때문일까? 남궁상이 용천명의 아픈 곳을 건드렸다.
"그, 그건……."
용천명도 그 일에 대해서는 할 말이 없는 듯했다. 누가 뭐래도 그것은 승패가 명백한 시합이었고, 그는 승부를 잃는 대신에 다른 귀한 것을 얻었다. 때문에 그 일에 대해서 그는 후회하지 않았다. 하지만 뭐라 변명할 만한 거리도 없었기에 두 사람 사이의 대화는 또다시 중단되었다. 영겁 같은 순간이 지난 후 용천명이 먼저 입을 열었다.
"우리 이길 수 있겠나?"
그의 입에서 나온 것은 확신이 아닌 의문이었다. 그러나 남궁상 역시 확신은 가지고 있지 않았다.
"글쎄요…… 솔직히 자신이 없네요."
류은경은 사건의 유발자인 만큼 입도 벙긋하지 않은 채 가만히 서 있기만 했다. 어쨌든 이 싸움을 피할 방도는 어디에도 없었다. 그렇다면 일단 맞설 수밖에 없었다, 싫든 좋든.

'말해야 되나 말아야 되나?'
남궁상이 잠시 고민했다.
자칫하면 류은경의 명예를 훼손할 수도 있었다. 그러나 말하지 않을 수도 없었다. 이번 시합의 첫 번째 선수는 류은경이었다. 그리고 그의 느낌에 그녀의 상대는 딱 한 명뿐이었다.
"류 소저의 아마 상대는 산산이 될 겁니다."
"그 사람의 성도 남궁 씨이더군요? 아시는 분인가요?"
"저랑 쌍둥이 남매입니다."
그 말에 잠시 류은경이 깜짝 놀랐다.
"기권하십시오."

잠시 고민하던 남궁상은 결국 하고 싶은 말을 했다.
"왜요? 그 사람과 남매이기 때문인가요?"
남궁상은 고개를 가로저었다.
"실례지만 지금 류 소저의 실력으로는 산산을 이기기 힘듭니다."
남궁상이 냉정하게 말했다.
"승부는 겨뤄봐야 아는 거라고 하지 않으셨나요? 만일 지더라도 힘 정도는 빼놓을 수 있어요."
류은경도 지지 않고 대답했다.
"다칠 수 있습니다. 옛날부터 제일 못하는 게 남 사정 봐주는 녀석이니까요. 게다가 만일 류 소저가 기권하면 산산도 기권할 겁니다."
"그걸 어떻게 확신하죠?"
"이래 봬도 이십 년 이상 함께 살아온 남매니까요. 그 정도는 알 수 있습니다. 그러니 기권하세요. 아무도 소저를 책망하거나 하지 않습니다. 원래 이 시합은 저랑 진령이 풀어야 할 문제입니다."
물론 원인 제공자는 눈앞에 있는 류은경이긴 했지만 말이다.
"……."
류은경은 아무 대답도 하지 않은 채 남궁상과 남궁산산을 번갈아가며 바라보았다. 그러다가 그녀의 시선이 남궁산산의 얼굴에 고정되었다. 쌍둥이라서 그런가? 확실히 두 사람 사이에는 닮은 점이 많았다. 그러다가 그녀의 시선이 살짝 오른쪽으로 움직였다. 그곳에 진령이 서 있었다. 팔짱을 낀 채 매서운 눈으로 이곳을 바라보았다. 류은경 자신 따위는 안중에 없다는 듯 진령의 시선은 남궁상을 향하고 있었다. 다시 류은경의 시선이 남궁상을 향했다.
"싫어요."
그녀의 의외의 대답이 튀어나왔다. 항상 고분고분하고 미안해하기만

하던 류은경의 입에서 나온 것이라고 생각지 못할 정도로 의외의 대답이었다.

"다녀오겠습니다."

서둘러 인사를 한 다음 종종걸음으로 빠르게 걸어나갔다. 투기장 한가운데선 이미 남궁산산이 기다리고 있었다.

"왜 안 했어?"

남궁산산의 입에서 나온 첫 번째 말은 뜬금없는 질문이었다.

"뭘요?"

마주 선 류은경이 의아한 얼굴로 반문했다.

"기권 말야. 하라고 했을 텐데?"

확신을 가진 어투였다.

"어떻게 그걸……."

깜짝 놀란 류은경이 반문했다.

"그 정도는 알지. 왜냐하면……."

"쌍둥이니까?"

류은경이 반문했다.

"맞아."

남궁산산이 선선히 대답했다. 그녀는 원래부터 스스럼없이 하고 싶은 말을 다 하는 성격이었다. 특히 대사형에게 많이 물들어서 증세가 더 심해졌다. 하지만 편하게 말을 놓는 것이 너무나 자연스러워 듣는 류은경도 그다지 기분 나쁘지 않았다. 보기보다 털털한 성격에 기인한 듯했다. 게다가 자신에게 도움의 손길을 보내준 남궁상과 남매라는 사실에 그녀는 매우 강한 호의를 품고 있었다.

"사이좋은 남매네요?"

모친은 친모임에도 불구하고 항상 남동생만 챙겼기 때문에 그녀와 남동생 사이에는 넘을 수 없는 간극이 있었다. 아마 그 간극은 결코 메워지지 않을 터였다, 평생.

남궁산산은 유쾌하듯 깔깔거리며 웃음을 터뜨렸다.

"그 말 그 녀석에게 했다간 경기 일으킬걸?"

"그렇게 웃긴가요?"

아직도 배꼽을 부여잡은 채 눈물까지 찔끔거리며 남궁산산이 고개를 끄덕였다.

"웅, 엄청!"

류은경은 어느 부분에서 저렇게 허리가 끊어질 정도로 웃을 수 있는지 이해가 가지 않았다. 겨우 웃음을 그친 남궁산산이 자세를 똑바로 했다. 좀 전처럼 가벼운 모습을 온데간데없고 전신에서 은은한 기세가 피어오르고 있었다. 그 기운이 조용히 류은경을 압박하며 다가오고 있었다. 긴장한 류은경은 마른침을 꿀꺽 삼켰다.

'이게 천무학관 칠봉 중 한 명의 실력인가? 그렇다면 저 진령이란 사람도 이 사람과 동급이거나 그 이상이란 이야기겠지?'

도저히 이길 수 있을 거라 생각이 들지 않았다. 도저히 자기 또래로 보이지 않는 실력이었다.

"웃겨준 보답으로 나도 다시 한 번 권유하지. 기권해."

확실히 그것은 솔깃한 권유였다. 한 번 큰소리치고 나온 류은경의 마음이 살짝 흔들릴 정도로. 그러나 그녀도 나름대로 오기가 있었다.

"싫어요."

류은경의 대답은 끝내 변하지 않았다.

"은근히 고집이 세네?"

"그런 말은 처음 들어요. 항상 부정적이고 소심하니까 좀 더 자신감을 가지라는 이야기만 사부님께 종종 들었거든요."
 그러고 보니 그녀의 모든 상황을 언제나 부정적으로 해석하는 버릇이 지금은 발동하지 않고 있었다.
 "앞으로 종종 듣게 될 거야."
 확신에 찬 어조로 남궁산산이 말했다.
 챠랑!
 "그럼 어쩔 수 없지."
 남궁산산은 조용히 자신의 검을 뽑아 들었다.
 "조심해. 궁상이 녀석도 세 번 중 한 번은 나한테 엄청 깨지니까."
 남궁산산이 경고했다. 류은경은 긴장했다. 분명 허풍이 아니었다. 검을 뽑아 들고 서 있는 모습만 봐도 충분히 알 수 있었다. 그녀는 강했다. 그리고 무척 자연스러웠다. 전혀 긴장이 느껴지지 않았다. 무시하는 건가, 하는 생각이 들 정도였다. 그러나 그건 아니었다. 강하기 때문에 자연스러워질 수 있는 건지, 자연스럽기 때문에 강한 건지 알 수가 없었다.
 스릉!
 류은경도 자신의 검을 뽑아 들었다. 맑은 방울 소리 같은 검음이 울렸다.
 짧은 시간이지만 그녀의 검이 지난 며칠 사이에 부쩍 성장했다. 특히 강도 높은 실전을 통해 그동안 형태로만 알고 있던 검술의 상당 부분을 흡수할 수 있었다. 그녀는 성장했다. 억지 명령을 내린 그 사람한테 감사라도 해야 하는 게 아닌가 하는 생각이 들 정도였다.
 "당신도 조심하셔야 할 거예요."
 류은경의 몸 주위에서 바람이 일어나자 그녀의 은발 머리카락이 춤추듯 나부꼈다.
 "재미있군."

남궁산산은 재미있는 장난감을 손에 넣은 개구쟁이처럼 씨익 웃었다.
까딱! 휙!
가볍게 손목을 살짝 움직인 것처럼 보였는데도 산산의 검은 채찍처럼 날카롭게 상대를 향해 날아갔다. 특별한 초식이 있는 것은 아니었다. 남궁산산의 칼은 남궁상의 칼보다 얇고 가벼웠지만, 대신 훨씬 빨랐다. 처음에는 막거나 피할 만하던 검속이 횟수를 더해갈수록 점점 빨라지고 있었다. 너무 빠른 공격에 공기의 흐름을 읽기가 쉽지 않았다. 그러나 류은경은 유효한 공격을 허락하지 않았다. 그녀는 최소한의 움직임으로 쏟아지는 공격들을 피해냈다. 검을 부딪치거나 반격해 들어오는 일 없이 그녀는 피해내기만 했다. 세 번 검을 휘두른 다음에도 아무런 소득이 없자 산산은 검을 멈추고 고개를 갸우뚱했다.

"어떻게 읽었어? 내 검의 궤적?"

"바람을 통해서."

류은경이 짧게 대답했다.

"재미있는 능력이네."

남궁산산은 꽤 흥미가 이는 모양이었다.

"모든 움직임은 공기를 진동시키죠. 당신의 움직임도 예외가 될 수 없어요."

그것은 기술이라기보다는 연마된 재능이었다. 그녀는 몸 주변의 공기를 움직여 자신의 움직임을 돕거나 상대의 기운을 읽을 수 있었다.

"흐음, 공기의 움직임이라……. 그건 바람보다 빠르게 움직이면 된다는 건가?"

그 말에 류은경은 깜짝 놀라 외쳤다.

"그건 불가능해요."

불가능이라는 말에 남궁산산은 피식 웃었다.

"그 말, 우리 대사형 앞에서는 안 하는 게 좋을걸?"
"왜죠?"
"분명 지옥을 경험할 테니까. 어떤 지옥을 보여주면 '불가능합니다'에서 '불(不)'자를 빼고 '가능합니다'라고 말하는지 실험하길 좋아하거든."
한 번도 만난 적이 없는 남궁산산의 대사형이란 존재엔 그다지 관심의 대상이 아니었다.
"하고 싶은 말이 뭐죠?"
남궁산산이 할 말은 이미 정해져 있었다.
"가능해, 바람보다 빠른 검. 그 말이 하고 싶었어."
그녀는 지금 바람보다 빠르게 검을 휘두르겠다고 말하고 있었다.
"그게 가능한가요?"
"말했잖아, 불가능은 가능이 되기 위해 존재한다고. 우리 대사형이 종종 하는 말이지."
남궁산산 역시 남궁세가의 핏줄인 만큼 기본적으로 세가 독문검법인 뇌전검법을 익혔다. 하지만 이 뇌전검법은 너무 강맹하고 속도와 위력을 중시하기에 여성들에게 그다지 적합하지 않았다. 같은 방식으로 배우면 여자가 남자에게 뒤질 수밖에 없었다. 이건 차별 이전의 선천적인 문제였다.
그러나 다르다고 해서 절망할 필요는 없었다. 남궁산산은 다르다고 해서 좌절하지 않았다. 설령 힘은 남자보다 약할지라도 그녀에겐 다른 장점이 있었다. 게다가 재능도 있고 눈썰미도 있었다. 그녀는 위력을 포기하는 대신 속도를 극한으로 끌어올렸다. 두 마리 토끼를 잡을 수 없을 때는 한 마리만으로도 확실히 잡는 게 쫄쫄 굶는 것보다 나았다. 한 마리를 완전히 잡을 수 있는 기술을 얻으면 조만간 또 한 마리가 눈앞에 나타났을 때 두 눈 멀뚱히 뜨고 멍하니 있지 않아도 된다. 그렇게 해서 그녀의 뇌전은 비록 굵기가 가늘지만, 면도날처럼 날카롭고 빨라졌다. 흔들리며 떨어지는 머리카락을 베고, 전혀 바람을 일으키지 않은 채 매달린 종이를 수십 등분 할 수 있을 정도였다.

류은경은 확실히 그 나이 또래의 다른 이들에 비해 월등히 뛰어난 실력을 가지고 있었다. 하지만 천무학관에 그 정도 재능을 가진 자는 그리 드물지 않았다. 게다가 그녀와 그녀의 친구들은 어처구니없는, 인간의 상식으로 통하지 않는 어떤 사람, '대사형' 덕분에 경험의 횟수가 달랐다. 무슨 횟수기에 그렇게 생색내냐고 묻는다면 그녀를 포함한 주작단 전원은 입을 모아 이렇게 대답할 터였다.

'지옥 경험 횟수!'

그리고 지옥의 밑바닥에서 건져 올려온 것이 무엇인지 언제든지 만인 앞에 선보일 준비가 되어 있었다. 가느다란 검날이 파르르 세차게 떨리면 요란한 울음을 터뜨렸다. 그러나 겉으로 보기에 그녀의 검날은 조금의 미동도 없었다. 한줄기 실 같은 섬광이 허공을 그었다.

바람은 느껴지지 않았다.

살랑!

몇 가닥, 가느다란 은빛 머리카락이 정적 속에서 땅바닥에 떨어졌다.

"어때? 내 말 맞지?"

남궁산산이 웃으며 말했다. 류은경은 입도 벙긋할 수 없었다. 어느새 자신의 목에 놓인 검날의 한기가 얇은 피부를 타고 소름 끼치도록 차갑게 전해져 왔던 것이다.

"졌군."

"네, 졌군요."

"항복하겠어?"

"항복하겠습니다."
이미 승부가 갈렸는데 집착하는 것은 좋은 버릇이 아니었다.

역시 예상대로의 광경이 펼쳐지는 것을 보며 남궁상은 고개를 끄덕였다.
"이렇게 될 줄 알고 있었나?"
용천명이 무심한 어조로 말했다.
"예, 상성이 너무 좋지 않았으니까요. 류 소저의 상대는 차라리 마 소저였으면 더 나았을지도 모릅니다."
그건 그것대로 곤란한 광경이 나올 수도 있지만 말이다.

"자, 그럼 이제 자리를 비켜줘야지? 연인들이 대화하는데 눈치없이 다른 사람이 끼어들면 안 되지. 게다가……."
"게다가?"
"현명한 사람들은 부부 싸움 근처에 가지 않는 법이지."
"부부요? 저 두 사람, 이미 혼인했나요?"
깜짝 놀란 얼굴로 류은경이 반문했다. 그럴 리가 있겠냐는 얼굴로 남궁산산은 쓴웃음을 지었다. 그리곤 대답했다.
"아니. 하지만 곧 그렇게 될 거야, 아마도."
이 싸움에서 궁상이 살아남을 수 있을 때의 이야기지만 말이야, 라는 말은 생략했다.
"하긴, 했어도 상관없긴 하죠."
들릴락 말락 한 목소리로 류은경이 중얼거렸다.
"뭐라고?"
"아뇨, 그냥 혼잣말이었어요. 아참, 이 초식 이름이 뭐죠?"

자신의 바람 결계를 가르고 들어온 검을 바라보며 류은경이 물었다.

"아직 없어."

이건 초식의 정묘함이나 변화무쌍함보다는 오로지 남궁산산 개인의 부단한 수련 성과에 의해 얻어지는 검초였던 것이다. 그래서 아직 초식의 이름은 없었다.

"제가 이름을 지어줘도 될까요?"

"음…… 좋아."

"번개처럼 빠른 검이 바람을 가르고 들어왔으니, '절풍섬뢰(切風閃雷)' 가 어떨까요?"

"바람을 가르는 섬광 같은 번개라……. 우아함이 좀 부족하고 너무 사내의 것같이 강하지만 나쁘지 않은 이름이네. 고마워."

"다음에는 섬뢰처럼 빠른 검에도 끊어지지 않는 바람을 보여 드릴게요."

그동안의 류은경에게서 볼 수 없었던 적극적인 모습이었다. 이번 싸움을 거치면서 그녀의 마음 안에 뭔가 새로운 의지가 솟아난 모양이었다.

"기대하지."

그리고는 잠시 궁리를 하더니 다시 한 번 류은경을 보며 말했다.

"아참, 그러고 보니 한 가지 더 할 말이 있는데?"

"뭐죠? 말씀하세요."

"좋은 실력이었어, 재미도 있었고. 어때? 천무학관에 들어오는 게?"

"제, 제가 천무학관에요?"

그런 제안을 받을 줄 생각지도 못했던 류은경은 눈을 동그랗게 뜨며 반문했다.

"그래, 너 정도 재능이라면 충분히 들어올 수 있어. 거기 들어가면 사년 동안 그곳에서 머물러야 되지만."

"사 년 동안이나요?"

"물론이지, 거긴 기숙사제니까. 왜, 너무 길어? 사 년이 좀 길어 보여도 금방이야. 일 년에 두 번 휴가 때는 집도 방문할 수 있고."

집으로의 방문? 그딴 건 필요없었다. 그녀에게 이 제의가 너무나 매력적인 부분은 다른 부분이었다.

"아뇨, 길다니요, 너무 짧을 정도인걸요. 사 년이 아니라 십 년이라도 상관없어요. 전 그 집에 다시 돌아가지 않을 거예요. 아무도 절 무시할 수 없게 될 때까지는요!"

류은경이 선언하듯 외쳤다.

"괜찮겠어?"

그 질문을 듣자 류은경은 자신에게 부족했던 것이 무엇인지 깨달았다. 그것은 바로 자신의 망설임을 끊어줄 결단력이었다.

"괜찮냐고요? 물론이죠. 전 이제 독립하겠어요."

어차피 그녀에겐 이제 돌아갈 곳이 없었다. 그렇다면 누구 말마따나 독립하면 그만이었.

그녀도 이제 어엿한 성인이었다. 마음만 먹으면 혼자 살 수도 있었다.

'그걸 왜 이제까지 생각하지 못했을까?'

방법을 궁리하다 보면 해결책은 나오는 것을. 그 점이 너무나 안타까웠다.

"드디어 이 순간이 왔군요."

진령이 자리에서 벌떡 일어나며 말했다. 그녀의 두 눈동자에서 각오가 번뜩이고 있었다.

"이길 수 있겠어?"

남궁산산이 물었다. 지금 이 순간 그녀는 남궁상의 쌍둥이 남매가 아니라 진령의 가장 친한 친구였다. 그리고 그 친구를 친구로서 응원하고 있었다.

"물론! 나의 검이 그 사실을 증명해 줄 거야!"

한 치의 망설임도 없는 어조로 진령이 대답했다. 아직도 그녀의 분노는 누그러지지 않은 채 오히려 더 강하게 타오르고 있었다.

그 시각 반대편에서도 똑같은 질문이 오가고 있었다.

"이길 수 있겠나?"

조용한 목소리로 용천명이 물었다.

"선배님이 령아를 상대로 힘을 좀 빼놓아주시면 이길 수 있었겠죠."

약간 원망하는 투로 남궁상이 말했다.

"내가 정말로 그랬길 원하나?"

용천명이 남궁상의 눈을 정면으로 바라보며 물었다. 숨김없이 대답하라는 무언의 표시였다. 잠시 생각하던 남궁상은 고개를 가로저었다.

"아닙니다, 아마 그랬다면 마음이 더 아팠겠죠."

"그걸 알면 그렇게 말하면 안 되지 않겠나?"

"미안합니다, 선배. 하지만 솔직히 나가기 무섭네요."

나가서 무엇을 어떻게 해야 할지 아무런 감도 잡히지 않았다. 싸워서 이긴다고 해서 이 일이 끝나는 것은 아니었다. 이 일은 힘으로 찍어누른다 해서 해결될 문제가 아니었다. 솔직히 그럴 자신도 없었다. 그래서 더 답답했다.

그 솔직한 말에 잠시 침묵하던 용천명이 무겁게 입을 열었다.

"음…… 사실 나도 무섭네."

그리고는 얄밉게 하지 않아도 될 말을 한마디 더 덧붙였다.

"죽지 말게."

남궁상은 한숨을 푹 내쉬며 대답했다.
"전혀 위로가 안 되는군요."
그리고 나중에서야 알게 된 일이지만 확실히 이 싸움은 힘으로 해결될 수 있는 문제가 아니었다. 그러나 힘이 없으면 눈 깜짝할 사이에 죽을 수 있는 위험이 도사리고 있었다.

오뉴월에 서리가 내릴 정도로 차갑게 내려앉은 공기가 끔찍하게 무겁게 느껴졌다.
"저게 바로 고대로부터 면면부절이 내려왔다는 유서 깊은 대혈투인 '연인들의 대결'이군요. 이거 참 흥미진진한데요."
연비는 이 광경이 끔찍하다기보다 오히려 재미있는 모양이었다. 설산 꼭대기에서 굴린 눈덩이가 어떻게 부풀려졌는지 궁금해하는 듯한 눈치였다. '그게 그렇게 흥미진진한 건가요?'라고 묻는 나예린의 물음에 연비는 아무런 망설임도 없이 '물론이죠!'라고 대답했다.
"그동안은 그 유서 깊은 혈투가 전혀 모르는 사람들 사이에서만 일어나서 그저 남의 일만 같았거든요. 그러다 보니 부작용이 생겨 버렸어요. 실감이 안 났던 거죠. 하지만 이번에는 잘 아는 사람들 사이에서 일어나는 일이다 보니 실감난다고 해야 할까요? 좀 더 감정 이입이 잘 되는군요. 누가 이길까요? 정말 콩닥콩닥거리는데요."
연비가 두근거려 하며 흥미진진한 목소리로 말했다.
"난 전부터 두 사람이 싸우면 누가 이길지 궁금했어요. 오늘 드디어 그 답을 알 수 있겠네요. 그런데 누가 이길지 미리 알면 재미가 반감되지 않을까요?"
"그 말도 일리가 있어요. 하지만 그걸 알면서도 분석하려 드는 것이 무인들의 본능이죠."

나예린이 대답했다.

"두 사람의 실력은 막상막하예요. 아니, 객관적인 실력은 저 궁상 대장이 조금 더 우위라고 할 수 있죠. 하지만…… 승패를 결정하는 게 반드시 객관적인 무력만이 아니라는 건 린도 잘 알잖아요?"

승부라는 것은 생물처럼 여러 가지 변수에 따라 변하는 법이었다.

"그럼 알 수 없다는 건가요?"

연비는 다시 한 번 볼을 긁으며 잠시 고민했다.

"글쎄요. 아마 마음이 더 강한 사람이 이기겠지요."

그렇다면 승자는 이미 정해져 있었다. 진령 앞에 선 남궁상은 형장에 이송된 죄인처럼 기를 못 펴고 있었다.

진령 대 남궁상
―개막! 연인 사투(戀人死鬪)!

"어때요, 진령? 다시 한 번 생각해 볼래요?"
말없이 건너편을 노려보기만 하고 있는 진령을 향해 마하령이 물었다.
"아니요, 하령 선배. 필요없어요."
진령이 딱 잘라 대답했다. 어느새 이름을 부르게 된 두 사람이었다.
"정말 싸울 셈?"
"물론이죠. 그렇지 않으면 그 많은 사람들을 쓰러뜨리며 여기까지 올라왔을 리 없잖아요?"
앞을 가로막는 적들을 맞상대하는 성난 진령의 모습은 마치 나찰과도 같았다. 그녀는 오갈 데 없는 분노를 이 투기장에 쏟아 붓고 있는 듯했다. 여러 사내들이 그녀의 손에 곤죽이 되었지만 아직도 그녀의 이글거리는 분노는 꺼질 줄 몰랐다. 아무래도 '오뉴월 서리'라는 조 이름은 잘못 지은 게 아닌가 하는 의심이 자꾸만 들게 하는 대목이었다. 친구 남궁산산이 걱정스런 어조로 입을 열었다.

"뭐, 나야 령이 네가 하는 일이니까 여기까지 따라오긴 했는데 사실 아직 좀 의심스럽긴 해. 그 궁상이 그렇게 갑작스럽게 대범해졌다고 생각할 수 없거든? 그 녀석은 아직 령이 네 옷도…… 합!"

진령의 날카로운 눈빛을 받은 남궁산산은 자신의 실책을 깨닫고는 서둘러 입을 닫았다.

"그러니까 더 열받는 거야!"

날카로운 어조로 진령이 소리쳤다.

"아니, 그러니깐 내 말은 역시 오해가 있었던 게……."

남궁산산은 어떻게든 사태를 수습해 보려 했지만 생각만큼 잘되지 않았다.

"난 아직 청혼도 못 받았단 말야!"

진령이 빽 소리쳤다.

'아, 그래서 더 화난 거구나.'

그렇다면…….

"너, 이미 알고 있었구나?"

미심쩍은 목소리로 남궁산산이 물었다.

"몰라! 알고 싶지도 않아! 이건 그런 문제가 아냐!"

진령이 고개를 획 돌리며 소리치듯 대꾸했다.

"난 이미 한 줄 알았지. 설마 아직도 못했을 줄 몰랐어. 저번에 월영정에 있을 때 그때 한 줄 알았거든. 청혼."

"그때 대사형의 방해로 무산됐어. 그리고는 다 대사형의 입으로 진행됐지, 본인의 입으로는 들은 적이 한 번도 없어. 그는 겁쟁이야."

"그래서 어쩌려고?"

"대사형이 그랬다며? 안 되면 되게 하라고."

도대체 무엇을 되게 만들겠다는 것인가?

"그게 령이 네 생각이야?"

남궁산산은 그게 뭔지 알아들은 모양이었다.

"그래."

산산은 친구를 말리지 않았다.

"그럼 그렇게 해! 네가 믿는 바대로. 그 녀석도 가끔 혼나봐야 정신이 번쩍 들지. 남자들은 대부분 바보야. 그러니 좀 더 확실히 말해주는 게 좋을지도 모르지. 그들은 여성들의 섬세한 무언의 말들을 들을 만큼 섬세하지 못하니까. 사내들은 다들 둔치거든."

"그 사람의 그렇게 확실하지 못한 점이 정말 마음에 안 들어."

"대사형도 항상 그게 문제라고 했지. 그나마 대사형 만나고 나서 지옥을 몇 번 겪은 후로 나름 그 녀석도 강해졌어."

아마 주작단 중 가장 많은 성장을 이룬 게 남궁상일 것이다. 최근 들어 서로 실력을 비교해 본 적은 없지만 그 사실만큼은 다들 인정하는 바였다.

"하지만 아직 부족해. 아직도 우유부단하다고. 난 좀 더 확실히 말해주길 원하는데. 그렇게나 기다렸는데!"

"그래서 뭘 어쩌려고?"

"대답을 듣고 말겠어."

단단한 결심이 배인 목소리로 진령이 대답했다.

"좋아. 내가 대화의 장은 만들어놨으니까 마음껏 퍼부어주고 와. 령이가 돌아온 후에 마 선배는 용 선배 쪽을 부탁해요."

"내, 내가? 어떻게?"

너무나 단호한 진령의 태도에 마하령은 조금 당황했다.

"알아서 잘해봐요. 한 번 이겼잖아요. 두 번이 뭐 어렵겠어요?"

산산이 대수롭지 않은 어조로 말했다.

"하지만 그 사람은 아직 여자를 덮치거나 바람을 피거나 그러지 않았는데?"

자기는 싸울 이유가 없다는 투였다. 진령과 어울린 건 어디까지나 여자로서의 분노였으나, 그 분노 안에 자기까지 휩쓸리고 싶지는 않았다. 용천명 옆에 생판 처음 보는 계집애가 붙어 있는 게 좀 마음에 안 들긴 하지만 아직 그들에겐 대화로 풀어나갈 여지가 있었다. 더구나 분노에 불타며 나찰처럼 사납게 날뛰는 진령을 보고 있으니 자신은 그러지 말아야겠다는 생각이 문득 들었던 것이다. 자기가 망가지기 전에 망가진 남에게서 배운다. 이런 게 '반면교사'의 묘리인 모양이다.

'인간은 타인의 성공에서 뭔가를 배울 수 있듯 실패에서도 배울 수 있다는 것이겠지.'

이 경우 실패한 사람이 자신이 아닌 게 그렇게 다행이 아닐 수 없었다.

진령은 드디어 운명의 수레바퀴가 돌고 있는 전장을 향해 걸어갔다. 저 건너편에서 문제의 그가 걸어오고 있는 것이 그녀의 눈동자 속에 비춰졌다.

그를 처음 눈 안에 담게 된 때는 언제일까? 아마 아미산으로 가는 길이었을 것이다. 그전에는 그저 한 사람의 경쟁자였을 뿐이다.

구룡칠봉(九龍七鳳), 그 안에서 남자도 여자도 없었다. 진령은 남자, 여자를 떠나서 이기고 싶었다. 그래서 남궁세가의 셋째 아들은 여러 경쟁 상대로서 주의 대상 중 하나일 뿐이었다. 그러던 것이 언제부터 다른 사람과 구분되게 되었을까?

검에 몰두하는 그는 무척이나 멋있었다. 여자에게 말을 걸 때는 숙맥도 이런 숙맥이 따로 없고 어리버리하기까지 한데 검을 들면 저렇게 멋있어 보이니 참으로 신기한 일이 아닐 수 없었다. 그때 진령은 남자는 한

면만 보고는 모른다는 것을 배웠다.

그리고…… 덮쳐 오는 호랑이로부터 자기를 구하기 위해 몸을 던졌다가 등에 상처를 입은 그를 그녀는 사랑하게 되었다. 아직도 그의 등에는 그 상처가 남아 있었다.

자신의 남은 인생에는 항상 그의 모습이 곁에 있을 거라 생각했다. 그것은 확신이었다. 그런데 얼마 전 그 믿음이 깨지고 말았다. 그녀는 지독한 배신감을 느꼈고, 어떻게든 그것을 돌려주지 않으면 안 되었다.

마침내 두 사람은 서로를 마주 보고 섰다.

투기장 한가운데서 마주 선 운명의 두 사람에게 앞으로 어떤 운명이 기다리고 있을지 지금 당장으로서는 알 수 없었다. 다만, 한 가지 확실한 것은 지금 두 사람 사이의 공기가 끓어오르고 있다는 점이었다. 팽팽한 긴장감이 멀리 떨어져서 보고 있는 이들에게까지 짜릿할 정도로 확실하게 느껴졌다. 투기라고 보기는 어려웠다. 왜냐하면 관중들은 이 두 사람 사이에서 발생한 모종의 느낌에 대해 상당한 익숙함을 느끼고 있었고, 그들이 긴장하는 것도 그 익숙함 때문이었다. 왜냐하면 그들은 자신들이 이런 감각을 평소에 자주 느꼈고, 그때는 언제나 연인이나 부인과 불화가 있었을 때였던 것이다. 그때마다 독특하게 풍겨지던 긴장의 기운을 그들은 동물적인 감각으로 무의식중에 기억하고 있었다. 그러던 차에 유사한 감각을 의외의 장소에서 느낌으로써, 무의식 속에 저장되어 있던 그 느낌이 밖으로 끄집어내어졌다. 지금 사람들이 절로 긴장하는 것은 그 탓이었다.

"괜찮을까요, 저 두 사람?"

약간 걱정스런 어조로 나예린이 물었다. 용안의 소유자인 그녀의 감각은 남들보다 수십 배는 더 발달되어 있었기 때문에 현재 두 사람 사이에

풍겨져 나오는 긴장의 기운이 범상치 않음을 누구보다 잘 알고 있었던 것이다. 두 사람 사이에 휘몰아치는 감정은 마치 폭풍우 치는 바다에 발생한 사나운 소용돌이 같았다. 평범한 대결 사이에서 자주 느껴지는 순도 높은 살기는 느껴지지 않았다. 대신 분노, 오해, 실망, 애정, 후회, 억울 등등의 오만 가지 감정들이 한데 모여 그 안에서 한 뭉텅이가 되어 소용돌이치고 있었다.

"저어, 연인끼리 싸우는 건 당연하지 않나요? 그다지 신기한 일은 아니라던데요? 사실 누구나 다 그렇게 하잖아요? 잘은 모르겠지만, 그런 것 아닌가요?"

얌전히 앉아 있던 윤미의 말은 일견 타당해 보였다. 왜냐하면 그것은 일반적으로 널리 알려진 일이었으니까. 일종의 상식과도 같은 것이다. 그러자 연비가 이의를 제기했다.

"잠깐, 그걸 누가 정했죠? 싸우는 게 당연하다는 걸요? 안 싸울 수도 있죠. 충분히 가능해요. 그러려고 하고자 하면요. 그렇다면 신경 쓰이게, 힘 빠지고 덤으로 기분도 나빠지고, 감정도 상하게 싸우며 사는 것보다 안 싸우면서 사는 게 훨씬 행복하지 않겠어요?"

"하지만 대다수는 싸우잖아요?"

"그렇다는 건 '모두'가 다 싸우는 건 아니잖아요. 굳이 다수에 자기를 넣을 필요는 없지 않아요? 어차피 절대적인 소수만이 행복을 손에 쥘 수 있다면 그 소수에 들어가려고 하는 게 훨씬 더 이득 아니겠어요?"

"반박할 말이 없군요."

"그러니까 남들도 다 싸운다는 건 변명일 뿐이에요. 사실 연인끼리 부부끼리 싸우면서 사는 게 잘못된 세상이라고요. 게다가 그럴 수 없다고 단정 짓고 한계 지어버리면 영원히 그렇게 될 수 없어요. 부정한다는 것은 자기 세계에서 그 사실이 일어날 수 있는 가능성을 지운다는 것이니까요. 어쨌든 뭐라뭐라 해도 싸우지 않고 알콩달콩 살면 좋잖아요? 재미있고!"

그리고는 단호하게 한마디 덧붙였다.

"이 정도에 깨질 인연이면 원래 그것밖에 안 됐다는 거예요. 의지가 있다면 계속 그 끈을 붙잡겠죠. 그러지 못하면 헤어지는 거고."

"냉정하군요, 연비는."

이 모든 일의 사실상의 원흉이라고도 할 수 있는, 조금 더 순화시키면 원인 제공자라고 할 수 있는 사람의 입에서 나오기엔 지극히 냉정하고 무미건조하기까지 한 발언이었다. 물론 연비는 전혀 개의치 않았다.

"그냥 정직한 거죠. 그것보다 린이 그런 일에 신경 쓴다는 게 더 놀랍네요. 예전에는 그렇게까지 타인의 일에 관심 가지지 않았잖아요? 관심을 가진다 해도 주위의 두세 사람에 한정될 뿐이었는데?"

"만물유전. 변하지 않는 건 아무것도 없죠. 기왕이면 좀 더 발전적인 방향으로 바뀌면 더 좋잖아요? 아, 이건 제 말은 아니에요. 제가 아는 사람, 지금 이곳에 없는 사람이 말해준 거죠."

"그러니까 린은 그 사람의 그 생각에 동의한 거라 그 말인가요?"

"그렇죠. 그래서 바꾸는 것도 나쁘지 않다고 생각하게 되었어요. 조금은 자기 세계 밖으로 나가보려고 노력도 해보고요."

그동안 자신만의 세계에 움츠려 있기만 하던 나예린이 현재의 자신에게 만족하지 않고 좀 더 용기를 가지고 변화해 보려고 애쓰는 모습이 무척 보기 좋았다.

"자기 세계 밖으로 나가는 게 아니라 자기 세계를 더 확장하는 거죠."

"맞아요. 확실히 그렇게 덧붙였어요. 그걸······."

그러자 연비는 나예린이 말을 이을 기회를 빼앗으며 재빨리 말을 이었다.

"확실히 처음 봤을 때의 린과는 확연히 달라요. 당신이 그렇게 변해줘서 기뻐요."

연비가 웃었다.

"다행이에요, 연비를 실망시키지 않아서."

나예린도 따라 웃었다.

"물론 내가 실망할 리 있겠어요. 십 년 만에 만난 린은 몰라볼 정도로 최고의 미인이 되어 있었는데, 내가 어찌 실망할 수 있었겠어요. 그때의 꾀죄죄하고 볼품없던 소녀라고 누가 믿을 수 있었겠어요. 우왓, 깜짝이야! 이 말밖에 안 나오죠."

"절 놀리는군요."

나예린이 약간 얼굴을 붉히며 말했다. 이런 허물없는 모습 역시 예전에는 찾아볼 수 없었다. 그러나 빙백봉의 전혀 다른 면모를 이렇게 가까이서 볼 수 있는 행운을 누리는 이는 극소수에 불과했고, 연비는 그중에 한 명이었다. 수백, 수천 명의 질투를 한 몸에 받아도 할 말이 없는 입장인 것이다. 그러나 정작 본인은 전혀 미안해하는 기색도 없이 그 사실을 당연하게 받아들이고 있었지만 말이다.

오해와 분노가 소용돌이치는 투기장을 조용히 바라보며 나예린이 입을 열었다.

"나도 누군가와 알콩달콩 사는 게 가능할까요?"

연비는 깜짝 놀라며 되물었다.

"린, 그럴 사람이라도 있어요? 정말 놀라워요."

연비의 호들갑스런 반응에 나예린은 피식 웃으며 말했다.

"그게 그렇게 놀랄 일인가요? 겨우 별거 아닌 말 한마디에 놀라다니, 연비답지 않은걸요?"

그러나 확실히 연비는 진심으로 당황하고 있었다. 동요하고 있다고 표현해도 좋았다. 이유는 정확히 알 수 없었지만, 갑자기 그런 마음이 들 정도로 마음이 혼란스러웠다. 지나가는 말 한마디가 방아쇠가 된 듯한 그런 느낌이었다. 연비는 진정하려는 듯 고개를 설레설레 저었다.

"아뇨, 확실히 놀랄 만한 일이에요. 예전에는 혼인에 대해서 한 번도 생각해 본 적이 없었잖아요? 예전에 린에게 그건 결코 자기 자신에게 일어나지 않을, 절대 있을 수 없는 일이었어요. 하지만 조금 전 린의 말은……."

얼마나 동요했는지 연비는 말을 끝까지 잇지 못했다. 나예린이 살짝 미소 지었다.

"모든 것은 변하게 마련이라면서요? 저도 좀 변한 것이겠죠."

그녀는 담담히 자신의 변화를 받아들였다. 그런 모습 역시 약간 충격이었다.

"정말 깜짝 놀랄 일이에요."

"그냥 그런 일도 나쁘지 않을 수 있구나, 라고 생각한 것뿐이에요. 물론 생각뿐이지만. 과연 가능할까 하는 의심도 들고요."

"그럼 그 대상이라도 있어요?"

이 질문은 약간 핵심을 찔렀던 모양이다. 나예린이 평소의 그녀답지 않게 살짝 얼굴을 붉히고 당황하며 바로 대답하지 못했다.

"그건……."

연비는 침을 꿀꺽 삼키며 긴장된 자세로 나예린의 붉은 입술을 뚫어지게 바라보았다. 그리고 마침내 나예린의 입이 열렸다. 그리고 막 뭐라고 말하려는 찰나.

"와아아아아아아아아!"

관중석에서 엄청난 함성이 터져 나왔다. 그 함성 속에 그 말은 묻혀 버리고 말았다. 아니, 나오려던 말이 쏙 들어갔다고 하는 편이 더 정확했다.

"오오옷! 격돌! 대격돌입니다! 여러분은 지금 눈에 호강하시는 것입니다. 이곳에서 남궁세가와 아미파의 진산절기를 구경하는 것은 정말 드문 드문한 호강이지요. 멋집니다. 젊은이들 중의 기수답게 다들 굉장한 실력입니다아아아아아아아아!"

연비는 시선을 돌려 날카롭게 격돌하는 두 사람을 바라보았다. 차갑게 군은 연비의 눈은 이렇게 말하고 있었다.

'두 사람 다, 나중에 두.고. 보.자!'

꾹 다물어져 있던 연비의 입이 열리며 조용한 외침이 새어 나왔다.

"둘 다 죽어버려!"

그 호안석 같은 눈동자 속에 일렁이는 황금빛 속에는 일말의 용서도 깃들어 있지 않았다.

작렬(炸裂)! 아미파 검술비기
―천상의 꽃, 다시 한 번!

두 사람은 한마디도 하지 않았다. 남궁상은 어떤 변명도 하지 않았고, 진령 역시 어떤 원망의 말도 내뱉지 않았다. 이미 그 순간은 지나갔다는 것을 두 사람 모두 알고 있었다.

스릉!

먼저 검을 빼 든 것은 진령이었다. 남궁상은 그녀의 눈에서 망설임을 읽어낼 수 없었다. 무슨 생각을 하는지조차 알 수 없었다. 잠시 망설이던 남궁상은 작게 한숨을 내쉬며 검을 빼 들었다.

'이게 정말 잘하는 짓인가?'

그런 확신조차 없었다. 그는 사실 지금부터 자신이 무얼 해야 할지 전혀 알지 못했다. 더 나쁜 건 알려고도 하지 않고 있다는 점이다. 한 가지 확실한 건 뭔가 단단히 잘못되어 가고 있다는 것뿐이었다. 남궁상은 답답했다. 뭐라고 한마디 하지 않으면 견딜 수 없을 정도로.

"저……."

쉬익!

입을 열자마자 진령의 검이 무서운 속도로 남궁상을 향해 쏘아졌다. 아무런 사전 동작 없이 갑작스럽게 펼쳐진 검초였다.

챙!

날아온 검날은 남궁상의 검에 가로막혔다. 거의 무의식중에 반응한 것이었다. 조금만 늦었어도 큰일 날 뻔했다.

'이럴 수가!'

남궁상은 등골이 서늘해졌다. 믿을 수가 없었다. 진령은 진심이었다. 말을 할 의사가 전혀 없다는 것을 그녀는 자신의 검을 통해 말하고 있었다. 상대가 대화할 준비가 안 되어 있는데 말을 해봤자 그건 혼잣말에 불과했다. 남궁상은 다시 한 번 한숨을 내쉬며 검을 곧추 들었다. 아무래도 다시 대화를 이어나가기 위해서는 당분간 흐드러지게 피었다 쏟아지듯 지는 꽃잎 사이에서 살아남아야 가능할 성싶었다.

무표정한 진령의 검끝에서 연꽃이 피어올랐다.

두 사람의 실력은 막상막하였다.

누구도 승기를 점하지 못하고 있었다. 당연했다. 두 사람은 연인이었고, 상대의 호흡에 대해, 버릇에 대해, 장점에 대해, 그리고 단점에 대해 누구보다도 잘 알고 있었다. 서로 상대의 검술을 봐줘왔던 사이였다. 그들은 함께 '검'의 길을 추구하고 있었다. 이렇게 마음이 맞는, 관심거리가 같은 연인을 만나기란 정말 하늘의 별 따기와도 같았다. 그러나 너무 무리하게 딴 탓인지 그 별이 다시 하늘로 날아가려 하고 있었다.

아미파의 검은 화려하고 우아했다. 그러나 진령의 검은 단지 화려함에서 그치지 않았다. 화려한 우아함 속에 날카로움을 머금고 있었다. 그 날카로움이 깃들 수 있도록 도와준 사람은 바로 다름 아닌 남궁상이었다.

"진령, 네 녀석의 검은 화려하고 변화도 많지만 대신 날카로움이 떨어져. 반면 궁상이 니 놈의 검은 제법 빠르긴 한데 변화가 없어서 너무 심심해. 서로를 보고 좀 배워라. 아니면 훔치던가. 그것도 싫으면 서로 가르쳐 줘. 알콩달콩, 헤롱헤롱거리지만 말고. 나보고 가르쳐 달라고? 싫다. 내가 왜? 귀찮아."

언젠가 그들 두 사람에게 대사형이 해준 말이었다. 그리고 그 말은 사실이었다. 그때부터 그들은 서로에게 부족한 부분은 메워주었다. 마치 부부가 그러하듯 말이다. 두 사람이 지금의 경지까지 오를 수 있었던 것은 악독한 대사형 탓도 있지만, 서로가 곁에 있어주지 않았다면 아무리 많은 지옥을 경험했더라도 불가능했을 것이다.

두 사람은 한 번도 서로에게 전력을 다한 적이 없었다. 그것은 너무나 위험한 일이었다. 서로를 상처 주는 게 너무나 두려웠다. 그러나 지금은 그렇게 힘겹게 얻은 검술로 서로로 상처 입히기 위해서 노력하고 있었다. 뭔가 이상했다. 하지만 이대로는 아무도 멈출 수 없었다. 누군가는 이 일을 멈추기 위해 노력해야만 했다. 먼저 남궁상이 검을 멈추고 입을 열었다.

"실력이 많이 늘었소, 령."

남궁상이 공격하지 않고 무방하게 있자 진령도 함부로 검을 휘두를 수 없었다.

"당신도요, 상."

"그만 하는 게 어떻소? 그건 오해였소. 지금이라면 류 소저도 증명해 줄 거요."

남궁상의 입에서 류 소저라는 명칭이 자연스럽게 나오자 진령은 더욱 불쾌해졌다.

"말처럼 가벼운 건 언제든지 번복될 수 있지요."

진령이 차갑게 대꾸했다.

"그럼 말이 아니라 뭘 해야 한다는 거요?"

"행동."

진령의 대답은 짧지만 무거웠다.

"무슨 행동을 하면 좋단 말이오?"

진령은 남궁상을 쳐다본 다음 대기석에서 기다리고 있는 류은경을 힐끗 쳐다보았다.

"그건 상, 당신이 생각해 볼 문제예요."

"글쎄, 그렇게 말하면 모르지 않겠……."

쉐에에에엑!

남궁상은 자신의 목을 베기 위해 날아드는 검기를 막느라 미처 말을 끝내지 못했다. 검날 저 너머에 진노한 진령의 얼굴이 보였다. 그녀의 두 눈은 그를 잡아먹을 듯 불타고 있었다.

"그러니까 당신은 안 되는 거예요, 이 바보 멍청이!"

진령의 검이 폭발적인 기세로 남궁상의 전신을 향해 쏘아져 나갔다.

"겁쟁이, 둔탱이, 여자의 마음은 헤아려 보려고도 하지 않는 맹추! 내가 어떤 마음으로 당신의 말을 기다렸는지 모르겠죠? 아마 절대로 모를 거예요. 그걸 알면 그렇게 낯짝 좋게 서 있을 수 없었을 테죠. 부끄러워 어디 쥐구멍에라도 숨지 않으면 안 될 테니까요!"

외치는 진령의 검끝으로부터 아미파의 연화검법이 연환되며 펼쳐졌다. 한마디 한마디가 더해질 때마다 그 위력이 더욱 강해지고 있었다.

"내, 내가 뭘 말하지 않았다는 거요? 내가 뭘 해야 하는 거요?"

방어하기에도 급급한 남궁상이 간신히 틈을 내서 말했다. 그런 다음 더 길게 말을 잇지 못하고 다시 방어에 전념했다.

"뭘 해야 할지 모른다는 게 가장 큰 문제예요. 그것 자체가 죄라고요!"

쉐쉐쉑! 파바밧!

안면을 향한 세 번 찌르기가 펼쳐졌다.

"그러니까 말로……."

이번에는 말을 채 끝맺을 수조차 없었다.

"닥쳐요!"

진령이 표독스럽게 외쳤다.

"내가 말을 입으로만 한다고 생각해요? 난 여러 가지 방식으로 당신에게 말해왔어요. 요구해 왔다고요. 기다렸다고요! 그러나 그 언외언(言外言)에 귀를 기울이지 않은 건 바로 당신이었어요! 이 겁쟁이. 둔탱이! 무신경!"

외치면 외칠수록 남궁상을 쫓아가는 진령의 검은 더욱 빨라졌다. 검기가 사방으로 난무하며 남궁상의 전신을 옥죄어왔다. 조금이라도 기세를 늦추면 단숨에 남궁상을 도륙해 버릴 기세였다. 무형으로 전해져 오는 압박 때문인가, 어째 아미신녀 때보다 더 무시무시하고 위력적으로 느껴졌다. 생명의 위협을 느낀 남궁상이 외쳤다.

"령, 이, 이, 이러다가 죽겠소!"

가문비전의 보법을 허둥지둥 밟으며 남궁상은 뒤로 물러났다. 진령 역시 아미파의 보법인 '난화보'를 밟으며 쫓아갔다.

"죽어욧!"

진령이 외쳤다. 그녀는 더욱 가열차게 몰아쳤다.

"그렇게 젊은 여자가 좋았어요? 이 저질, 변태!"

휘두르는 검끝에서 살기가 무럭무럭 솟아났다.

"아, 아니, 그건 오해라니까 왜 그러시오? 맹세코 아무 일도 없었소!"

남궁상은 억울하고 또 억울했다. 그러니까 그건 어디까지나 사고였던 것이다.

"흥, 내가 문을 열지 않았어도 아무 일도 없었을지 어찌 알겠어요?"

다시 한 번 진령의 검이 남궁상의 목덜미를 훑고 지나갔다. 간발의 차로 남궁상은 그 공격을 피했다. 가슴이 서늘했다. 어째 진령의 검은 갈수록 더 속력이 빨라지는 듯했다.

"그건 사고였소, 사고!"

그런 구태의연한 변명이 지금 와서 먹힐 리가 없었다.

"흥! 나한테 청혼할 용기는 없고, 젊은 애를 벗겨볼 용기는 있었나 보군요? 내가 얼마나 기다렸는데!"

순간 남궁상의 몸이 흠칫 굳었다. 지금까지 혼란스럽던 생각이 순식간에 정리되는 듯했다. 그는 직감적으로 핵심에 다다랐다. 한참이나 때늦은 직감이긴 했지만 말이다. 쑥스러운 목소리로 남궁상이 말했다.

"그… 그게 문제였구려……."

순간 진령의 얼굴이 확 붉어졌다. 속마음이 드러난 탓이다. 그러자 또다시 남궁상에게 화가 치밀었다. 여자의 속마음을 눈치 챘으면 눈치껏 모른 척하고 가슴속에 묻어둘 것이지 꼭 그걸 티내서 여자를 부끄럽게 해야 되겠는가. 이건 배려심 부족 내지는 둔감의 끝이라고밖에 할 수 없는 일이었다. 진령이 소리쳤다.

"그걸 꼭 말로 해야 돼요?"

쉬잉!

검이 다시 한 번 날카롭게 허공을 갈랐다.

"그걸 꼭 말로 내뱉어야 하냐고요!"

쉐엥!

더욱 속력을 더한 진령의 검이 남궁상을 향해 날아들었다.

'이번엔 또 내가 무슨 잘못을 했다고!'

허겁지겁 도망치면서도 남궁상은 억울하기 짝이 없었다. 여인의 섬세한 마음을 헤아리기에 그는 아직 한참이나 부족한 남자였다.

"헉헉헉!"

진령이 잠시 휘두르던 검을 멈추고 숨을 몰아쉬었다. 검이든 창이든 무공을 펼칠 때는 평정을 유지하는 게 중요한데 성질대로 검을 휘두르다 보니 금세 지치는 게 당연했다.

"하, 하면 되잖소, 령. 하면. 그게 뭐가 그리 어렵…… 으헙!"

찌릿!

진령이 비수 같은 눈빛이 남궁상의 심장을 꿰뚫었다. 남궁상의 심장이 덜컥 내려앉았다. 왜일까? 진령은 지금 그 어느 때보다 분노하고 있었다. 그 자신이 류은경은 반쯤 벗겨진 상의를 붙잡고 있는 때보다도.

다음 순간, 진령은 뒤로 도약하여 거리를 벌렸다. 그녀의 입은 꾹 다물어져 있고 고개는 반쯤 숙이고 있어 지금 무슨 생각을 하고 있는지는 도무지 짐작할 수가 없었다.

"하면…… 된다고……? 그게 뭐가 그리 어렵겠냐고……?"

그녀의 검에서 기묘한 변화가 일어나기 시작했다.

"저 두 사람, 괜찮을까요? 분위기가 흉흉한데요?"

나예린은 용안으로 두 사람 사이에서 일어나는 급격한 감정의 출렁임을 보며 걱정스런 어조로 물었다.

"음, 아마도 괜찮을 거예요. 부부 싸움은 칼로 물 베기라는 말도 있잖아요?"

"글쎄요? 지금으로서는 칼로 서로를 벨 듯한 분위기네요. 게다가 저 두 사람은 아직 부부도 아니잖아요?"

나예린이 지적했다.

"오, 예리한 부분을 지적했네요. 사실 그렇게 되지 못한 게 이번 사건의 핵심인지도 몰라요. 하긴 저 둔탱이의 기질을 생각한다면 용기있는 청혼 같은 건 생각지도 못하겠지만 말이에요."

"기분이 좋지 않아요."

직감적으로 불안을 느낀 것이다. 앞으로 벌어질 일을. 그리고 연비는 보았다, 진령의 손에서 펼쳐지는 그것을. 연비의 얼굴이 살짝 굳어졌다.

"저건 확실히 물 베기엔 지나친 기술이군요."

진령의 검이 서서히 하늘로 떠오르는 것을 본 남궁상의 눈이 경악으로 부릅떠졌다. 그는 이 초식을 기억하고 있었다. 잊을 수 있을 리가 없었다. 그는 이 초식 때문에 거의 죽을 뻔했던 적이 있었고 그것은 아직도 꿈에 볼까 무서워 깜짝깜짝 놀라곤 하는 것이었다.

"비상련화(飛翔蓮花)……."

남궁상의 입에서 불신에 가득 찬 울림이 새어 나왔다. 그것은 분명 아미신녀 진소령의 손 안에서 한 번 펼쳐진 적이 있는 아미파 최고 비전인 이기어검지술 '비상련화'였다.

진령은 정말로 진심이었고, 얼마 되지 않는 시간 동안 놀지도 않고 자신을 절차탁마해 왔던 것이다. 다른 누구도 아닌, 연인인 남궁상 자신을 쓰러뜨리기 위해.

"말도 안 돼! 어떻게 저 절기를……. 거짓말이야. 나랑 몇 살 차이 나지도 않는데 어떻게……."

관중석에서 아미신녀 진소령의 옆에 앉아 구경하고 있던 유란의 두 눈이 불신, 경악, 회의로 인해 부릅떠졌다. 그도 그럴 것이 저 기술을 펼칠 수 있다는 것은 바로 차기 장문인 후보가 된다는 것과 거의 동일한 의미였다.

"설마 저 기술까지 꺼내들 줄이야……. 내가 저 아이의 상처를 얕본 것인가?"

진소령의 입에서 작은 신음성이 흘러나왔다. 하지만 그녀가 조언해 줄 수 있는 것은 검술에 관한 것에 한정되어 있었다. 남녀 관계의 문제에 대해서는 그녀 역시 숙맥이나 다름없었다. 아무리 아미신녀라 칭송받는 자라 해도 경험하지 않은 것을 어찌 알 수 있었겠는가. 그리고 얼마나 설득력있게 납득시킬 수 있겠는가.

"진 여협께서 가르치셨습니까, 저 엄청난 검공을?"

함께 구경하며 투기장의 대결보다 옆에 앉아 있는 진소령에게 더 신경을 쓰고 있던 점창제일검 유은성이 감탄을 감추지 않으며 물었다.

"가르친다고 배울 수 있는 게 아니지요, 저것은."

재능과 노력이 뒷받침되지 않으면 절대로 익히기 불가능한 기술을 진령은 단시간에 습득해 보였던 것이다. 남궁상의 비상련화 대응책 때의 경험이 도움이 되었던 것 같다. 그때 빙검은 이기어검술에 대한 강의를 남궁상 혼자에게만 했던 것이 아니었다. 기왕 하는 거 다 모아놓고 한 번만에 해치우는 게 좋지 않으냐는 비류연의 지나가는 한마디 때문에 다들 모아놓고 한꺼번에 강의했던 것이다.

'배울 수 있으면 배워봐라.'

그때 빙검의 모습은 그렇게 말하는 듯했다. 그리고 진령은 연인인 남궁상과 자신의 미래를 구하기 위해 누구보다 열성적으로 그 강의를 들었다. 그때 배움이 어느 정도 성과가 있어, 그 자신 역시 남궁상 못지않게 어검술을 흉내 낼 수 있는 수준에 이르게 되었다. 그리고 진소령과 남궁상의 대결이 끝난 다음에는 고모인 진소령에게 비상련화에 대해 가르쳐 달라고 졸라대기 시작했다. 그녀 역시 검객으로서의 욕심이 있었던 것이다. 그날부터 진령은 수련을 게을리 하지 않았다. 그리고 최근 며칠간의 집중 특별 훈련을 통해 거의 완벽한 '비상련화'를 허공중에 꽃피울 수 있게 되었던 것이다.

"하지만 걱정이군요, 지금 저 아이의 내공으로 어느 단계까지 펼칠 수 있을지……. 무리하지 않았으면 좋겠는데."

"아마 괜찮을 겁니다."

하지만 이기어검술은 그 특성상 막대한 내공을 소모한다. 때문에 과도하게 기술을 펼치다 보면 몸에서 기가 썰물처럼 빠져나가 자칫 잘못하면 탈진하거나 심하면 기혈이 뒤엉켜 주화입마에 빠질 수도 있었다.

특히 지금의 진령은 아직 이기어검술에 숙달되어 있지 않기 때문에 기의 조절에 미숙했다. 진소령의 걱정은 당연한 것이었다.

"그, 그건 바, 반칙 아니오?"

남궁상은 깜짝 놀라 외쳤다. 공포 때문인지 그의 이빨이 상하로 딱딱 부딪치고 있었다.

"왜요? 당신을 이기려면 이 정도는 준비해야죠."

진령이 얼어붙은 목소리로 말했다.

삼 년 전만 해도 두 사람은 같은 구룡칠봉으로서 비슷한 실력을 가지고 있었다. 그러나 어느 날을 기점으로 두 사람의 격차는 점점 더 벌어지기만 했다. 특히 아미신녀 진소령과의 대결을 본 후, 현재 자신의 능력으로는 남궁상을 이길 수 없다고 확신했다. 자랑스러우면서도 분했다. 비록 한정된 조건이지만 천하오검수의 일좌이 아미신녀 진소령을 꺾은 사람이었다. 그를 이기려면 그에 걸맞은 준비가 필요했다.

"그때 그렇게 특훈을 했으니 막을 수 있겠죠?"

이를 뿌드득 갈며 진령이 외쳤다.

"어째, 막을 수 없을 듯한, 아니, 막아서는 안 될 듯한, 그런 기분이 드는구려."

어째서인지 모르지만 지금 그의 목숨이 위험했다.

"이렇게까지 해서 이기고 싶단 말이오?"

진소령은 고개를 가로저으며 말했다.

"이기고 싶은 게 아니에요, 벌을 주고 싶은 거지!"

활활 타오르는 살기에 질겁한 남궁상은 오늘 자신의 묘비명에 들어갈 문구를 오언절구로 할지 칠언절구로 할지 심각하게 고민하기 시작했다. 진령은 비명의 완성을 기다리지 않았다. 진령이 떠오른 검을 향해 손을 뻗으며 단호한 목소리로 외쳤다.

"피어라, 천상의 꽃이여!"

세상엔 가까운 사이일수록 함부로 대해도 괜찮다고 생각하는 얼간이가 의외로 많다. 그러나 그건 크나큰 착각이다. 땅을 치고 후회하기 전에 미리미리 고치는 게 좋다. 후회는 언제나 늦는 법이기에.

사람은 지극히 가까운 관계일수록 서로를 대할 때 더욱 조심해야 한다. 서로를 잘 아는 사이일수록 서로를 더 크게 상처 줄 수 있기 때문이다. 그러므로 이 세상에서 서로를 가장 조심스럽게 대해야 할 사람은 부부다. 친구 관계는 물론이고 부모 자식 관계보다 연인 관계보다 더욱 조심해야 한다. 그런 의미에서 보면 연인 관계 역시 예비 부부라는 의미에서 상당히 친밀한 관계라 할 수 있다. 지금 진령은 어떻게 하면 상대를 가장 크게 상처 입을 수 있을지 궁리한 결과를 선보이고 있었다. 효과는 확실했다. 확실히 보는 것만으로도 남궁상은 간담이 서늘해졌다.

"아니…… 저… 그건 너무 심한 게…… 모, 모든 일에는…… 저, 정도란 게……."

저도 모르게 턱이 덜덜거리며 이빨이 딱딱 부딪쳤다. 진령은 문답무용이라는 듯 아무 말도 하지 않았다.

아미파(峨嵋派) 독문검법(獨門劍法).
난화검(亂花劍).
비기(秘技).
이기어검술식(以氣御劍術式).
비상련화(飛翔蓮花).
이분영(二分影) 쌍화엽(雙花葉).

지난 오십 년간 장문인과 아미신녀를 제외하고는 그 누구도 익히지 못했다는 절기 중의 절기. 그 절기가 지금 아직 이십대인 진령의 손에서 펼쳐진 것이다. 또 한 명의 천재가 나왔다고 본산에서 기뻐서 팔딱팔딱 날뛸 일이었다.

창공으로 두둥실 떠올라 있던 진령의 검이 두 갈래로 갈라지며 남궁상을 향해 매섭게 쏘아졌다. 정면으로 맞서는 것은 별로 좋은 선택이 아니었다. 남궁상은 일단 몸을 피하기로 했다.

남궁세가(南宮世家) 독문보법(獨門步法).
전영보(電影步) 비기(秘技).
뇌광산란(雷光散亂).

남궁상을 뇌전보를 시전해 재빨리 몸을 피했다. 비상련화의 네 잎짜리 사련화도 피한 남궁상이었다. 두 잎 정도 피하는 것은 일도 아니었다. 남궁상의 몸이 전광석화처럼 빠르게 움직였다.

'자, 그럼 어떻게 한다…… 헉!'

그러나 다음을 생각할 시간 따윈 없었다. 날아온 검끝은 어느새 그의 미간 앞에 도달해 있었다. 남궁상은 기함을 토하며 다시 전영보를 시전했다. 다시 그의 신형이 검끝에서 사라졌다. 그러나 남궁상의 흐릿한 신형이 다시 나타난 곳에 어느새 또다시 검끝이 쫓아와 있었다. 진령의 검은 유령처럼 집요했다. 마치 그가 피하는 곳을 알고 있기라도 하듯이.

그녀는 전영보의 흐름을 파악하고 있었던 것이다.

남궁상은 피하는 것을 포기하고 검을 휘둘러 위협적인 검끝을 쳐냈다. 이기어검술에 조종받는 검은 다시 진령에게도 돌아갔다.

"진심이었구려?"

남궁상은 자신의 뺨을 타고 흐르는 붉은 액체를 손으로 만지며 물었다.

"물론이죠."

진령이 대답했다.

남궁상은 갑자기 화가 났다. 왜 자기가 이런 꼴까지 당해야 되는지 이제는 알 수가 없었다. 해주겠다는데 뭐가 문제인 거지? 그걸 여태껏 눈치 못 챘다는 것은 분명 그의 잘못이었다. 하지만 그걸 아는 체한 것이 그렇게 큰 잘못이란 말인가? 남궁상은 이해할 수 없었고, 너무 화가 나서 이해하고 싶지도 않았다.

"나도 이제 참지 않겠소!"

남궁상이 버럭 소리쳤다.

"참지 마시던지!"

진령이 지지 않고 소리쳤다.

"어라, 이건 정말 위험한데? 쟤네들 왜 저러지?"

두 사람이 하는 꼬락서니를 잠자코 지켜보던 연비가 눈살을 찌푸리며 혼잣말로 중얼거렸다. 한때 연인이던 두 사람이 지금은 원수처럼 서로를 잡아먹지 못해 안달이었다. 지켜보던 연비로서는 한숨이 절로 나오는 상황이었다.

"두 사람 다 똑같군."

이제는 어느 쪽의 잘잘못을 가릴 시기는 아니었다.

"정말 괜찮을까요?"

여전히 걱정스러운 나예린이 물었다. 여전히 눈살을 찌푸린 채 연비가 말했다.

"이젠 안 괜찮을지도……."

처음으로 남궁상의 검끝이 진령을 향했다. 그의 검날에서 푸른 검기가 일렁거리기 시작했다. 뇌광을 연상케 하는 푸른 검기, 이제 남궁상도 진심이었다.

진령은 남궁상의 검끝이 다시 자신을 향하자 또다시 화가 치밀었다. 이 남자가 아직도 자기 잘못을 모르고 감히 자신에게 검을 들이대다니. 자신이 거의 죽일 듯이 검을 휘두른 것은 현재 진령의 머릿속에 들어 있지 않았다. 원래 연인 간의 싸움은 이성과 논리와는 거리가 먼 경우가 대부분이었고, 사태가 눈사태처럼 커지는 것은 언제나 자기 행동을 돌아보지 않고 막무가내인 경우가 대부분이었기 때문이다.

"좋아요! 어디 해봐요!"

"좋소, 끝을 봅시다."

진령의 검이 또다시 하늘 위로 떠오르며 꽃봉오리를 맺었다. 남궁상의 검에서 파직파직 푸른 불꽃이 튀었다. 마치 뒤에 낭떠러지라도 있는 사람처럼 어느 누구도 물러서려 하지 않았다. 분노로 막힌 시야는 너무 좁아 어디가 어딘지 앞뒤 구분도 할 수 없었다. 두 사람이 동시에 외쳤다.
"지거라, 사련화여!"

아미파 독문검법.
난화검(亂花劍).
비기.
이기어검술식(以氣御劍術式).
비상련화(飛翔蓮花).
사련화영(四蓮花影).

남궁상도 뒤질새라 동시에 외치며 벽력같은 푸른 '검강'이 휘감긴 검을 맹렬히 휘둘렀다.

뇌전검법(雷電劍法) 오의(奧義).
뇌광단천(雷光斷天).

일신상 지닌 능력의 바닥까지 쥐어짜 낸 궁극의 오의가 동시에 뿜어져 나왔다. 비기와 비기, 검기와 검기가 한가운데서 부딪치자 번천지복할 굉음이 터져 나왔다.

공기를 찢어발기는 날카로운 소리에 사람들은 귀를 틀어막았다. 무수한 흙먼지가 자욱하게 일어났다. 이 엄청난 충격의 여파만으로도 이 충돌이 얼마나 대단했는지 능히 짐작할 수 있었다. 이 순간 관중들의 마음속에 똑같은 생각이 들었다.

동귀어진(同歸於盡)!

'저들은 지금 동귀어진한 것이다!'
라고.
그만큼 그것은 두 사람의 저력을 한계까지 짜낸 무시무시한 위력의 격돌이었다.

"서로 절대 양보할 마음이 없다니……. 세상은 서로서로 조율하며 살아가야 하는 법인 것을……."
나예린의 말에서 안타까움이 묻어 나왔다.
"절대로 포기할 수 없는 것도 있는 법이죠. 이번 건 그냥 둘 다 멍청했던 거고."
연비의 말은 가혹하기 짝이 없었다.
"그런데 결과는 어떻게 되는 거죠?"
윤미 소저는 그 부분이 무척 고민스러운 모양이었다. 사실 그건 판정관에게도 마찬가지였다.
"글쎄? 하지만 이것 한 가지만은 확실한 것 같네요."
"그게 뭐죠?"
"어느 쪽이 이기든 위로 올라올 수는 없을 거라는 거요."
"확실히 조금 전의 격돌을 생각하면 충분히 있을 수 있는 일이군요. 그럼……."
나예린은 하던 말을 멈추고 생각에 잠겼다. 그도 그럴 것이 만일 그들이 부전승으로 한 단계 올라간다면 지금 그 자리에서 기다리고 있는 사람은 다름 아닌…….
"맞아요. 우리의 다음 상대는 '몽환삼영' 조예요."
나예린의 눈빛이 진중하게 바뀌며 조용히 그 조의 이름을 입 밖으로 내뱉었다.
 "몽환삼영……."
 가장 만나길 바라면서도 가장 만나지 않길 바랐던 조, 바로 영령이 이끄는 조였다.

난 돌아가지 않아요!
—류은경의 폭탄선언!

남궁상은 천천히 눈을 떴다. 자신은 어딘가에 누워 있었다. 아직도 귀가 멍멍하고 시야가 흐릿했다. 온몸이 노곤하고 여기저기가 아릿아릿 쑤셔왔다. 내장이 진탕된 듯 아직도 울렁거렸다. 한바탕 피라도 토해내고 나면 속이 좀 개운해질 것 같았다. 뿌옇던 시야에 초점이 맺히면서 두 사람의 얼굴이 드러났다. 익숙한 얼굴, 용천명과 류은경이었다.

"죄송해요, 죄송해요, 죄송해요."

류은경은 울면서 몇 번이고 몇 번이고 반복해 가며 사과했다.

"설마 이렇게 될 줄은 몰랐어요. 죄송해요, 죄송해요. 모두 제 탓이에요."

"괘… 괜찮소. 류 소저의 잘못만은 아니오. 따지고 보면 나도 공범이니까."

물론 그녀가 진실을 말했다면 이렇게까지 되진 않았을지도 모른다. 그런 상황에서 진실을 말한다 해도 믿어줄 리는 거의 없지만 말이다. 게다가 그녀의 억지에 어울려 준 건 남궁상 자신이었다. 그도 어찌 보면 공범이었다.

사람은 자기가 보고 싶은 것을 본다는데, 왜 나쁜 면을 먼저 보는 것일까? 그건 인간이 약하기 때문일까? 아니면 두려움을 가슴 깊은 곳에 품고 있기 때문일까?

좀 더 적극적으로 그녀의 오해를 풀기 위해 노력했어야 했는지도 모른다. 아픈 몸으로 침상에 누워 있다 보니 이제야 조금 머리가 시원해진 모양이었다. 가만히 있는데 그녀가 모든 걸 알아주길 바라서는 안 됐다. 행동으로 보여달라는 말은 아마 그런 뜻이었으리라. 그녀의 말은 사실이었다. 그녀의 말에 귀를 기울이지 못한 것은 다름 아닌 그 자신이었다. 그제야 대결의 승패에 생각이 미친 남궁상이 용천명을 돌아보며 물었다.

"어, 어떻게 됐습니까, 용 선배?"

한마디 한마디 내뱉을 때마다 폐가 가시로 찌르는 듯 아파왔다. 말하기조차 쉽지 않았다. 몸 안의 기혈도 여기저기 엉켜서 엉망이었다. 용천명이 침중한 목소리로 말했다.

"…졌네."

남궁상은 조용히 눈을 감았다. 온갖 상념 머릿속에서 소용돌이쳤다.

"상금 오만 냥은 우리 손을 떠났네. 우린 다시 오만 냥을 구할 수 있는 길을 찾아야만 하네."

용천명의 목소리도 침통하기 그지없었다.

"그녀…… 령이는…… 무사합니까? 제가 졌다는 건 그녀가 무사하다는 것이겠죠?"

그러자 용천명의 안색이 더욱 어두워졌다. 왜 자신한테 패배와 파산을 통고할 때보다 더 안색이 안 좋아지는 거지? 남궁상은 갑자기 마음이 초조해졌다. 용천명은 말하기 괴로운지 대답 대신 고개를 가로저었다.

"서… 설마?!"

남궁상의 눈이 부릅떠졌다. 불길한 예감에 가슴이 얼음덩이를 얼려놓은 듯 서늘해졌다.

"확실히 싸움이 끝났을 때 최후까지 서 있었던 진 소저였다네. 자넨 땅바닥에 엎어져 있었지. 하지만 나중에 알고 보니 그녀 역시 선 채로 기절했던 것뿐이었네. 그런데 무리를 해서 그런지 아직 정신을 못 차리고 있네. 하지만 걱정 말게, 그리 큰 상처는 아니니… 곧……."

그러나 남궁상은 더 이상 기다릴 수가 없었다. 그는 침대를 박차고 일어났다. 아니, 일어난 것은 마음뿐이었다. 만신창이 된 그의 몸은 그의 의사를 거부했다. 현재 그의 몸은 그 명령을 수행할 만한 능력이 없었다.

"이봐, 그만두게. 지금 자네 몸으론 손가락 까닥하는 것만으로도 장하단 소리 나올 정도란 말일세."

남궁상은 들은 척도 하지 않았다. 지독한 고통이 엄습하고 머리가 어질어질한 바람에 귀도 제구실을 하지 못하고 있는 덕도 컸다. 어떻게든 그는 몸을 일으켜 보려고 했다.

"빨리 가지 않으면…… 빨리……."

울컥, 남궁상이 서둘러 몸을 일으키다가 그만 한 움큼 피를 토했다.

"것 보게, 무모한 짓 좀 하지 말게."

용천명은 다시 억지로 그를 눕힌 다음 아예 혈도를 짚어버렸다. 그렇지 않으면 계속해서 강짜를 부릴 것 같았던 것이다. 그의 행동 대체는 매우 현명했다. 다만 아혈을 짚지 않았기 때문에 말은 할 수 있었다. 남궁상이 필사적으로 용천명을 바라보며 처량한 목소리로 말했다.

"용 선배, 부탁이 있습니다."

"뭔가?"

지금 그의 머릿속엔 오직 한 가지뿐이었다.

"절, 그녀 옆으로 데려다 주십시오."
이 부탁만큼은 용천명도 거절할 수 없었다.
"좋네."

한순간에 마음을, 분노를 표출한 것은 당장은 시원할지는 모른다. 그러나 그 결과를 눈으로 똑똑히 보고 있자니 남궁상은 결코 기뻐할 수가 없었다.
"엉엉엉! 미안하오. 내가 다 잘못했소. 백 번 천 번 만 번 잘못했소. 그러니 일어나 주시오, 령. 제발~"
혼수상태인 진령의 손을 부여잡고 남궁상은 무릎을 꿇은 채 눈물 콧물 흘려가며 울면서 사과했다. 그러나 사과를 받아줘야 할 당사자의 눈꺼풀은 열리지 않았다. 남궁산산과 마하령은 침통한 표정으로 누워 있는 진령의 옆에 서 있었다. 그러나 달라붙어서 울고불고 난리치는 남궁상을 제지하지는 않았다. 아직 진령의 의식은 혼탁한 암흑을 헤매고 있었다.
'원래 그러기 위해 배웠던 것이 아니었는데…….'
몽롱한 의식 속에서 진령은 떠올렸다. 자신이 왜 비상련화를 배우기 위해 그렇게 몰래 노력했었는지……. 처음부터 그에게 복수하기 위해, 그를 이기기 위해 배웠던 것은 아니었다. 시작은 좀 더 순수했다.
'그저 당당히 옆에 서기 위해서였을 뿐이었는데…….'
그의 현 실력에 부끄럽지 않은 실력을 가지고 싶었을 뿐이다. 점점 차이가 나는 그들 사이의 실력 차를 메우고 싶었다. 그리고 자신의 손으로 비상련화를 펼쳐 남궁상을 놀래켜 주고 싶었다. 그의 놀란 얼굴이 보고 싶었다. 하지만 이번처럼 푸르죽죽하게 변한 놀란 얼굴은 아니었다.
어느새 처음의 의도는 변질되어 그것은 남궁상을 쓰러뜨리기 위한 기술이 되었다.

'왜 그랬을까…….'
오래전부터 염원하고 목표로 하던 아미 최고의 검공을 구사할 수 있게 되었는데도 진령은 기쁘지 않았다. 그런 그녀의 귓가로 울먹이는 사내의 목소리가 들려왔다. 그 소리는 무척 익숙하고 또 무척이나…….
"……시끄러…… 워… 요."
감겨진 눈을 반쯤 뜨며 진령이 중얼거렸다. 들릴락말락한 작은 목소리였다. 기절해 있었던 탓인지 아직 목소리에 힘이 없었던 것이다.
"시끄러워요. 너무 시끄러워서 기절도 제대로 못하고 있겠네요."
이제 진령의 의식은 거의 돌아와 있었다.
"괜찮소, 령? 날 알아보겠소? 나 궁상이가 보이시오?"
화들짝 놀란 남궁상이 눈물 범벅이 된 얼굴로 진령의 얼굴을 뚫어지게 바라보았다. 솔직히 품위라고는 그 거취를 찾아볼 수 없는 궁상맞은 그의 얼굴은 무척이나 꼴사납고 볼썽사나웠다.
피식.
진령은 자기도 모르게 헛웃음을 터뜨리고 말았다.
"상."
조용한 목소리로 진령이 그를 불렀다.
"왜, 왜 그러시오, 령?"
허둥지둥거리며 남궁상이 대답했다.
"웃겨요, 지금 그 얼굴."
"그, 그렇소?"
그제야 자신의 얼굴을 만져 보며 남궁상은 얼굴을 붉혔다. 남에게 보일 만큼 좋은 얼굴이 아닌 것만은 확실했다.
"네, 무척."
그러면서도 진령의 얼굴에는 그동안 지워져 있던 웃음이 떠올라 있었다.
 어느새 두 사람 사이에 쌓인 감정은 눈 녹듯 사라져 있었다. 왜 그동안 그렇게 그 일을 가지고 열을 올렸는지 알 수 없을 지경이었다.

 진령의 그의 사과를 받아들였다. 과연 사소한 오해로 서로에게 칼을 휘두를 필요까지 있었는가, 역시 그건 너무 심하지 않았나 하는 생각이 문득 들었던 것이다. 있는 힘껏 부딪치고 보니 어딘가가 왠지 모르게 속이 시원했다. 돌이켜 보면 그럴 일도 아니었는데 왜 그렇게까지 했나 하는 후회도 밀려왔다.
 그리고 그 결과, 류은경은 우승하지 못한 관계로 돌아가지 못하게 되었다.
 "죄송합니다, 류 소저. 집으로 돌아가질 못하게 됐네요."
 "아, 아뇨. 그렇게 사과하실 것 없어요. 저 때문에 고생 많이 하신걸요. 여기까지 내치지 않고 도와주신 것만 해도 얼마나 감사한지 몰라요. 존경하고 있습니다. 돌아가지 못해도 좋습니다. 아니, 사실 돌아가고 싶지도 않아요."
 "그럼?"
 "전 독립하겠어요!"
 류은경이 작은 주먹을 불끈 쥐며 말했다.
 "어, 어떻게 말입니까?"
 이상한 기운이 풍겨나고 있었다. 그녀의 두 눈은 자기만의 환상을 쫓고 있는 듯했다. 평소 같은 부정적인 생각은 아니지만, 범상한 것은 아닌 듯했다.
 "남궁 가가, 마지막 부탁이 있습니다."
 '가가?'

갑자기 친근하게 가가(오라버니)라 불리자 남궁상은 조금 당황스러웠다.
"커흠, 제가 도와드릴 수 있는 거라면 도와드리지요."
사실 큰소리 탕탕 쳐놓고, 진령하고 대판 싸우기까지 했는데 삼위 안에 들지 못해서 미안해하던 참이었다. 화내지 않고 오히려 미안해한다는 점이 참으로 남궁상다운 점이라 할 수 있었다.
"이건 남궁 가가가 아니면 아무도 할 수 없는 일이에요."
"말해보세요, 류 소저."
덥석, 류은경이 갑자기 남궁상의 두 손을 부여잡더니 눈동자를 초롱초롱 빛내며 큰 소리로 외쳤다.
"가가, 저랑 결혼해 주세요! 일평생 따르겠어요!"
"겨……."
이건 남궁상의 말이었다.
"겨……."
멀뚱히 지켜보던 진령의 입에서도 같은 말이 튀어나왔다.
"겨……."
마하령, 남궁산산도 마찬가지였다.
"겨……."
소림사의 제자도 예외가 될 수 없었다.
"결혼~!!"
방 안에 있던 모든 사람들이 일제히 외쳤다. 다들 경악으로 입이 떡 벌어진 와중에 오직 태연한 사람은 류은경 한 사람뿐이었다. 또 다시금, 진령의 전신에서 무시무시한 한기가 피어올랐다. 몸이 아직 회복되지 않았는데도 그 기세는 식은땀이 날 정도로 무시무시했다.
"하, 하, 하지만 나한테는 진령이 있소. 그러니 마음은 고맙지만 받아

들일 수 없소."

두 번 다시 이번 같은 일은 겪고 싶지 않았다. 그러나 이번만큼은 류은경도 쉽게 물러나지 않았다.

"상관없어요!"

그건 매우 발랄하고 상큼한 외침이었다. 전혀 개의치 않는다는 기색이 역력했다.

"상관없다니? 당연히 상관있지요!!"

'저 죽을지도 모르거든요? 이 짧은 인생 아직 하직하고 싶지 않거든요?'

류은경을 바라보는 남궁상의 눈빛에는 그런 간절한 마음이 담겨 있었다. 그러나 류은경은 남궁상의 마음의 소리가 들리지 않는지 고개를 가로저었다.

"아뇨, 본부인이 아니어도 상관없어요!"

류은경은 막무가내였다.

"그, 그럼?"

남궁상이 떨리는 목소리로 반문했다. 그러자 류은경의 입에서 누구도 예상치 못한 폭탄선언이 터져 나왔다.

"절 첩으로 삼아주세요!"

순간 모든 사람이 쩌저적 일제히 얼어붙었다. 그리고 폭발했다.

"처어어어어어어어어어어업!"

방 안에 있던 사람들의 입에서 다시금 비명과도 같은 외침이 터져 나왔다.

"예!"

너무나 해맑은 얼굴로 고개를 끄덕였다.

"그럼 괜찮죠? 대세가의 직계이잖아요? 첩 한둘 정도야 상관없잖아요? 영웅은 삼처사첩이 기본이라면서요? 하지만 역시 세 명 이상은 너무 많은 것 같으니까, 두 명 정도가 딱 적당한 것 같아요. 어때요, 가가? 좋은 생각이죠?"

방긋 웃으며 류은경이 말했다. 남궁상은 꿀 먹은 벙어리가 되었다. 머릿속이 멍해졌다. 뭐가 어디서부터 잘못됐는지 알 수가 없었다. 너무나 황당한 사태에 머릿속이 새하얗게 변해 버린 것이다. 지금 그는 백치나 바보랑 진배없었다.

"그, 그, 그, 그……."

자리에서 일어나 앉아 있던 진령은 뭐라고 말하고 싶었지만 말이 나오지 않았다. 자기가 본부인이 되어도 상관없다는데 뭐라고 해야 한단 말인가? 이런 때 어떻게 대처해야 되는지 당연히 모르고 있었다. 대응은 류은경 쪽이 더 빨랐다. 그녀는 진령의 두 손을 꼭 잡더니 존경 어린 눈빛으로 진령을 똘망똘망하게 바라보며 말했다.

"잘 부탁해요, 진 큰언니!"

마치 주인을 따르는 강아지 같은 얼굴이라 진령은 차마 내칠 수가 없었다. 웃는 얼굴에 침을 뱉지 못하는 그녀의 성격이 이 경우 문제였다.

"어버버버버!"

열린 입에서 나온 것은 말이 아니라 소리였다. 진령은 혀가 꼬였는지, 머리가 꼬였는지 아무런 말도 할 수 없었다.

남궁상은 죽음의 공포에 시달리며 울고 싶어졌다. 그는 자신이 참으로 불행하다는, 홀아비나 노총각이나 외톨이 부대가 들었으면 경을 칠 불평을 터뜨렸다. 그는 한없이 울적했다.

"이제 다섯 남았군. 열심히 하게!"

용천명이 어깨를 툭툭 치며 격려해 주었다.

"지금 그걸 격려라고 하는 겁니까?"

남궁상이 버럭 소리쳤다.
"안 기쁜가?"
"전혀! 게다가 다섯은 무슨 얼어죽을 다섯입니까?"
"삼 더하기 사 빼기 이로 나온 결과일세."
무슨 심오한 우주의 진리라도 말하는 듯한 자세로 용천명이 말했다.
"삼처사첩도 두려워하지 않다니, 자넨 과연 대장감일세."
용천명이 최고라는 듯 엄지손가락을 치켜세워 주었다. 남궁상은 눈앞이 캄캄해졌다.
바람둥이!
무언의 비난이 바늘처럼 고막을 쿡쿡 찌르는 듯했다. 바라보는 여인들의 시선이 곱지 않았다.
'왜 이렇게 마음이 껄끄러운 거지?'
남궁상은 사방에서 쏟아지는 비난의 눈길에 점점 더 위축되었다.
"걱정 말게. 사내가 여러 부인을 두는 것은 법으로써 보장되어 있는 일일세."
용천명이 한마디 더 거들었다.
"흥, 법법법법! 이래서 남자들이란."
마하령이 투덜거렸다.
"뭐가 잘못됐소?"
"어차피 그 법을 만든 건 남자들이잖아요. 남자들, 늑대들한테 유리한 법을 만드는 게 당연하죠. 아마 법을 만든 게 여자였으면 이부, 삼부 기타 등등의 한 여자가 여러 남편을 가져도 상관없도록 했을지도 모르죠."
"그건 가정일 뿐이오."
용천명은 일고의 가치도 없다는 듯 그 주장을 일축했다.
"법이 사랑의 잣대가 될 수 없다고 말하고 있는 거예요. 사람의 감정

개입을 최대한 억제하기 위해 만든 것이 법이니까요."

남궁상의 운명은 앞으로 어떻게 될 것인가? 양손에 꽃을 쥐게 될 것인가? 아니면 양손 다 빈손이 될 것인가? 아니면 땅에 파묻힐 것인가? 그것은 오직 하늘만이 알 일이었으나, 입 무거운 하늘이 실없이 천기누설해 줄 일은 결코 없을 듯했다.

아직도 남궁상의 수난은 끝날 기미가 보이질 않고 있었다.

남궁상은 죽을 맛이었다.

울고 싶었다.

문, 넘어
— 연비, 마주치다

현재 연비는 돌로 만들어진 통로를 걷고 있었다. 조금 있으면 결승 시합이 시작될 터였다. 그 시합에서 이긴 자만이 혈염제 칠상흔과 싸울 자격을 손에 넣을 수 있었다. 그런 중요한 시합을 앞두고 산책은 어울리지 않았다. 이 산책의 목적지는 바로 조금 후에 싸워야 할 상대가 대기하고 있는 대기실이었다. 전해줘야 할 전언이 있었다.

"전 지금 언니를 만날 수 없어요. 그러니 연비가 대신 제 말을 전해주세요."
"결심을 굳혔군요, 린?"
"네."

나예린, 그녀의 부탁이 아니었으면 이렇게 움직이는 일은 없었을 것이다. 물론 지금의 상황이 대화로 해결되리라고는 생각지 않았다. 연비가 생각하기에 아직 영령은 본실력을 모두 보이지 않고 있었다. 곁에서 싸우는 모습을 지켜보기만 해도 충분히 알 수 있었다. 과연 기본이 충실히 되어 있어서 그런지 영령은 모든 상대를 꺾고 여기까지 올라왔다. 그녀를 보좌하는 두 시녀 역시 시녀의 신분에 어울리지 않는 실력을 지니고 있었다. 중간에 약간 고전한 적도 있었지만, 승자는 언제나 그녀가 속한 몽환삼영이었다. 그러나 현재까지 선보인 검술들은 연비와 나예린 모두 처음 보는 것들이었다. 혹시나 영령의 검술에 검각의 특성이 묻어 나올까 유심히 지켜보던 두 사람은 허탕만 치고 말았다. 그리고 결전의 순간이 다가왔다.

이 시합을 맡을 사람은 나예린밖에 없었다. 이곳에서 연비 자신이 나설 곳은 없었다. 그래서도 안됐다.

연비는 버릇대로 몸의 기척을 죽인 채 걸었다. 대기실의 방문은 방문자를 거절하듯 굳게 닫혀 있었다. 물론 연비는 그걸 무시하고 앞으로 걸어갔다. 손을 들어 문을 두드리려는 순간, 닫힌 문 저편에서 누군가가 얘기하는 소리가 들려왔다.

'남자 목소리?'

연비는 문을 두드리려던 손을 멈추고 호흡조차 느껴지지 않게 완전히 기척을 지웠다. 몽환삼영조는 세 사람 모두 여자였다. 게다가 영령 옆에 그림자처럼 따라붙어 있는 몽환쌍무는 윤 미소저 같은 여장 남자도 아니었다. 그렇다면?

'누구지?'

연비는 청각을 극대화시켰다. 나무 문 한 겹으로는 자신의 귀를 막을 수 없었다.

'칠상흔…… 반드시…… 비밀…….'

다른 건 전후 문맥을 알 수가 없어서 내용을 파악할 수 없었다. 하지만 마지막 말만은 확실히 알아들을 수 있었다.
"그리고 마지막으로 한 가지만 더 말하겠다."
역시 착각이 아니었다. 분명 사내의 목소리였다, 그것도 젊은.
'누구지?'
어디선가 들은 적이 있는 목소리였다. 상당히 귀에 익숙했다. 그러나 누군지 잘 기억이 나지 않았다.
"명을 기다립니다."
이번 것은 영령의 목소리였다. 두 시녀는 인기척은 느껴지지만 침묵한 채다.
"요즘 들어 이상한 이야기들을 듣는다고 들었다. 그 이야기를 해주는 아가씨 이름이 분명 나예린이라고 했던가?"
나예린의 이름이 나오자 연비는 더욱 귀를 쫑긋 세웠다.
"……."
영령은 침묵했다. 그리고 말을 기다렸다. 다시 사내가 물었다.
"의심스러우냐?"
화들짝 놀란 영령이 대답했다.
"당치도 않습니다. 당신은 저의 주인이십니다. 제 충성에 흔들림은 없습니다."
"동요해도 할 수 없지, 인간의 마음이란 한없이 약하니까."
낮은 한숨을 쉬는 듯했다. 그러자 영령의 안절부절못함이 문 너머까지 전해졌다.
"저의 마음은 강합니다. 그 정도 말에 흔들릴 일은 없습니다."
"믿어도 되겠지, 영령?"
"물론입니다."
단호하게 대답하는 영령의 목소리가 들려왔다.

"그렇다면 주인으로서 명한다."

"예, 당신의 종 영령이 명을 기다립니다."

영령이 부복하는 소리가 들렸다. 사내는 잠시 침묵하더니 타협의 여지가 없는 목소리로 단호하게 명령했다.

"나예린을 죽여라!"

연비의 몸이 흠칫 굳었다.

'어느 놈이 감히!'

거대한 분노가 연비의 마음 깊은 곳에서 소리없이 끓어올랐다. 자기 자신에 대해 죽이네 살리네 하며 날뛰는 얼치기 떨거지들은 그냥 코웃음 한 번으로 무시할 수 있었다. 그리고 적당히 상황 봐가며 심심풀이로 손 봐줄 수도 있었다. 그런 얼간이들에게는 분노조차 아까우니까. 하지만 나예린에 대해서 그런 마음을 품는 것은 용납할 수 없었다.

'예린에게 상처를 주려는 자는 그 누구라도 해도 절대 용서하지 않는다. 그것이 비록 신이나 부처나 악마라 해도.'

그것은 맹세와도 같은 결심이었다. 지금 당장 이 허약해 보이는 문을 반으로 쪼개고 안으로 쳐들어갈까 하는 마음이 뭉게구름처럼 피어올랐지만, 가까스로 억눌렀다. 지금 그렇게 했다가는 예린과 영령의 대결이 엉망이 되어버리게 되기 때문이다.

"죽이란 말씀이십니까?"

영령도 흠칫한 듯했다.

"방해다. 그녀는 우리의 앞을 가로막을 자다. 반드시 죽여라. 다른 사람은 못 죽여도 빙백봉만은 반드시 죽여야 한다. 할 수 있겠느냐?"

"……."

영령은 갈등하는지 쉽게 대답하지 못하고 있었다. 아직도 옛 마음이 남아 있는 건가? 침묵의 시간이 길어지자 정체불명의 사내가 다시 입을 열었다.
 "그럴 수 없다면 강요하지 않겠다."
 사내가 돌아서는 듯했다. 소리로 파악할 수 있었다.
 '강요하지 않긴. 그건 어딜 봐도 강요잖아! 나쁜 놈!'
 협박이라고 말하지 않아도 엄연히 협박은 성립된다. 은연중에 심리적인 압박을 가하는 것도 훌륭한 협박의 한 종류이며, 어떤 경우에는 더 악질적이기까지 하다. 안에 있는 사내놈은 진짜 못돼먹은 놈이었다. 연비는 이놈을 절대로 좋아할 수 없을 거라고 결론지었다.
 "어찌하겠느냐?"
 이 질문은 협박의 최종 마무리라 할 수 있었다. 이 협박에서 일종의 화룡점정(畵龍點睛)인 셈이었다. 이제 영령이 할 수 있는 대답은 단 하나밖에 남지 않았다.
 "……하겠습니다!"
 영령이 결심한 듯 대답했다.
 "무엇을?"
 사내가 반문했다.
 "……죽이겠습니다, 나예린을."
 그 말을 끝으로 더 이상 대화는 들려오지 않았다.
 '허허…… 자, 이제 어쩔까나?'
 이걸 조져 말어? 고민되는 순간이 아닐 수 없었다. 문을 반쪽에 반쪽을 더해 네 쪽으로 내고 싶은 마음이 더욱 커졌다. 하지만 다시 인내를 발휘하고 손가락을 일곱까지 꼽은 끝에 간신히 화를 억누를 수 있었다. 아직 자신이 끼어들 시기는 아니었다. 아직 나예린 스스로 매듭지을 일이 남아 있었다. 자신이 할 수 있는 일이 그저 지켜보는 것뿐이라는 사실이 통탄스러울 정도로 아쉬울 뿐이었다.

그때 문 저편에서 사람이 움직이는 기척이 느껴졌다. 곧 저 문이 열릴 터였다.

'몸을 숨길까 말까?'

연비는 잠시 갈등했다. 그러나 그 갈등은 별로 오래가지 않았다. 그냥 직접 면상을 보면 후려갈길지도 모르기 때문에 한번 예의상 고민해 본 것뿐이었다.

'그래, 어디 낯짝 좀 보자.'

어떤 십장생인지 일단 봐둬야 나중에 빚을 정산할 수 있을 것 아닌가. 지금 당장은 참지만 청산의 시기까지는 그리 오래 걸리지 않을 것 같았다. 또다시 이성이 마비되어 가는 것을 연비는 필사적으로 억눌렀다.

끼이이이익!

기분 나쁜 쇠 마찰음을 내며 대기실의 문이 열렸다. 그곳에 한 남자가 서 있었다. 그를 호위하듯 반보 정도 떨어져 있는 건장한 체구의 사내를 대동한 채.

그는 바로 '은명(隱名)'이었다.

끼이이이익!

녹슨 경첩이 마찰을 일으키며 귀에 거슬리는 소리가 통로 가득히 울려 퍼졌다. 그 안으로부터 나온 두 명의 남자는 문 앞에서 팔짱을 낀 채 보란 듯이 당당히 서 있는 검은 옷의 여인을 보고는 흠칫 몸을 굳혔다.

'전혀 기척을 느끼지 못했는데?'

두 사람이 동시에 쏘아 보내는 시선에는 그런 내용이 담겨 있었다.

스윽!

은명은 애써 표정을 감추며 슬쩍 뒤에 서 있는 검은 옷의 사내를 바라보았다. 등에 헝겊으로 싸인 거대한 무기를 들쳐 메고 있는 사내는 바로 마검익 추명이었다. 지금 그의 얼굴은 엄청난 잘못을 저지른 사람처럼 사색이 되어 있었다. 그도 그럴 것이 그의 주인이 중요한 기밀 이야기를 할 때 주변을 경계하는 것은 오롯이 그의 몫이기 때문이다.

"그렇게 쫄따구 군를 잡아먹을 듯 노려볼 필요는 없어요. 그가 무능하다기보다 내가 너무 유능한 것뿐이니까."

연비가 싱긋 웃으며 말했다. 그러나 그것은 진심이라고는 담겨 있지 않은 딱딱하게 굳어 있는 웃음이었다.

"남의 이야기를 엿듣다니, 예의가 없는 분이시구려."

잠자코 있던 은명이 입을 열었다.

"글쎄요, 난 밖에 서 있었을 뿐인데 들었는지 안 들었는지 어떻게 알아요? 직접 보기라도 했나요?"

"사람은 직접 보지 않아도 주변의 정황을 파악하여 미루어 짐작할 수 있는 추론 능력을 지니고 있소."

"추론 능력은 무슨, 그냥 망상이겠죠."

연비가 피식 웃으며 대답했다.

"누구시오?"

상당히 차분한 어조였다. 심적 당황을 겉으로 드러내지 않는 것만 해도 대단한 자제심이었다. 연비는 이 남자가 단순한 떨거지가 아니라고 판단 내렸다.

"몰라서 묻는 건 아니겠죠? 바보는 아닐 테니까."

비꼬는 어투로 연비가 되물었다.

"감히!"

발끈해서 앞으로 나서려던 호위무사는 주인의 한 팔을 올라온 것을 보고는 다시 순한 양처럼 얌전해졌다. 저런 사나운 맹수를 손짓 하나로 부리다니. 그 훈련된 정도와 즉각적인 복종을 본 연비의 눈에 잠시 이채가 어렸다.

"저건 그냥 떨거지네."

연비가 중얼거렸다.

"방금 뭐라고 했소?"

"신경 쓸 필요 없어요, 별거 아니니까. 그것보다 정말 모르는 건 아니겠죠?"

잠시 고민하던 은명이 대답했다.

"음…… 물론 아니오. 하지만 본인이 직접 말해주지 않는 이상 내가 짐작하는 사람인지 아닌지 확인할 수 없지 않겠소?"

그러자 연비가 피식 웃으며 대답했다

"그렇다면 나보단 나은 편이군요. 난 당신이 누군지도 짐작이 잘 가지 않으니까."

"우린 초면이니 당연하오."

차분한 어조로 은명이 대답했다.

"초면? 정말 초면인가요?"

고개를 갸우뚱하며 연비가 반문했다.

"물론이오. 왜, 이상하오?"

"분명 어디선가 만난 적이 있는 것 같은데?"

"지금 유혹하는 거라면 바쁘니 그냥 포기하시오."

표정 하나 바꾸지 않고 은명이 말했다. 그 말에 연비는 다시 한 번 피식 웃었다.

"재미없는 농담이군요."

"그런 말 종종 듣소."

무뚝뚝한 목소리로 은명이 대답했다.

"그럼 저 안엔 무슨 볼일이 있었던 거죠?"

"아무 볼일도 없었소."

"농담만 못하는 게 아니라 거짓말도 잘 못하는군요."

"있었다 해도 말해줄 의무는 없소."

그건 그렇군요, 라고 연비도 인정했다.

"그렇다면 누군지 물으면 알려줄 건가요?"

날카로운 시선으로 연비가 물었다.

"죄지은 것도 없는데 당연하오. 본인은 남에게 숨길 만한 이름은 가지고 있지 않소."

"호오? 지은 죄가 없다라? 참으로 흥미로운 발언이군요. 정말 흥미로워요."

뭐가 그리 재미있는지 연비는 박수까지 치며 웃었다. 그러나 그 모습을 보고도 여전히 은명의 표정에는 어떠한 감정도 떠오르지 않았다.

"통성명이나 하죠. 천무학관에서 온 연비예요. 이번 결승전에서 저쪽 문 뒤에 있는 분과 싸워야 될 가련한 운명에 처한 사람이죠."

"마천십삼대 제삼번대 대장 은명이오."

그 말에 연비는 눈을 동그랗게 떴다.

"오호, 소문의 대장님 중 하나를 이런 신기한 자리에서 다 만나게 되네요. 지금 이 순간 만나서 영광이라고 말해야 정확한 용법인가요?"

"꼭 그렇게 말할 필요는 없소."

"그것참 다행이네요. 그렇지 않아도 욕이 나오려는 걸 참고 있거든요. 좀 부끄럼이 많아서 항상 그런 말을 하려면 욕부터 나오게 되네요. 다행이에요, 정말 다행."

연비도 웃고 은명도 웃었다. 하지만 공기만은 팽팽하게 당긴 활의 시위처럼 긴장감이 감돌았다.

"들은 적이 있어요. 사천왕의 한 명인 북해왕이 바로 삼번대 대장 은명이라고요."

하도 사천왕 사천왕이라고 해서 조사해 둔 바였다. 실력 위주의 마천각에서 대부분의 대장직을 무사부 급이 장악하고 있는 현실에서, 아직 학생의 신분으로 대장 직을 맡는다는 것은 그만큼 그 능력이 출중하다는 뜻이었다.

"이 미욱한 자의 이름을 다 알아주다니 영광이오."

은명이 짐짓 겸손한 어조로 인사했다.

"그래도 당신은 조금은 정상인 것 같군요? 난 사천왕이라 불리는 인간들은 다 변태에 미치광이인 줄 알았거든요?"

"동해왕의 일 말이오? 이야기는 들었소. 그 친구가 좀 이상하긴 하오. 인정하지. 그런데 직접 보니 확실히 명불허전이라는 생각이 드는구려. 마천각에도 드세고 강한 여자들이 많이 있지만 당신 같은 사람은 처음이오."

"원, 별말씀을. 그런데 한 가지 물어볼 게 있는데요?"

"뭐든지 물어보시오."

선심 쓰는 얼굴로 은명이 말했다.

"우리 역시 구면 아닌가요?"

생글생글 웃음을 지우지 않은 채 연비가 물었다.

"……아까도 말했지만 우린 초면이오."

시침을 뚝 뗐다. 그러나 연비는 물러나지 않았다. 여기서 조금 더 도발해 두는 것도 나쁘지 않았다.

"일단 그렇다고 해두죠. 아참, 내 입을 막고 싶으면 언제든지 찾아와요, 대환영이니까."

연비의 호박색 눈동자 속에서 금빛이 요동치며, 입가에 맺힌 미소가 더욱 진해졌다.

"그건 지금 유혹이오?"

은명이 맞받아쳤다. 그러나 상대가 나빴다.

"해석이야 본인의 자유죠."

여전히 입가에 맺힌 미소를 지우지 않은 채 연비가 말했다.

"뭐, 하긴 댁은 여자 취향은 좀 유별난 데가 있는 것 같지만 말이에요. 예를 들면 한쪽 눈이 없는 미인이라던가, 아니면 원래 눈 두 개인 미녀의 한쪽 눈을 빼앗는 게 취미이던가?"

흠칫, 은명이 처음으로 격렬한 반응을 보였다. 그러나 그것은 결코 겉으로 드러나는 반응이 아니었다. 하지만 연비는 확실히 느낄 수 있었다, 순간적으로 은명 안에서 소용돌이치던 매서운 살기를.

그러나 상대가 살기 정도 뿜었다 해서 '앗, 뜨거라!' 비명을 지를 연비는 아니었다.

"원한다면 이 자리에서 결판 봐도 좋아요."

도발에는 도발로 대응하는 게 오히려 연비의 적성에 잘 맞았다.

"너무 자만하지 않는 게 좋지 않겠소? 보아하니 그렇게 상태가 좋은 것 같지도 않을 것 같은데 말이오."

'쳇!'

연비는 속으로 툴툴거렸다. 무리하게 기세를 끌어올린 탓인지 이마에 송골송골 식은땀이 맺혀 나왔다. 보통 때라면 겨우 이 정도에 이런 일은 있을 수도 없는 일이었다. 이게 다 몸 상태가 정상이 아니라서 벌어지는 일이었다. 이게 다 망할 사부 때문이라 생각하니 복장이 뒤집혀졌다.

그때 '벌컥!' 하고 문이 열렸다.

"무슨 일로 남의 대기실 앞에서 이렇게 소란스러운 거죠?"

문을 열고 나타난 것은 바로 영령이었다. 그녀는 드러난 오른쪽 눈으로 매섭게 연비를 노려보고 있었다. 감히 자신의 주인을 건드리느냐고 말하고 있는 듯했다.

"볼일이 있는 건 나한테 있는 거 아니었나요? 저분하고는 볼일이 없었을 텐데요?"

"원랜 그랬었죠. 다만 중간에 조금 다른 볼일이 생긴 것뿐이에요."

"그렇다면 빨리 용건을 끝내고 사라져 주겠어요? 다음 시합을 앞두고 정신을 흐트러뜨리고 싶지 않군요. 아니면 이길 자신이 없어서 일부러 정신 사납게 하러 온 건가요?"

"물론 아니죠. 나한텐 확실히 처리해야 할 용건이 있어요. 걱정 말아요. 용건만 마치고 돌아갈 거니까."

"용건?"

연비는 고개를 끄덕이며 말했다.

"'반드시 돌려놓겠어요, 언니!' 라고 전해달라더군요."

연비와 영령의 시선이 허공에서 한데 뒤엉켰다.

"누구의 전언이죠?"

영령은 알면서도 물었다. 연비는 그녀가 알고 있다는 걸 알지만 말해주었다.

"당신이 죽일지도 모르는 사람이죠."

그 말에는 힘이 깃들어 있어 순식간에 영령의 몸을 얼어붙게 만들었다. 연비는 다시 은명과 그의 호위를 바라보았다. 그 호위는 연신 신호를 보내고 있었다. 명령만 내리면 언제든지 저 건방진 계집을 토막 내버리겠다고 너무 타나게 외치고 있었다.

"이거 하나만 말해두죠."

"하시오."

침착한 어조로 은명이 대꾸했다.

"당신들은 절대로 원하는 것을 이룰 수 없을 거예요, 절대로."

그러자 은명은 고개를 갸우뚱했다.

"무슨 말을 하는지 전— 혀 모르겠구려."

"모르겠다고요?"

"모르겠소."

은명은 끝까지 시치미를 뗐다. 그의 눈에서 시선을 떼지 않은 채 연비가 못 박듯 말했다.

"곧 알게 될 거예요, 우리 둘 모두."

그리고는 깜빡 잊었다는 듯 한마디를 더 덧붙였다.

"아참, 그리고 밤에 조심하세요."

은명의 표정이 딱딱하게 굳어졌다. 마검익은 당장이라도 달려들 기세였다.

"그건 무슨 의미요? 설마 나 삼번대 대장 은명에 대한 협박이오?"

그러자 연비는 아무 일도 아니라는 듯 생긋 웃으며 말했다.

"아뇨, 그럴 리가요. 그저 이불에 지도를 그릴까 봐 그런 것뿐이에요."

"……?"

그러자 연비의 입가에 '씨익' 사악한 미소가 맺혔다.

"왜 옛말에도 있잖아요? 불놀이를 좋아하면 밤에 자다가 오줌 싼다, 등등등의 이야기요."

살짝 움찔했다. 연비는 그 미묘한 변화를 놓치지 않고 지켜보았다.

"여전히 남이 못 알아먹을 말만 하는 사람이구려."

다만 그의 뒤에 시립해 있던 마검익만이 사나운 눈초리로 연비를 노려봤을 뿐이었다.

"그럼 실례."

연비는 그 말만을 마치고 뒤돌아서서 걸음을 옮겼다. 당당하게 걸어가는 그 등은 마치 용기가 있으면 찔러보라고 외치고 있는 듯했다. 마검익은 그 유혹을 이기기 힘든 모양이었다. 여기서 처리한다 해도 문제없었다. 시체 처리에 대해서도 걱정하지 않아도 되었다. 이곳은 그들의 영역이었다.

"주군!"

그의 눈빛은 매서웠다. 이대로 돌려보내면 위험합니다, 허가를. 그의 독수리처럼 날카로운 눈동자는 그렇게 말하고 있는 듯했다.

"아서라. 저 무방비한 등을 보고도 모르겠나? 먼저 움직이면 죽는 건 자네가 될지도 몰라. 그리고 난 주군이 아니라 대장님이다."

"예, 대장님!"

은명은 이제는 통로의 그림자 속으로 사라진 연비의 뒷모습을 바라보며 눈빛을 빛냈다.

"연비라…… 기억할 만한 이름이 하나 더 늘었군. 도대체 누구지? 저런 실력자가 하늘에서 뚝 떨어지진 않았을 텐데?"

하지만 사문을 짐작할 만한 요소는 아무것도 없었다. 그가 알기로 저렇게 갑작스럽게 나타난 실력자는 화산에서 그의 앞길을 가로막았던 그 재수없는 '앞머리 치렁치렁' 뿐이었다.

"철저히 감시하도록."

"존명."

대답은 바로 돌아왔다.

"저…… 그런데 대장님?"

거의 소곤거리는 듯한 목소리로 마검익이 은명을 불렀다.

"뭐냐?"

많은 사념이 왔다 갔다 하던 은명이 싸늘한 목소리로 되물었다.

"저 여자……"

슬쩍 돌아본 마검익은 무척 심각한 얼굴이었다.

"뭐라도 아는 바가 있느냐?"

그러자 마검익이 고개를 가로저으며 대답했다.

"그게 저…… 예쁘네요. 성깔도 있고."

딱 제 취향입니다, 라는 말에 어이가 없어진 은명이 그의 눈동자를 들여다보니 그의 눈은 어느새 약간 맛이 가 있었다.

"……."

은명은 자신의 부하 복과 자신의 지도자로서의 자질에 대해 잠시 고민하며 한동안 아무 말도 하지 못했다.

"자네 취향 한번 고약하군."

전초전
—패다. 맞다

"이번 시합의 대장은 바로 린이에요. 전 이번에 차선을 맡겠어요."
 솔직히 말해 지금까지 연비는 '미소저 연대'의 우승을 위해 그렇다할 만한 활약을 한 적이 한 번도 없었다. 그저 대기석에서 자리만 지키고 있었다. 가끔 투기장 한가운데 나가는 일은 있었어도 간단하게 항복하고 들어오는 게 다였다. 묵룡환의 한쪽 봉인이 풀린 관계로 되도록 힘을 쓰지 않는 편이 좋았기 때문이다. 그런데도 중도 탈락하지 않고 여기까지 올 수 있었던 것은 천부적인 재능과 감각을 노력으로 연마하여 이제는 검술의 경지에 이른 빙백봉 나예린과 최근 몇 년 사이 수많은 경험을 거치며 많은 발전을 이룬 윤미가 노력해 준 덕분이었다. 하지만 이번에는 달랐다. 조금 전 상대편 대기실에 갔다가 들은 이야기도 있는지라 가만히 있을 수가 없었다.
 "괜찮겠어요?"
 이번 시합 방식은 삼판이승제가 아니라 상대편을 모조리 패퇴시키는 쪽이 이기는 생존전이었다.

"물론 괜찮고말고요. 날 누구라고 생각하는 거예요?"

연비가 웃으며 말을 이었다.

"내가 무대를 만들어놓겠어요. 그러니 린은 오직 전력을 다할 생각만 하세요."

"그래도 괜찮겠어요, 연비? 만일 제가 지면요?"

그 전법을 택한다는 것은 모든 것을 나예린의 검, 하나에 건다는 것이었다.

"제가 여기서 지면 모든 게 허사로 돌아가요."

"어머, 질 생각이었어요, 린?"

"아뇨. 물론 그건 아니죠."

그녀는 연비는 물론이고 영령을 위해서라도 반드시 이길 생각이었다. 검으로 먼저 영령을 꺾지 않는 이상 자신의 말이 먹힐 것 같지 않았기 때문이다. 그리고 잃어버린 영령의 기억을 이번 싸움을 통해 되살릴 수 있을지도 모른다는 희망도 품고 있었다.

"잘 생각했어요. 여기서 지면 또 언제 기회가 올지 몰라요. 린이 좋아하는 독고 사자의 기억을 되찾을 기회가 말이에요."

"그건 그렇지만……."

그러자 해맑은 웃음을 지으며 연비가 나예린을 꼬옥 끌어안았다.

"난 린을 믿어요. 그러니 린도 자신을 믿어요."

이렇게 자신을 전적으로 믿어주는 연비가 너무나 고마웠다. 감동한 나예린이 와락 연비의 몸을 끌어안았다.

"고마워요, 연비. 정말 고마워요."

관자놀이를 긁적이며 연비가 약간 당황한 어조로 대답했다.

"답답해요?"

"뭘요. 이건 이것대로 좋네요. 하나도 안 답답해요, 하나도."
 토닥토닥 등을 두드려 주며 연비는 나예린의 기운을 북돋워 주었다.
 '그자들의 뜻대로 일이 풀리게 둘 수는 없지. 그들이 무슨 계책을 쓰든 그들은 절대로 린에게 해를 끼칠 수 없어. 그건 내가 용납하지 않아.'
 그러기 위해서라도 청소는 필수였다. 안 그래도 유난히 긴장되고 심적 부담이 많은 싸움이었다. 무슨 실수가 나올지 알 수 없었다. 승패의 향방이 전적으로 검술 실력에 달려 있는 시합이 아니라 더욱 그러했다. 영령과 싸우기 전에 예린이 쓸데없는 힘을 빼게 하고 싶지는 않았다. 불안 요소는 최대한 배제해 놓는 게 좋았다. 그러기 위해서는 미안한 말이지만 윤 미소저는 조금 안심이 되지 않았다. 조금 전에 만났던 은명이란 사내의 일도 있고, 이 일만큼은 자신이 직접 처리하지 않으면 마음이 놓이지 않았다.

"자, 그럼 대망의 준결승전을 시작하겠습니다. 특이하게도 준결승에 오른 두 조 모두 여성만으로 이루어진 조입니다. 아아, 같은 사내로서 부끄러운 일이 아닐 수 없습니다. 과연 강호에 새로운 여고수의 바람이 불어닥칠 것인가? 우리는 그 현장을 보고 있는 것인지도 모릅니다. 이 시합에서 이긴 조가 그와의 대결에서 살아남을 수 있다면 말입니다. 이 시합에서 이긴 조는 드디어 그 무시무시한 혈염제 칠상흔과 대결할 자격을 손에 넣게 됩니다!"
 해설자가 흥분한 목소리로 소리쳤다. 원통투기장 안 역시 떠나갈 듯한 함성에 묻혀 옆에서 누가 무슨 소리를 해도 전혀 들리지 않을 정도였다. 그러나 그 사실에 신경 쓰는 사람은 아무도 없었다. 다들 뜨거워진 열기에 취해 소리치기에 바빴던 것이다.
 "드디어 여기까지 왔군요. 저곳에 언니가 있어요."

상대 쪽 대기석을 물끄러미 바라보며 나예린이 말했다. 드디어 조금 있으면 독고 사자와 대결하게 되는 것이다. 그녀가 독고령이라는 사실에 대해 여전히 의심치 않고 있었다. 이제 그것을 증명할 때였다, 독고령 본인에게.

"그럼 제가 먼저……."

먼저 일어선 것은 언제나 그렇듯 여장한 윤준호, 윤미 소저였다. 그러나 윤미는 두 발자국째를 떼지 못했다. 제지한 사람은 연비였다. 이런 일이 없었기에 윤미는 약간 당황한 얼굴로 연비를 바라보았다. 언제나 자신이 선두에 서서 사람들의 힘을 빼고 사실 거의 그 혼자서 해결했다 그 다음 어쩔 수 없을 때는 나예린이 나섰다. 무슨 문제가 있는지 모르지만, 시합 내내 안색이 좋지 않던 연비는 조용히 대기석에 앉아 있었을 뿐이다. 많은 강자들을 오직 두 사람의 힘으로 꺾어온 것이다.

"윤 미소저는 좀 쉬어요."

"연비, 괜찮겠어요? 당신도 쉬어야 돼요. 아직 내상이 다 낫지도 않았잖아요?"

"어, 눈치 채고 있었어요, 린?"

"그 정도는 당연히 누구나 예상할 수 있어요. 안색도 굉장히 안 좋고 땀도 조금씩 흘리고 있잖아요. 전혀 평소의 연비답지 않아요."

"이런이런, 들켜 버렸네. 아직 연기가 많이 부족한 모양이에요. 별로 걱정 끼치고 싶지 않았는데."

그녀의 어머니 빙월선자 예청과 싸울 때의 후유증인지 연비의 상태는 그다지 좋지 않았던 것이다. 특히 오른팔은 거의 사용하지 못하는 듯했다. 지금도 왼손으로 오른팔을 움켜잡고 있었다. 분명 괜찮을 리 없었다. 단지 내색하지 않고 있을 뿐이었다.

"그러니 내가……."

그러나 손가락을 하나 들어 올리며 나예린의 입술을 막은 연비는 웃으며 말했다.

"별거 아니에요. 예린은 자신만이 할 수 있는 싸움에 집중해요. 그 무대는, 그곳으로의 길은 내가 뚫어놓을 테니까요. 뭐, 왼팔 하나로도 충분해요. 오히려 넘칠 정도인걸요. 오른팔을 쓸 일은 없을 거예요."

연비는 현천은린을 들고 자리에서 일어났다. 그리고 곧바로 투기장 한가운데를 향해 걸어갔다. 그곳엔 이미 몽무가 기다리고 있었다. 긴장한 기색이 역력한 얼굴이었다. 자기 자리에 도착한 연비는 몽무를 한번 보고 다시 한 번 대기석에서 기다리고 있는 환무와 영령을 바라보았다. 잠시 영령에게 시선을 맞추던 연비는 이윽고 환무를 본 다음 다시 몽무를 바라보았다. 왜 저럴까? 몽무의 표정에 의아함이 떠올랐다.

"아가씨, 아가씨 혼자선 불가능해요. 그러니 친구 한 명 더 부르도록 해요."

연비가 웃으며 조언해 주었다.

"그게 무슨 말이지? 설마?"

연비는 고개를 끄덕였다.

"귀찮으니깐 한꺼번에 덤비라는 얘기예요."

"왔네요, 큭큭."

연비는 환무가 올 때까지 가만히 서서 기다렸다. 그 모습은 무척 태평해 보였다.

"우릴 무시하는 겁니까?"

몽환쌍무 중 냉정한 축에 속하는 환무가 물었다.

"아니, 난 단지 린의 싸움에 아무도 방해하게 하고 싶지 않은 거예요. 그리고 한 번 휘둘러서 해결할 일을 두 번 휘두르고 싶지도 않고."

"우릴 단 일 초에 제압할 수 있단 말이야? 말도 안 돼. 웃기지 마!"
성질 급한 몽무가 고래고래 고함을 질렀다.
"채통을 지켜라, 몽무."
옆에서 환무가 한마디 했다.
"어라, 그렇게 들었어요? 의외로 이해력이 좋은데요? 아, 이거 분명 칭찬이니깐 좋아해도 좋아요."
연비가 웃으며 말했다. 물론 몽환쌍무는 하나도 기쁘지 않았다. 기쁠 리가 없으니까.
"후회하지 말아요."
"아, 그건 너무 진부한 대사네요."
원래 흑도의 사람들은 효율을 중시하기 때문에 둘이서 싸울 수 있는 기회를 어리석게 차버리거나 하지 않았다. 건방지게 군다면 둘이서 본때를 보여주면 될 일이었다. 스스로 무덤을 파고 목을 조르겠다는데 못 도와줄 이유가 어디 있겠는가. 파놓은 무덤을 흙을 덮고 목매달 줄의 탄성을 보다 팽팽하게 하는 일을 못 도와줄 이유가 없었다. 그녀들은 그 일들에 대해 언제나 적극적으로 도와줄 준비가 되어 있는 모양이었다.
"제안을 하나 하죠. 그쪽이 둘 기권하면 이쪽도 마지막 한 명만 남기고 둘은 모두 기권하죠. 어때요, 이 조건이?"
연비가 기발한 생각이라도 말하는 것처럼 말했다.
"웃기지 마! 우리가 왜 그래야 되지?"
성격 급한 몽무가 다시 큰 소리로 외쳤다.
"그야 내가 지금 좀 귀찮으니까 그렇죠. 사실 지금 몸이 안 좋아서요. 싸우기 매우 귀찮거든요."
함부로 진기를 사용하면 좋지 않았다. 찰랑찰랑 지금 연비의 몸은 주둥이까지 꽉 찬 술잔처럼 넘치기 반의 반보 직전이었다.

"뭐야? 달거리 중이야?"

사실 월경은 무슨 중요한 행사 날이라거나 결승전이라는 이유로 비켜 가거나 하지는 않았다. 그러나 그런 고통은 아마 연비는 평생 알 수 없는 종류의 것이었다.

"어라, 여자들이 못하는 말이 없네요. 부끄럽게."

"뭐, 어때서. 너도 여자잖아?"

"어쨌든 내 제안 어때요? 빨리 답변을 줬으면 좋겠는데요?"

연비가 대답을 재촉했다.

"우리도 생각할 시간이 줘야지. 하지만 역시 안 되겠어."

"왜죠?"

"우린 아가씨의 충실한 시녀이기 때문이지."

"호오? 충실한 시녀라? 성실한 감시자가 아니라요?"

의미심장한 미소를 지으며 연비가 물었다.

"터무니없는 소리!"

몽무가 버럭 소리쳤다.

"뭘 그렇게 흥분하고 그러죠? 어디 찔리는 데라도 있나요?"

"찌, 찔리는 데 따윈……."

그러나 몽무의 말을 자르며 환무가 앞으로 나서며 짧게 말했다.

"없다."

시끈거리는 몽무가 뭐라 더 쏘아붙여 주고 싶은 듯했으나 환무의 표정을 보고는 입을 꾹 다물었다.

"어쨌든 우린 기권하지 않아. 아가씨까지 나설 것도 없지! 너뿐만 아니라 저기 남은 두 사람까지 모두 우리가 처리해 주마!"

몽무가 자신만만하게 소리쳤다.

"그건 절대절대절대 불가능해요. 그러니 말하지 않는 편이 나아요. 자기 주제 정도는 알고 있어야 생활에 불편함이 없지 않겠어요? 너무 이것 저것 재지도 않고 기분 따라 큰소리 떵떵치는 것은 좋지 않은 버릇이라고요."

사람 좋아 보이는 방긋방긋한 미소를 지으며 연비가 말했다.

"너, 너, 너……."

몽무는 너무나 화가 난 나머지 말도 제대로 나오지 않아 입만 벙긋거렸다.

"어머, 내가 너무 정확한 말을 해서 반박할 말도 찾지 못했나 보네요? 하긴 그러니 옆에 머리 좋아 보이는 친구가 따라붙어 있는 거겠지. 당신 주인도 정말 골치 아프겠어요. 한 짝으론 아무 짝에도 쓸모가 없어서 일일이 두 짝을 맞춰서 내보내야 하니 말이에요. 마치 젓가락 같군요."

연비의 말은 거침이 없었다. 그리고 한마디 한마디가 몽무의 속을 긁어놓는 것이었다. 연비가 입을 열 때마다 몽무의 얼굴을 붉게 변했다 푸르게 변했다를 반복했다. 더 이상 몽무에게 맡겨놓았다가는 되는 일도 안 될 것 같은 느낌에 다시 환무가 앞으로 나섰다.

"와라!"

그녀의 입에서 나온 말은 언제나 짧았다.

"정말 기권 안 하는 거예요? 후회할 텐데?"

"일고의 가치도 없다."

"하아, 정말 유감이에요. 아아, 힘쓰기 싫었는데……. 적당히 할 수 있을지도 장담 못하겠고……. 유능한 사람은 참 이래저래 고민거리가 많단 말이죠."

하지만 앞으로 무대에 오를 린을 위해 청소는 꼭 해두고 싶었다.

"방금 그 선택 후회하게 될 거예요."

"누가 후회할지는 두고 봐야겠지."

"두고 볼 필요도 없어요. 못 믿나 본데 틀림없어요, 기적이 일어나지 않는 한."

그리고 누구의 말마따나 기적은 세상에 일어나지 않기 때문에 기적인 것이다.

그리고 또 한 가지, 겉으로는 태연한 척 웃고 떠들고 있었지만 연비의 가슴속에는 지금 분노가 용암처럼 들끓고 있었다. 만일 예린에게 위해를 가하려는 존재라면 비록 여자라 해도 절대 용서할 생각이 없었다.

이 싸움은 연비 자신의 싸움이 아니었다. 이건 어디까지나 린의 싸움이었다. 자신은 이 싸움에 약간의 조언 이외에는 어떠한 개입도 할 수 없었다. 이건 전적으로 사자매 간의 문제였다. 두 사람의 풀 매듭이었다.

'그러기 위해서라면 약간 무리를 한다 해도 어쩔 수 없지. 설마 죽기야 하겠어? 살짝만 힘을 쓰면 괜찮을 거야, 살짝만.'

그렇게 속으로 되뇌이긴 했지만 사실은 알고 있었다, 그 모든 말들이 사실은 기만이라는 것을. 이럴 때는 너무나 냉정한 판단력이 원망스럽기도 하다. 그냥 대충대충 묻어버리는 것을 용납하지 않으니 말이다.

'아마 역시 괜찮진 않겠지.'

"가자, 몽무! 몽환쌍무진이다."

그때 환무가 차가운 목소리로 외쳤다.

"물론이지. 그것밖에 없지. 박살 내버리자고, 환무!"

신이 난 몽무가 외쳤다. 상대 역시 준결승까지 올라온 강자. 힘을 아껴두고 싸울 수 있는 사람들이 아니었다.

"조심하는 게 좋을 거예요. 지금 오른손을 제대로 못 쓰는 상태라 어찌 될지 모르거든요."

연비가 오른쪽 어깨를 주무르며 인상을 살짝 찌푸렸다.

"팔병신이 왜 나온 거야?"

몽무가 거칠게 소리쳤다. 좀 더 우아하게 말하라는 환무의 주의는 귓등으로 흘려들었다.

"어라, 말을 참 발랄하게 하시는 아가씨네. 봐요, 오른팔은 충분히 움직일 수 있어요. 다만 조절이 안 될 뿐이지. 그러니 죽지 않게 조심해 줘요. 자칫 잘못하면 진짜로 죽여 버릴 것 같거든요."

순간 몽환쌍무는 오싹한 살기에 전율했다. 그 무형은 살기는 번쩍이는 섬광처럼 순간적으로 드러났다가 환상처럼 사라졌지만, 그 살기에 순간적으로 노출된 것만으로도 두 사람은 간담이 서늘해졌다. 이 살기의 진원지는 지금 짙은 웃음을 머금으며 눈웃음을 짓고 있었다.

"지금 나에게 자비가 남아 있는지 아닌지 본인으로서도 확신이 서지 않거든요. 그러니 조심하는 게 좋아요."

연비가 보기에 유일한 피해자는 영령뿐이었다. 그 나머지는 다 공범자이자 가해자일 뿐이었다. 가해자에게 베풀 아량 따위는 연비에게 한 푼도 남아 있지 않았다. 그것은 여자라 해도 마찬가지였다.

특하나 지금은 겉보기엔 확실히 여자. 사정을 두지 않아도 거리낄 게 별로 없었다.

몽환쌍무 두 사람이 함께 펼치는 합격술인 몽환쌍영무에는 독특한 최면 효과가 있었다. 눈에 잘 띄지 않는 특수한 가루를 사용하고, 특수한 동작과 특수한 소리를 이용해 상대의 정신을 교란시키는 것이 목적이었다. 그리고 이 두 사람의 협공에 걸려든 사람은 혼란 속에서 자신이 언제 당한지도 모르고 당하게 되는 것이다.

정신 차려보니 바닥에 뒹굴고 있었다, 라는 상황이 전개되어야 보통인데 이번 상대는 달랐다. 연비는 두 사람의 끈질긴 환영술 공격에 끄떡도 하지 않았다. 그렇다고 환무의 침술이나 몽무의 관절기가 먹혔나 하면 그것도 아니었다.

"어라, 지금 장난치는 건가요? 좀 더 진지하게 해보~아~요."

연비는 손바닥에 묻힌 흙이라도 터는 듯한 동작으로 두 사람의 공격을 가볍게 막아냈다. 몽환쌍무가 아무리 용을 쓰고 공격해도 연비의 주변에 펼쳐진 보이지 않은 간합 안으론 진입할 수가 없었다. 무언가가 그들의 발길, 손길을 막고 있었다. 그리고 몰래 사용하는 꼼수도 지금은 통하지 않았다.

"벌써 밑천이 드러난 거면 재미없는데."

연비가 씨익 웃었다. 무서운 웃음이었다. 연비의 입가에 짙게 번져 나가는 미소에 깃든 살기를 두 사람도 읽은 것이다. 그리고 비로소 깨달았다, 지금까지 두 사람이 놀림을 당하고 있었다는 것을. 그녀들을 가지고 논 사람은 연비였다. 그리고 지금 무슨 이유에서인지 연비는 굉장히 분노하고 있었다.

'정말 죽을지도 몰라!'

생생한 위기감이 느껴지자 두 사람은 부르르 떨었다.

"자, 용케도 아직 자비가 남아 있군요. 여자로 태어난 걸 행운으로 여겨요. 보통 이런 기회가 많지 않으니까."

여전히 쏟아지는 몽환쌍무의 연환공격을 튕겨내며 연비가 말했다.

"무슨 소리냐?"

그건 다음과 같은 소리였다.

"이지선다예요. 둘 중 하나만 고르면 되거든요. 어느 쪽을 선택하든 본인들의 선택을 존중하도록 하죠. 이토록 친절한 자비는 드물다고요. 자, 그럼 보기 나갑니다. 아프진 않지만 뒤지실래요, 아니면 뒤지게 많이 아파도 살래요?"

둘 다 뒤짐이지만 선택할 수 있는 뒤짐은 하나뿐이었다.

"그야 물론 뒤쪽……."

이라는 대답이 끝나기도 전에 연비의 몸이 움직였다. 어느새 접힌 현천은린이 두 사람의 몽환쌍무를 향해 날아갔다. 그리고는 공포의 매타작이 시작됐다.

"주먹으로 때리는 건 너무 야만적이니깐."

나름대로의 배려였는 모양이지만 하나도 기쁘지 않은 배려였다.

투닥투닥! 퍽퍽퍽!

옆에서 보기에도 상당한 장면이었는데, 만일 때리는 쪽이 남자였다면 주변에서 맹비난이 쏟아졌을 수도 있었다. 하지만 여성이 여성을 때릴 때는 어떻게 반응해야 될지 그들은 잘 몰랐다. 그래서 연비는 잠깐 동안이지만 그 누구의 방해도 받지 않고 매타작을 할 수 있었다.

"그래도 얼굴은 때리지 않았어요. 많이 아파요?"

하지만 두 사람 모두 억수로 뒤지게 아팠다.

"어버버버……."

바닥에서 벼락 맞은 새우처럼 허리를 접은 채 꿈틀거리고 있는 두 사람은 그런 대답밖에 할 수 없었다. 말이 제대로 나오지 못할 지경인 것이다. 연비도 멀쩡하지는 못했다. 순간적으로 내공을 격발해 쓰는 바람에 기혈이 제멋대로 뒤엉키려 하고 있었다. 이마에 송골송골 맺힌 땀을 소매로 훔쳐 내며 연비가 차갑게 말했다.

"지금 그 고통, 잘 기억해 둬요. 만일 예린의 몸에 무슨 일이 있을 때는 지금 느낀 그 고통의 천 배, 만 배, 억 배 느끼게 해줄 테니까. 물론 당신 둘만이 아니에요. 그 은명이라는 자도 마찬가지예요. 그리고 그 위에 또 누가 있다면 그놈도 마찬가지고요. 그러니 현명하게 행동해요. 다음 번 택할 행동이 당신들의 운명을 좌우할 수도 있으니 말이에요."

최후통첩 겸 마지막 경고였다. 그 말을 끝으로 연비는 파리한 안색을 한 채 자신의 대기석으로 돌아갔다.

장내는 찬물을 끼얹은 듯 조용했다. 아무도 입을 여는 이는 없었다. 나중에 퍼뜩 정신을 차린 미성공자 유진이 연비의 승리를 높이 외칠 때까지 말이다.

뒤늦게 울려 퍼진 함성을 뒤로한 채 연비는 나예린과 연비가 눈을 동그랗게 뜨고 앉아 있는 대기석으로 돌아왔다.

"두 사람 다 왜 그렇게 새총 맞은 새처럼 눈을 동그랗게 뜨고 있어요?"

"그게 저……."

"그, 글쎄요, 그게 왜 그럴까요?"

두 사람은 제대로 된 대답을 할 수 없었다.

이 두 사람 역시 연비가 보인 과격한 행동에 깜짝 놀란 모양이다. 솔직히 이번 연비의 손속에 우아함이라고는 찾아볼 수가 없었던 것이다.

"너무 심한 처사가 아니었을까요?"

조심스러운 어조로 나예린이 물었다.

"전혀요."

연비의 대답에는 망설임이 없었다. 조용히 분노를 억누르고 있는 연비는 진짜로 그렇게 생각하고 있었다. 그러나 왜 그런 행동을 취했는지 두 사람은 알 수 없었고, 연비도 말하지 않았다.

"자, 이제 린 차례예요. 가서 자신의 손으로 매듭짓고 와요. 난 여기서 믿고 기다리고 있을게요."

풀어야 할 문제, 지어야 할 매듭
—사자매

"제 역할은 여기서 끝이에요. 이제 린 차례예요."
나예린은 연비를 한 번 바라본 후 고개를 끄덕였다.
"고마워요, 연비."
"별말씀을."
나예린은 자리에서 일어났다. 지금 이 순간을 위해 그동안 한시도 단련을 게을리 하지 않았다. 아직도 영령이라 불리는 여인이 독고령이라는 믿음에는 변함이 없었다. 시간이 지날수록 의혹은커녕 확신만 커지고 있었다. 만약 독고 사자가 도움이 필요하다면 그녀는 언제든지 도울 준비가 되어 있었다. 그러기 위해 독고령을 쓰러뜨려야 된다면 그녀는 그럴 각오가 되어 있었다. 문득 사부님인 검후와의 대화가 떠올랐다.

"힘이 필요할 때 힘이 부족하면 도와줄 기회를 놓치고 말 것이다. 그러니 스스로는 엄격히 단련하도록 해라, 때가 되었을 때 쓸모가 있도록. 지금 준비하지 않으면, 그때 가서 남는 것은 후회뿐일 테니. 알겠느냐, 린아?"
"예, 사부님. 명심하겠습니다."

자신은 그 말을 얼마나 지켰을까? 자신이 알았다고 내뱉은 만큼 실천하고 있었던 것일까? 나예린은 잠시 고민했다. 그리고 그러기 위한 노력을 충분히 해왔다고 자부했다. 지금은 그녀의 힘이 도움을 주기에 부족하지 않기를 바랄 뿐이었다.

"린은 그 사람을 돕기 위해서라면 그 사람에게 칼을 겨눌 각오가 되어 있나요? 그 사람을 쓰러뜨릴 각오가 되어 있나요? 그 각오가 없다면 포기해요. 그 각오 없이는 결코 이기지 못할 테니까요."
"전 각오가 되어 있어요."

연비의 질문에 그렇게 대답할 때 스스로에게 맹세했었다. 무슨 수를 써서라도 독고령을 원래대로 돌려놓겠다고.
그 순간이 언제인지는 물어볼 필요도 없었다. 왜냐하면 바로 지금 이 순간이 바로 그 순간이었기 때문이다.
"준비됐나요?"
연비가 마지막으로 물었다. 이 질문은 일종의 점검이었다. 현재 마음가짐이 어떤지 알아보기 위한. 만일 아직 결심이 서지 않았다면 연비는 무슨 수를 써서라도 나예린을 막을 생각이었다. 설혹 자신이 비난을 받는 일이 있다 해도 말이다. 그러나 다행히 욕먹을 각오까지 할 필요는 없었던 모양이다.
"네, 준비됐어요, 연비. 전 오히려 이 순간을 기다려 왔는걸요."
나예린은 한 치의 망설임도 없이 대답하며 자리에서 일어났다. 그리고는 투기장으로 우아하게 발걸음을 내딛었다.

지금 그녀는 이미 날카롭게 벼리어진 아름다운 한 자루의 검이었다.

"우린 다시 만났군요."

먼저 입을 연 것은 나예린이었다.

"끈질기군, 너도."

영령이 아주 질렸다는 얼굴로 말했다.

"그런 말 자주 듣는다고 말해주고 싶지만, 사실 그런 말 들은 것은 이번이 처음이에요. 사자는 언제나 제가 집착하는 게 너무 없다고 나무라셨죠. 아무것도 원하는 게 없다고."

나예린이 살짝 미소 지으며 말했다.

"누군지 몰라도, 물론 나는 아니겠지만, 맞는 말이군. 원하는 게 없으면 그걸 잡기 위한 노력도 할 필요가 없지. 그런 인간은 앞으로 나가지 못해!"

그러자 나예린의 얼굴에 기쁜 표정이 떠올랐다.

"독고 사자도 딱 그렇게 말했어요. 역시 당신은 령 언니가 맞아요."

그 사실은 이미 흔들림없는 확신으로 나예린의 마음속에 자리 잡고 있었다.

"몇 번이나 말했지만, 난 아니야. 사람 잘못 본 거라고 했지! 난 독고령이란 사람을 만난 적이 한 번도 없어."

나예린은 이해가 간다는 듯 고개를 끄덕였다. 그녀에게 그런 의문은 아무런 문제도 되지 않았다.

"물론 당연히 만난 적이 없을 수밖에요. 왜냐하면 당신은 독고령 본인이니까요."

"아직도 억지를 부리는 건가? 계속 얘기해 봤자 평행선이겠군."

"동감이에요. 더 이상 대화로는 풀어갈 수 없겠군요. 안타깝지만 쉽게 될 거라고는 생각하지 않았어요. 그만한 대가를 치르지 않으면 안 된다는 것이겠죠. 저의 소중한 사람을 돌려받기 위해서는."

"그래서 어쩔 셈이지?"

"강제로라도 잃어버린 것을 되돌릴 수밖에요. 기억나지 않는다면 기억나게 해드려야지요, 언니."

"뭘로?"

스르릉!

나예린은 대답 대신 차가운 한기를 발산하는 검을 뽑아 들었다. 그것은 충분한 대답이 되었다.

평소의 나예린답지 않은 적극적인 태도였다. 이미 각오를 다진 나예린에겐 어떤 수단을 선택하든 문제가 되지 않았다.

"재미있군."

질 수 없다는 기세로 영령도 검을 뽑아 들었다.

"만일 네 검이 나를 쓰러뜨릴 수 있다면 네 말을 다시 한 번 생각해 보겠다."

그만큼 자신있다는 태도였다. 나예린이 진지한 눈동자로 고개를 끄덕였다.

"그 말 기억해 두겠어요. 이번엔 잊지 마세요, 꼭!"

"너는 내 기억력을 언제나 너무 의심하고 있군. 걱정하지 마, 확실히 기억하고 있을 테니까. 하지만 기억하고 있을 필요도 없어."

"그건 왜죠?"

나예린이 되물었다.

"넌 날 절대 이길 수 없기 때문이지."

"그건 제가 할 말이군요. 그대로 돌려 드리겠어요, 언니."

검 대 검
―생소함과 익숙함

검을 빼어 든 영령의 모습은 너무나 생소해 보였다. 무인은 입으로보다 검으로 더 많은 이야기를 하게 마련이다. 특히 검술을 비롯한 모든 무공은 하루아침에 이루어지지 않는다.

검사의 검끝에는 그 사람의 세월이 축적되어 있게 마련. 검객의 검날은 세월로 벼린다는 말이 괜히 나온 것이 아니었다. 그런데 검을 뽑아 든 영령의 모습은 익숙해야 함에도 너무나 달라 보였다. 마치 처음 만난 사람이 처음 취한 자세처럼 굉장히 생소했다. 하지만 나예린은 자신의 추측을 없던 것으로 돌릴 마음이 추호도 없었다. 검을 빼 든 영령의 자세는 굉장히 생소했지만 자연스럽지는 않았다. 그녀의 기수식에는 쏟아 부은 세월로써 획득할 수 있는 자연스러움이 배어 있지 않았다.

'그것 역시 확인해 보면 될 일!'

만일 저 자세조차 덧씌워진 것이라면 그녀가 할 일은 단 하나, 그 껍질을 힘으로라도 벗겨내는 것뿐이었다.

영령은 나예린과 정반대였다.

나예린이 영령의 자세에서 생소함을 느끼며 당황하고 있을 때, 영령은 알 수 없는 익숙함을 느끼고는 당황하고 있었다. 검을 빼 든 나예린의 모습이 굉장히 익숙했다. 단지 눈으로만 느끼는 게 아니었다. 몸 전체로 느끼고 있었다. 마치 눈앞 상대의 버릇마저 알고 있는 듯한 기분이었다.

'왜 이런 느낌이 드는 거지? 저 사람하고 싸우는 건 처음일 텐데? 처음 검을 나누는 것일 텐데 왜?'

잡심을 털어내려는 듯 영령은 고개를 세차게 도리질 쳤다.

―첫 초식은 왼쪽 어깨 쪽.

순간적으로 머릿속을 스쳐 지나간 생각이었다.

나예린이 보법의 첫 보를 밟자마자 영령의 몸은 이미 반사적으로 왼쪽 어깨를 뒤로 빼고 있었다. 다음 순간, 차가운 한기를 품은 검날이 영령의 왼쪽 어깨가 있던 곳을 찌르고 들어왔다. 소리도 기척도 없는 더없이 명징할 정도로 깔끔한 일검이었다.

"⋯⋯!!"

영령은 자신의 행동에 깜짝 놀랐다.

"어떻게?!"

놀라기는 나예린도 마찬가지였다. 마치 이 일초가 날아올 것을 미리 알고 있는 것처럼 몸을 피했던 것이다.

"노, 놀랄 것 없어. 그런 허술한 일초 따윈 뻔히 보이니까!"

그러나 큰소리친 만큼의 자신감은 없어 보였다.

'거짓말!'

영령의 말이 거짓말이라는 것은 나예린은 물론이고 그녀 자신도 잘 알고 있었다.

나예린은 시험 삼아 다시 세 개의 초식을 연달아 펼쳤다. 자신이 독고령과의 비무에서 즐겨 쓰던 조합이었다. 영령은 마치 그 궤도를 예측하고 있기라도 하듯 아무 힘도 들이지 않고 나예린의 검을 피해냈다. 자신의 공격이 연속으로 실패했지만, 나예린은 기뻤다.

'연비 말이 맞았어!'

"역시 당신은 독고 사자가 틀림없어요!"

나예린의 외침에는 숨길 수 없는 기쁨이 묻어나 있었다.

"무슨 헛소리야? 그럴 리가 없다고 몇 번이나 말했을 텐데?"

"아니요. 당신이 제 검을 그렇게 쉽게 피해낼 수 있었다는 게 바로 그 증거예요. 왠지 모르게 제 검이 파고들어 올 부분을 알고 있었죠?"

"그, 그걸 어떻게?"

확실히 어떤 예감 같은 감각을 본능적으로 따른 결과 영령은 나예린의 검초를 모두 피해낼 수 있었던 것이다.

"당연해요. 방금 제가 사용한 초식은 독고 사자와의 대련에서 즐겨 사용하던 초식이었으니까요."

검각의 검은 크게 세 단계로 나눌 수 있었다.

검각의 제자로 입문하여 맨 처음 검을 들었을 때 배우는 '작은 새의 날갯짓'을 시작으로 한 소안검, 그리고 소안검이 어느 정도 경지에 오르면 배울 수 있는 조금은 우아하고 시원시원한 '비홍검', 그리고 그중에서 선택된 재능을 가진 극소수의 제자들만이 특별히 배움을 허락받는 검각의 독문검법이자 검후의 성명절기인 '한상옥령신검', 이렇게 총 세 단계였다.

소안검은 움직임 작은 대신 날렵하고 빈번하다. 비홍검은 움직임이 크고 시원시원하면서도 우아하다. 검을 한 번 움직일 때 크게 움직이며 그만큼 위력적이다. 이 세 종류의 검법에는 각각의 특징이 있다.

나이 어린 소녀들이 처음 배우기에는 소안검이 적당하다. 처음부터 성장기의 몸이 감당할 수 없는 강한 검술을 배우다 보면 몸이 먼저 망가질 수도 있기 때문이다. 특히 사내아이보다 여자 아이의 몸이 더 섬세하게 마련이다. 때문에 검각에서는 검술을 세 단계로 나누어 차근차근 검에 몸이 적응하여 더 높은 단계로 나아갈 수 있도록 배려해 놓은 것이었다. 그러므로 어린 나이에 입문한 검각의 제자들이 가장 오랜 시간 동안 배우는 것은 '소안검'이었다. 나예린과 독고령은 물론이거니와 검후조차도 이 소안검으로부터 검의 길을 시작했다. 이 소안검이야말로 검각의 기초이자 기본이라 할 수 있었다. 과거 상처 입고 검각에 들어온 어린 나예린에게 집중적으로 소안검을 가르쳐 준 사람은 다름 아닌 독고령이었다.

나예린의 손을 잡고 직접 하나하나 가르쳐 주던 독고령의 손길, 그 따뜻함을 나예린은 아직도 잊지 않고 있었다.

'제발 기억해 내요, 언니! 제발! 이 검초들, 우리 두 사람의 추억이 어려 있는, 함께 시간을 공유했던 이 초식들을 기억해 내요. 이 검이 휘둘러지는 소리, 방향, 분명 언니는 기억하고 있을 거예요. 머리로 기억하지 못하더라도 몸은 절대로 이걸 잊을 수 없어요. 왜냐면 검각의 검을 그토록 사랑하던 언니니까요. 사부님을 그토록 존경하던 언니니까요.'

그녀가 지금 펼치는 소안검은 저게 진짜 기초 검법인 소안검이 맞나 싶을 정도로 위력적이었다. 하지만 그녀의 검에는 무엇과도 바꿀 수 없는, 결코 잊을 수 없는 추억이 서려 있었다.

일부러 평소의 약속 대련 때처럼 똑같이 공격해 보라고 그녀에게 조언해 준 사람은 다름 아닌 연비였다. 그런 다음 유심히 반응을 살펴보라고 했다. 만일 상대가 진짜 독고령이라면 뭔가 반응이 있을 거라고. 연비의 말대로 영령의 몸은 무언가를 기억하고 있었다. 하지만 연비는 다음과 같은 말도 덧붙였다.

"하지만 그 정도로는 본인은 인정하지 않을 거예요. 아마 더욱 부정하겠죠."

나예린의 검초에서 너무나 익숙하고 정겨운 느낌을 발견한 영령은 당황했다. 증오스러워야 마땅한 검각의 검법에서 정겨움을 느낀다는 게 어디 말이나 될 법한 이야기인가! 그런데도 이 지독하게 익숙한 감각과 숨을 쉬듯 자연스럽게 파악되는 검의 흐름을 어떻게 설명해야 될지 알 수가 없었다.
그러나 영령은 다시 세차게 고개를 저었다.
'아니야! 너무 깊게 생각하지 마. 이건 함정이야, 나를 속여 넘기려는. 그러니 넘어가면 안 돼!'
영령은 자신의 느낌을 부정했다.
"흥, 말도 안 돼! 그런 속임수 따윈 믿지 않아!"
"믿어야 해요, 그게 사실이니까."
"흥, 아무런 증거도 없는 사실 따윈 사실이 아니야!"
어떤 속임수도 쓰지 않았다고 해도 지금의 영령에겐 아무 소용도 없어 보였다. 영령은 강경하고 또 완고했다. 왜 아직도 미혹 속을 헤매고 있는 것인가! 너무나 안타까운 나머지 나예린은 화가 났다. 화로 인해 마음이 흔들린 때를 놓치지 않고 영령이 검초를 전개했다.
기묘한 검초였다. 소리가 들리는 쪽에서 검이 날아오지 않았다. 처음에는 소리로 궤적을 파악하려던 나예린은 그만 낭패를 보고 말았다. 몇 군데 옷자락이 잘려 나간 것이다. 천부적인 예민함이 없었다면 베인 옷자락에 이미 피가 스며들어 있었을 것이다.

"이 검법의 이름이 뭐죠?"

긴장을 늦추지 않은 채 나예린이 물었다.

"몽환산장의 비전 '몽환사령검법' 이다! 결코 너희 검각의 검에 뒤지지 않는 검법이지."

'너희' 라는 말에 나예린은 가슴이 아릿했다.

"너희라니요. 그런 슬픈 말씀 하지 마세요! 검각의 검은 저의 검일 뿐만 아니라 언니의 검이기도 해요."

"그럴 리 없다. 난 검각을 증오해. 왜냐하면 나의 한쪽 눈을 빼앗아간 것은 바로 너희 검각 사람들이니까."

"아니에요, 언니. 그건 오해에요. 잘못 알고 있는 거라고요. 언니는 지금 속고 있어요, 바로 저들에게!"

나예린이 손가락으로 몽환쌍무를 가리키며 외쳤다.

"닥쳐! 더 이상 산장을 모욕하면 용서치 않겠다!"

분노에 찬 영령이 성난 목소리로 소리 지르며 삼 초를 연거푸 펼쳤다. 나예린은 계속 물러나기만 했다.

평소의 대응보다 반 호흡 정도가 늦는 것을 본 연비는 저절로 인상을 찌푸렸다. 이대로는 좋지 않았다. 빨리 본래의 나예린, 그녀 자신의 호흡으로 되돌아가야 할 필요성이 있었다.

나예린은 예전에 알고 있던 독고령을 자꾸만 지금의 영령에게 대입하려고 하는 바람에, 그 차이에 의해서 대처가 조금씩 늦어지고 있었다. 나예린이 알고 있는 그녀와 지금의 그녀는 어느 모로 보나 달랐다.

'과거의 그림자에 맞춰봤자 현재를 이길 수는 없어. 지금 바로 이 순간에 맞는 대처가 필요해!'

나예린은 잠시 예전의 독고령은 잊기로 했다. 그리고는 지금 눈앞에 있는 영령에게 정신을 집중했다.

그 순간, 수많은 정보들이 나예린의 용안을 통해 흘러들어 오기 시작했다. 영령이 검을 잡는 방법, 검의 궤적, 근육의 미세한 움직임, 가슴의 움직임, 호흡, 땅을 딛고 있는 발자국의 모양, 미세한 무게 중심의 변화 등등. 그 모든 정보를 받아들이며 지금의 영령에 대한 '상(像)'을 잡아갔다. 그것은 곧 영령이란 대상에 대한 정밀한 분석이기도 했다. 모든 능력을 아낌없이 써서라도 나예린은 이길 생각이었다. 이대로 물러날 수는 없었다.

지금 영령이 펼치고 있는 '몽환사령검법'은 허초와 실초의 구분이 변화무쌍하게 바뀌는 검초였다. 특히 소리와 검의 궤도가 괴리되어 있는게 그 주된 특징이라 할 수 있었다. 기묘막측한 검법이긴 했으나 잡스러움이 많았다. 무엇보다 잔재주에 의지하는 경향이 짙었다. 소리의 속임수는 아무래도 검에 만들어 넣은 특수한 장치 때문일 가능성이 높았다. 속성으로 단기간에 성과를 올릴 수 있는, 하지만 일정 수준 이상으로는 결코 올라갈 수 없는 그런 검법이었다. 분석이 끝났다.

"좋아요. 증명하라면 해드리죠. 바로 언니 자신이 스스로를 증명할 수 있도록 말이에요."

나예린은 하얀 검기가 아지랑이처럼 피어오르는 검에 진기를 더욱 강하게 주입시켰다. 그녀의 애검 '빙루'에서 차가운 빙무가 뿜어져 나오기 시작했다.

나예린이 본격적으로 검을 개방한 것이다.

"갑니다."

새하얀 얼음 깃털을 가진 봉황의 춤이 시작되었다. 백색의 검날이 춤을 췄다. 아름다운 춤사위였지만, 그 위력은 보는 이의 간담을 서늘하게 할 정도로 무시무시했다.

검각의 검
—몸의 기억

'언니가 다른 모든 것을 잊어도 이 초식만은 잊을 수 없어!'
 한상옥령신검의 기수식을 취하며 나예린은 생각했다. 자신이 지금 혼신의 힘을 다해 펼치려고 하는 초식은 이 두 사람에게 특별한 의미가 있는 초식이었다.
 이 초식은 그들에게 있어 하나의 거대한 벽이었다. 이 초식의 벽을 넘어서지 못했을 때, 그녀들은 그저 햇병아리였을 뿐이다. 각고의 노력 끝에 이 초식을 터득하고 합격점을 받았을 때, 그녀들은 스스로의 날개로 날 수 있는 한 마리의 새가 될 수 있었다. 그런 의미와 무게를 지닌 초식이었다.
 두 사람이 함께 배우고, 함께 고생하고, 함께 깨우치기 위해 몇 달을 고련해야 했던, 한상옥령신검의 오의 '한빙섬옥'을 떠올렸다. 그 초식을 익히기 위해 얼마나 많은 실패의 시간을 보냈던가. 보통 검초의 빠르기에 치중하면 정교함과 복잡함이 떨어지고, 정교함과 복잡함을 추구하면 빠르기는 떨어지게 마련이다. 하지만 오의(奧義) '한빙섬옥(寒氷閃玉)'은 초식의 정교함을 그대로 유지하면서도 빠름을 극대화하는 초식이었다. 빠름과 정교함이 균형을 이루는 완벽한 균형 상태를 만들어낼 수 있어야만 이 오의를 익힐 수 있었다. 그리고 그것은 생각만큼 쉬운 일이 아니었고, 엄청난 반복 수련과 끝없는 도전이 필요했다. 이 초식은 일종의 관문으로, 여기서 이걸 익히지 못하고 꺾이면 영원히 한상옥령신검을 전수받을 기회를 놓치게 된다. 그야말로 사람의 능력을 한계까지 짜내게 만들어 더 이상 할 수 없다는 곡소리가 나오게 만드는, 검각 내에서도 악명 높은 초식이었다. 그래서 붙은 별칭이 '통곡오의(痛哭奧義)'였다.

나예린은 그 통곡오의를 익히기 위해 과거 독고령과 함께 노력했던 시간들을 떠올렸다. 그때는 독고령의 왼쪽 눈 사건이 있은 후라 두 사람 사이의 관계가 매우 소원해져 있던 때이기도 했다.

"린아, 넌 왜 혼자니?"

"전 혼자가 편합니다, 사부님."

"쯧쯧, 마음을 좀 여는 듯하더니 다시 제자리로구나. 령아는?"

"독고 사자는 저 따위한테는 관심없어요. 사자의 마음은 지금 어두운 것으로 가득 차 있으니까요."

"직접 물어봤니?"

"……."

"또 능력을 썼구나."

"……."

"하아, 그럼 너희 둘 다 그 초식을 익히기는 그른 듯하구나."

"어째서죠?"

"한 손으로 박수 소리가 나겠느냐? 그건 혼자서는 익힐 수 없는 초식이란

다. 서로가 서로의 도약대가 되어주지 않는 이상 영원히!"

찰나의 회상에서 다시 현실로 돌아온 나예린은 힘껏 검을 움켜잡았다. 그리고는 자신이 너무 긴장하고 있다는 사실을 깨닫고는 살짝 힘을 뺐다.
'사부님, 저에게 힘을!'

한상옥령신검(寒霜玉靈神劍) 오의(奧義).
한빙섬옥(寒氷閃玉).

무수한 물새의 날갯짓 같은, 눈부시게 화려한 검기가 영령을 향해 압도적인 위력으로 펼쳐졌다. 자신을 향해 밀려오는 검기의 위력에 기겁한 영령은 몽환사령검법을 필사적으로 펼치며 날아오는 초식을 막아낸다. 나예린의 검초는 상대의 수를 모두 파악하고 있다는 듯 매우 정밀하고 복잡한 변화를 일으키며 조금씩 조금씩 영령을 압박해 들어갔다. 영령은 나예린의 검세에 밀려 계속 뒷걸음질치기만 했다. 처음으로 자신이 생사의 경계에 들어와 있다는 것을 깨달은 영령은 자신의 등줄기를 타고 한기가 흐르는 것을 느꼈다.
"자, 막을 수 있나요? 나의 검초를?"
쉴 새 없이 영령을 압박해 들어가며 나예린이 외쳤다. 복잡화려하면서도 정교한 검세에서 천지를 얼려 버릴 듯한 겨울의 한기가 끊임없이 흘러나왔다.

막을 수 있나요? 막을 수 있나요? 막을 수 있나요? 막을 수 있나요? 막을 수 있나요? 막을 수 있나요? 막을 수 있나요? 막을 수 있나요? 막

을 수 있나요? 막을 수 있나요?

영령은 뒷머리가 지끈 아파왔다. 귀에서 윙윙거리는 소리가 시끄럽게 맴돌았다. 무언가가 뇌리 속을 빠르게 스쳐 지나갔다. 생사의 경계에서 나타나는 특유의 긴장 상태 때문인지 아닌지는 알 수 없었다. 하지만 점점 머리가 깨질 듯 아파왔다.

"으아아아아아아아아악!"

참지 못한 영령의 입에서 커다란 비명이 터져 나왔다. 그와 동시에 나예린의 검세를 막아내는 영령의 검초가 변했다.

쏴쏴쏴쏴쏴쏴쏴쏴! 파바바바바바바밧!

좀 전과는 비교할 수 없을 정도로 빠른 섬광 같은 검기가 한상옥령신검의 화려한 검세를 찢으며, 거친 물살을 거스르는 물고기처럼 앞으로 나아왔다. 특정한 틀 속에 갇힌 검초는 아니었지만, 아무도 그것이 빠르다는 사실에 대해 부정할 수 없었다.

"저, 저거 괘, 괜찮을까요?"

깜짝 놀란 윤미가 외쳤다. 그러나 연비는 침착했다. 아직 나예린에 대한 믿음은 흔들릴 생각이 없는 듯했다.

"난 오히려 린의 생각대로 되고 있다고 생각하는데요?"

"정말요?"

"십중팔구. 저거 봐요, 저렇게 반격당하고 있는데도 오히려 표정은 밝잖아요?"

연비의 지적은 정확했다. 나예린은 지금의 이 변화를 기다리고 있었다. 이거야말로 영령의 몸에 기억되어 있는 '과거' 이자 개인의 '역사' 였다. 본인이 그렇게 힘겹게 노력하여 쌓아놓은 공적(功績)은 비록 머리는 잊어도 몸은 기억하고 있는 법이다.
"독고 사자, 기억나요, 우리가 이 한빙섬옥을 연마했을 때를? 그때도 저는 정교함으로 빠름을, 사자는 빠름으로 정교함을 제압하기 위해 노력했었죠. 지금처럼 말이에요. 비록 기억이 뒤바뀌었다 해도 언니의 몸은 그 피와 땀의 역사를 기억하고 있어요! 이래도 자신이 검각의 제자 독고령이 아니라고 부정할 건가요? 이 수련법을 아는 사람은 검각의 제자 중에서도 '신검(神劍)'의 입문자(入門者)들뿐이에요. 몽환산장의 몽영령은 절대로 알 수 없는 수련법이죠!"
나예린의 말이 뇌성벽력처럼 영령의 심신을 뒤흔들었다.
'난 누구지?'
처음으로 스스로에 대한 의문이 샘솟았다.
한상옥령신검 오의 '한빙섬옥'을 익히기 위해서는 두 사람이 필요했다. 한 사람은 정교함으로 빠름을 공격하고, 다른 한쪽은 빠름으로 정교함을 공격한다. 그렇게 서로 다른 성질로 상대를 제압하려고 하는 과정에서 '균형'과 '조화'를 깨우치게 되는 것이다.
가장 어려웠기에, 거의 포기할까 생각했던, 눈앞에 넘을 수 없는 벽이 가로막혀 있다고 느꼈던 절망감을 안겨주었던 초식이기에 두 사람의 추억이 가장 많이 배어 있던 초식이었다. 그리고 한때 소원해졌던, 마음이 갈라설 뻔한 두 사람의 우정을 다시 이어준 계기가 된 초식이기도 했다.
나예린은 이번에도 '한빙섬옥'이 사라질 위험에 처한 우정을 되찾아주길 기대하고 있었다.
지금 희망이 빛나고 있었다. 그러나 나예린에겐 희망이 영령에게 절망이었다. 그녀는 자신의 몸이 자신의 의지를 벗어나 움직일 때마다 점점 더 두려워졌다.

"아냐! 아냐! 절대로 아냐! 그럴 리가 없어!"

거짓말한 사람이 오히려 성내는 법이다. 마음에 찔리는 게 있으면 사람은 더욱 당황해서 그것을 무마하려 든다. 문제는 현 상황을 부정하기 위해 더욱 반대로 엇나가며 발할 때다. 그럴 때는 참으로 골치 아픈 법이다. 게다가 답도 별로 없다.

"아냐, 난 검각의 제자가 아냐! 난 몽환산장의 몽영령이야!"

거의 발악적인 목소리로 영령이 외쳤다. 나예린은 무척이나 슬픈 눈으로 그녀를 바라보았다.

"그럼 지금 당신의 검에 맺힌 그 검기는 뭐죠?"

깜짝 놀란 영령이 자신의 검을 바라보았다. 그녀의 얼굴에 경악이 떠올랐다. 지금까지 자기가 내뱉었던 모든 말을 부정할 만한 증거가 그곳에 새하얗게 맺혀 있었다. 검날에 맺혀 있는 검기는 바로 차가운 한기였다. 몽환사령검법을 펼치던 영령의 검에서 보이지 않던 검기였다.

"그건 바로 검각의 독문무공이자 사부님이신 검후님의 비전절기인 한상옥령신검이에요. 그 정도 한기가 맺히려면 적어도 십 년 이상 수련해서 칠성 이상 성취해야 가능한 경지예요. 절대로 하루아침에 생기지 않는 검기예요."

어느새 나예린의 두 눈에 눈물이 흐르고 있었다. 나예린 역시 그 검기를 보고 자신의 확신이 완전히 증명되었던 것이다.

"령 언니······."

애틋한 정을 담아 그 이름을 불렀다.

"자기를 한번 보세요. 언니가 비록 기억을 잃었다 해도 언니의 몸은 우리 검각을 기억하고 있어요. 이래도 자신이 검각의 독고령이 아니라고 부정할 건가요?"

절실하게 외치는 나예린의 눈가에 눈물이 맺혔다. 조금만 더 손을 뻗으면 잃어버렸던 소중한 언니를 되찾을 수 있을 것 같았다.

"아냐, 그럴 리가 없어, 그럴 리가……."

그러나 예전과 다르게 그녀의 검은 그녀의 목소리만큼이나 떨리고 있었다. 입으로는 부정하지만 어느샌가 마음 한구석으로는 그것이 사실일지 모른다고 생각하기 시작한 것이다.

"것 보세요. 언니도 그게 사실일 거라고 생각하기 시작했잖아요?"

"하지만…… 난… 난…… 몽환산장의……. 난 기억도 있는데……."

너무 당황한 나머지 말도 제대로 이을 수 없었다.

"그건 잘못된 기억이에요. 누군가가 언니한테서 기억을 빼앗아갔어요. 지금 언니가 가진 기억은 가짜예요."

"하지만 나에겐 그분이…… 그분이……."

그때 대기석 쪽에서 커다란 외침 소리가 들려왔다.

"속아 넘어가시면 안 돼요, 아가씨! 아가씨는 지금 속고 있어요. 사악한 '환술(幻術)'을 걸고 있는 건 저쪽이에요. 저희들에겐 아가씨의 검에 맺힌 한기 따윈 보이지 않아요! 그러니깐 속임수에 넘어가지 마세요! 아가씨에겐 그분이 있잖아…… 컥."

갑자기 무언가가 번쩍하고 허공을 가르더니 그대로 몽무에게 직격했다. 범인은 연비였다. 작은 돌멩이 두 개를 공기돌처럼 공중에 던지며 가지고 놀며 연비가 말했다.

"아, 걱정 말아요. 시끄러워서 잠깐 입을 다물게 한 것뿐이니까요. 기절했다가 깨어날 거예요."

태연한 목소리로 연비가 말했다. 아직 용건이 끝나지 않은 것 같으니 차분하게 대화를 나누라는 말도 잊지 않았다.

그러나 일은 생각대로 진행되지 않았다. 연비의 손속이 약했던 게 문제였다. 투기장 전체를 가로지르는 거리도 거리였지만, 지금 연비는 좀 전에 힘을 과도하게 사용한 관계로 상태가 그리 좋지 않았다. 때문에 약간의 제어 실수가 일어났고, 그 실수는 비극을 불렀다.

"ㅇㅇㅇㅇ."

바닥에 널브러진 몽무의 입에서 신음성이 흘러나왔다.

"멀쩡하냐?"

똑같이 쓰러진 환무가 얼굴도 들지 않은 채 물었다.

"안 멀쩡해."

"그렇다면 멀쩡하단 얘기군."

환무가 멋대로 해석하며 말했다.

"어떻게 해석하면 그렇게 되는 거야?"

몽무가 항의했다.

"그것보다 '붉은 피리[혈혼적]'는 가지고 있겠지?"

"서, 설마 그걸 사용하자고?"

화들짝 놀란 몽무가 얼굴을 번쩍 들었다. 그러나 돌이 또 날아올까 봐 몸을 완전히 일으키지는 않았다. 그건 환무도 마찬가지였다.

"상황이 급박하다. 이대로면 '금제'가 풀릴지도 몰라. 공자님의 명령을 잊은 건 아니겠지?"

"물론 기억하지."

영령 모르게 두 사람에게 내려진 별도의 명령. 만일의 사태에 대비한 극단의 조치. 지금이 바로 그 명령을 시행해야 할 시점임이 분명했다.

"시간이 없어. 빨리 꺼내. 사용법은 알지?"

몽무는 얼른 품 안에 보관하고 있던 혈혼적을 꺼냈다. 다행히 아무런 손상은 없었다.

"불어!"

환무가 외쳤다.

"하, 하지만……."

몽무는 약간 망설였다.

"어서! 이건 공자의 명이야!"

환무가 다시 한 번 재촉했다.

"에잇!"

몽무는 눈을 질끈 감고 붉은 피리를 불었다. 그러나 소리는 나지 않았다. 당연했다. 이 붉은 피리는 인간의 귀에는 들리지 않는 소리를 연주하는 피리였다. 이 들리지 않는 피리음은 인간의 정신에 작용을 끼쳤다.

붉은 피리의 소리를 들은 영령의 눈동자가 붉게 물들기 시작했다. 이상함을 감지한 나예린이 다급한 목소리로 외쳤다.

"언니, 왜 그러세요? 정신 차리세요, 언니!"

그러나 나예린의 안타까운 목소리도 이지를 상실한 영령은 원래대로 돌려주지는 못했다.

쉭쉭쉭쉭!

오직 공격 본능만이 남은 듯 영령은 대꾸도 하지 않은 채 미친 듯이 검을 휘둘렀다. 날카로운 파공음이 투기장을 가득 채웠다.

"왜, 왜 저러죠?"

갑작스럽게 상황이 급변하자 깜짝 놀란 윤미가 외쳤다.

"……."

연비는 대꾸하는 대신 상황을 주시했다.

'이거 좋지 않은데…….'

방금 전까지 영령의 마음이 뿌리째 흔들리고 있다는 것을 몇 장 떨어진 이곳에 앉아서도 알 수 있었다. 그런데 갑자기 눈에 뵈는 게 없다는 듯 날뛴다? 아무리 생각해도 이치에 맞지 않았다. 사람은 갑자기 이치에 맞지 않는 행동을 할 때가 제일 위험했다. 그리고 지금 영령의 저 붉은 눈을 보니 사리분별이 있을 것 같지도 않았다.
"수업에서 들은 적이 있겠죠? 일종의 심령금제(心靈禁制) 같아요."
가면을 벗어던지지 않은 채 연비가 말했다.
"수업이라면 그 필수 교양 과목인 '사이(邪異)한 술법(術法)의 종류와 그 방어법' 시간 말인가요? 무공이라고는 전혀 가르치지 않는?"
과목 특성상 무공과는 거리가 멀고 술법들이 많았기에 천무학관 관도들이 무척이나 지루하게 들었던 과목이었다.
"맞아요. 바로 그거죠. 저런 종류의 것은 심층 최면을 걸어놓은 다음 특수한 신호를 발하는 도구나 특수한 말로 상대를 조종하는 '괴뢰술(傀儡術:꼭두각시술)'의 일종일 거예요."
"그럼 우리가 해야 할 일은 그 제어 도구를 찾는 거군요?"
윤미치고는 상당히 재빠른 상황 판단이었다.
"정답. 분명 이 근처에 신호를 보내는 사람이 있을걸요. 그걸 '아작' 낼 필요가 있어요."
"아, 아작이오?"
사내 같은 과격한 발언에 윤미가 놀라 반문했다.
"네, 아작이오."
그때 연비의 눈에 정신을 차린 채 몸을 숙이고 있는 몽환쌍무와 몽무의 손에 들린 붉은 피리가 들어왔다. 모르긴 몰라도 저 붉은 피리가 심령제어 도구임이 분명했다. 그제야 자신의 손속이 너무 자비로웠음을 깨달은 연비는 한탄했지만 이미 때는 늦었다.
"감히!"
연비의 입에서 노호성이 터져 나왔다. 그 박력에 화들짝 놀란 윤미가 자리에서 벌떡 일어났다.
이미 금제가 발동했으니 좀 늦은 감이 있지만, 지금 생각해야 할 것은 그 해제법이었다.

"어쩌죠?"

뒤늦게 그녀들을 목격한 윤미가 물었다.

"일단 저걸 부숴봐야죠."

지금 자리를 비우면 실격 처리를 당할 수 있었다. 아까처럼 돌을 던지려 해도 저렇게 바싹 몸을 숙이고 있으면 제대로 된 각도가 나오지 않는다. 저쪽도 언제 날아올지 모를 공격을 대비하고 있는 것이다.

'지금 비뢰도만 내 수중에 있었어도!'

만일 그렇다면 저 정도 적을 초전박살 내는 것은 아무 일도 아니었다. 고개를 숙여 숨는 것만으로는 절대로 비뢰도를 피해갈 수 없었다. 하지만 어디 사는 망할 사부 덕분에 지금 수중에는 단 한 개도 남아 있지 않으니 통탄할 노릇이었다. 다른 방법을 찾아야 했다. 없는 것 가지고 징징거리는 취미는 없었다.

영령이 눈이 붉게 변한 이후 나예린은 계속해서 영령에게 밀리고 있었다. 너무 생명을 돌보지 않고 달려들다 보니, 오히려 영령의 몸이 걱정되어 뒷걸음질치게 되는 것은 나예린 쪽이었다. 각오가 흐트러져 있었다. 이대로 두면 상처 입는 것은 나예린 쪽이었다.

두 눈이 붉게 변한 영령의 검에서 새하얀 검기가 연신 뿜어져 나오고 있었다. 칼날을 휘두를 때마다 차가운 서리가 흩뿌려지며 주위를 얼리고 있었다. 검각 특유의 검기인 '한빙기(寒氷氣)'였다. 그러나 두 눈을 뜨고도 영령은 그 광경을 볼 수 없었다. 명백한 증거가 지금은 전혀 소용이 없었다. 연비는 타개책을 생각해 내기 위해 머리를 굴렸다.

'직선이 안 되면 곡선이 있지.'

그럴려면 일단 도구가 필요했다.

'하나쯤 만들어서 갖고 있을걸.'

요즘 들어 자꾸만 가정하는 버릇이 늘었다. 별로 좋지 않은 버릇이었다. 준비가 덜되어 있다는 의미밖에 되어 있지 않으니까. 반성은 나중에 하고 주위를 둘러보았다.

그때 마침 눈에 띄는 게 있었다. 망할 사부가 쓰라고 준 아무짝에도 쓸모없는 물건, 바로 '타격각성 정신봉'이었다.

'일단 재료 확보.'

연비는 정신봉을 들어 올린 다음 윤미 앞에 내밀며 말했다.

"윤 미소저, 이 쇠 봉, 한 뼘 정도만 잘라줘요. 빨리."

윤미는 얼떨결에 검을 휘둘렀다.

서걱.

강철 봉이 단 일검에 깨끗하게 잘라졌다.

"잘했어요."

연비는 윤미의 솜씨를 칭찬한 다음 진기를 일으킨 손가락으로 그 쇠막대를 동그랗게 말기 시작했다. 그리고는 손바닥 사이에 넣고 돌돌 동그랗게 빚기 시작했다. 점입가경의 모습에 윤미의 눈이 휘둥그레졌다.

"지금 뭘 만드는 거죠?"

"나비."

"나비요?"

"일단 고양이는 아니죠."

윤미는 동그랗게 말린 쇠 공을 다시 만두피를 펴듯 펼치기 시작했다. 쇠 공은 점점 더 얇고 넓게 변해갔다. 안 좋은 몸 상태로 진기 소모가 큰 작업을 하려니 이마에 땀이 송골송골 맺혔다. 자칫 잘못하다가는 나예린을 구하기도 전에 연비 자신이 당할 수도 있었다. 하지만 이 작업은 손재주가 필요한 거라 윤미에게 맡겨둘 수도 없었다. 직접 하지 않으면 제대로 된 만듦새가 나오지 않았다.

"완성!"

어느새 연비의 손에는 매미 날개처럼 얇아진 동그란 원반이 들려 있었다. 연비는 그것을 살짝 흔들어보았다. 원반이 낭창낭창하게 휘며 파르르 떨렸다. 그제야 연비는 만족스런 표정을 지었다.

"저…… 아무리 봐도 나비처럼 보이지 않는데요?"

그러자 연비는 씨익 웃었다.

"곧 알게 돼요."

연비는 상대편 대기석에서 여전히 붉은 피리를 불어대고 있는 몽환쌍무를 쏘아보았다. 마음 같아서는 박살을 내고 싶었다. 죽음과 반죽음, 선택은 두 가지뿐이었다. 여자라고 별로 봐주는 건 없었다. 잘못한 거에 남녀가 어딨는가. 인간이라면 자기 잘못에 책임을 져야 하는 법이다. 하지만 지금 두 사람을 죽여서는 반칙패를 당할 수도 있었다. 그래서는 곤란했다. 연비는 급조한 동그란 원반을 셋째 손가락이 밑으로 가도록 하며 둘째 넷째 손가락 사이에 끼웠다. 그리고는 우아하게 손목을 튕기며 날려 보냈다.

팔랑팔랑.

빛살 같은 빠름, 전광석화 같은 움직임, 그런 건 없었다. 얇고 동그란 회선표는 마치 나비처럼 천천히, 그리고 우아하게 상대편 대기석으로 날아갔다.

"설마 회, 회접(回蝶)?"

방금 연비가 선보인 기술은 '회접' 또는 '나비 날리기'라 불리는 고도의 암기 수법으로 암기의 명가인 사천당가에서도 익힌 이가 거의 없다는 절정의 암기술이었다. 서서히 소리없이 날아가 상대를 소리 소문 없이 격살할 수 있는 우아하지만 위력적인 수법이었다. 특히 시전자의 공력에 따라 그 움직임이 실로 변화무쌍하다고 한다. 윤미는 침을 꿀꺽 삼키며 저 멀리 날아가는 철접을 바라보았다.

공기를 타고 상대편 대기석까지 날아간 철나비에 급작스런 변화가 일어났다. 지금까지 우아하게 날고 있던 나비가 천천히 회전하기 시작하더니 그 속도가 점점 빨라졌다.

"파라라라락!"

그리고 요란한 소리를 내며 아래로 급격히 떨어졌다. 요란한 소리가 벽에 부딪쳐 방향을 감지하기 힘들었다. 그제야 이상을 눈치 챈 몽무와 환무가 피하려 했으나, 철나비는 목표를 놓치지 않고 갈지자로 날아들어 막아서는 환무의 팔에 상처를 입힌 다음 몽무의 손에 들린 붉은 피리로 달려들었다.

"안 돼에에에에!"

몽무는 서둘러 붉은 피리를 사수하려 했지만 이미 철나비의 날개가 피리의 몸뚱어리를 스치고 지나간 이후였다. 몽무의 손에서 혈혼적이 '뚝!' 하고 반으로 쪼개졌다. 몽무와 환무의 얼굴에 망연자실한 표정이 떠올랐다. 두 사람 모두 얼굴이 핏기가 빠져나간 듯 창백해졌다.

혈혼적이 부러지자 동시에 영령의 몸이 우뚝 멈추었다.

영령의 변화에 나예린은 물러나던 걸 멈추고 물었다.

"언니……?"

대답은 없었다. 영령은 석상처럼 굳은 채 움직이지 않았다. 손엔 여전히 검을 들고 있는 그대로였다. 고개는 푹 아래로 떨구어져 있어 표정을 살펴볼 수는 없었다. 나예린은 조심스럽게 다가갔다.

한 발짝, 두 발짝.

두 사람 사이의 거리가 반보도 채 되지 않는 지근거리까지 접근해도 영령은 그대로였다. 윤미는 초조한 심정으로 그 광경을 지켜보았다. 연비는 계속 침묵한 채 뚫어져라 영령을 주시하고 있었다. 마음 같아서는 큰 소리로 막아서고 싶었다. 그러나 독고령을 구하고 싶은 나예린의 마음을 알기에 참았다. 실로 막대한 인내심이 필요한 작업이었다. 마음 내키는 대로 할 수 없으니 갑갑해 미칠 지경이었다. 하지만 믿는다고 한 이상 지켜봐 줘야 했다.

"독고 사자, 괜찮으세요? 사자? 언니?"

번쩍!

그 순간 석상처럼 굳어 있던 영령의 손이 움직였다. 섬광처럼 빠른 찌르기가 나예린을 꿰뚫었다.

새하얀 나예린의 백의 위로 붉은 피가 서서히 번져 나갔다.

"리이이이이이이이인!"

연비가 비명에 가까운 외침을 지르며 자리에서 벌떡 일었다.

"예린아아아아아아아아아!"

두 눈이 찢어져라 부릅뜬 나백천과 빙월선자 예청이 자리에서 벌떡 일어났다. 자신들의 딸이 칼에 찔렸으니 평정을 유지할 수 있을 리 없었다. 나백천은 시합이고 뭐고 간에 당장 투기장 안으로 뛰어들 기세였다. 혁중노인이 아니었다면 아무도 뜯어말리지 못했을 것이다. 그나마 혁중노인은 여기 있는 누구보다 눈이 날카로웠다.

"진정하게. 자네 딸, 아직 안 죽었어. 그리고 시합은 아직 끝나지 않았어."

"아직 안 끝났다고요? 그런 끔찍한 소리 하지 마십시오! 당장 말려야겠습니다. 당장 치료를 받아야 한다구요!"

"아니, 아직 안 끝났어. 자네 딸은 아직 포기하지 않았네! 보게!"

그 순간 나예린의 몸이 희뿌옇게 변하며 눈보라로 화했다. 몰아치는 눈보라 속에 붉은 꽃이 뒤섞여 있었다.

해설을 맡고 있던 두 사람은 물론 관중들도 깜짝 놀랐다. 마치 신기루처럼 나예린의 신형이 일순간에 사라졌으니 어찌 놀라지 않을 수 있겠는가. 사라진 나예린의 신형이 영령의 등 뒤에 나타났다.

한상옥령신검(寒霜玉靈神劍) 오의(奧義).
비설보(飛雪步).

본능적으로 펼친 비설보가 나예린의 목숨을 구했다. 하지만 상처 입는 것만은 면할 수 없었다. 옆구리가 베였는지 피가 흘러내리고 있었다. 그러나 아직 결판은 나지 않았다.
'압도적인 힘으로 누를 수밖에 없어!'
그렇지 않으면 독고령은 계속해서 미친 듯이 공격을 반복할 터였다. 저 상태로는 진기가 고갈되어 죽음에 이를 수도 있었다. 제어하는 도구는 망가졌고, 본인 스스로도 제어할 수 없으니 남은 것은 폭주뿐이었다. 단 일합으로 제압해야 했다. 지금 자신의 몸 상태로 일초 이상 쓴다는 것은 불가능했다.
'그것을 쓰는 수밖에 없나?'
나예린은 잠시 망설였다.

"완성되기 전까지는 절대 싸움 중에 사용하진 말거라. 잘못하면 너 자신을 해칠 수도 있으니. 조금의 실수도 용납하지 않는 것이 바로 이 기술이다."

그러나 지금 필요한 것은 현재의 영령은 물론 과거의 독고령도 모르는 기술이어야 했다.

"에이, 싸움에서 최선의 상태로, 언제나 만전인 채 싸운다는 것은 사실 불가능해요. 물론 평소에 준비를 철저히 해놓는 건 좋지만 말이에요. 싸움이란 건 생물 같은 거라 언제 무슨 일이 벌어질지 알 수 없는 거잖아요?"

"그럼 어떡하죠, 류연?"

"반드시 성공한다는 확신을 가지고 한판 붙어보는 수밖에 없죠. 평소에 철저히 쌓아놓았다면 그 보답이 있겠죠. 여유가 있을 땐 누구나 잘할 수 있어요. 그 여유가 모두 사라지고, 밑바닥까지 가라앉을 때, 그 바닥을 박차고 다시 솟아오를 수 있느냐 없느냐로 그 사람의 진가(眞價)는 결정돼요. 아니, 그때 결정되는 건 '미래 일지도 모르겠네요. 그 수렁 같은 밑바닥이야말로 누구에게나 한번쯤 찾아오는 '인생의 기로', '운명의 분기점' 일 테니까 말이에요."

나예린은 망설임을 접었다.

'아직 미완성이긴 하지만……'

칼날에 베인 옆구리에서 피가 뭉클뭉클 흘러나오고, 입 안이 깔깔하고, 머리가 어지러워지기 시작했다. 무리하게 비설보를 운용한 탓에 상태는 최악에 가까웠다.

"지금이 바로 한계라면……."

나예린은 자신의 애검을 힘껏 움켜쥐었다. 그리고 외쳤다.

"난 한계를 뛰어넘어 보겠어!"

그리고는 힘껏 검의 손잡이를 움켜 잡으며 선언했다.

"그리고 내가 원하는 미래를, 이손으로!"

나예린의 검에서 북극광 같은 오색의 빛이 일렁이며 신기루처럼 그녀의 몸을 감쌌다. 동시에 하얀 얼음의 봉황이 검무를 추기 시작했다.

한상옥령신검(寒霜玉靈神劍) 비전오의(秘傳奧義).

해상비조천참절(海上飛鳥千斬切).

섬섬옥수에 들린 순백의 검이 아롱아롱 아름답고 현란한 검기를 뿜어냈다. 검후가 화산에서 펼쳤을 때처럼 빠르고 위력적이지는 않았지만, 대신 지극히 아름답고 고아했다. 공기를 밟듯 사뿐히 움직이던 나예린의 신형이 현란하게 펼쳐지는 검광 속을 노닐었다. 검이 차가운 눈보라를 뿜어냈다. 붉은 꽃이 하얀 눈발 위에 점점 뿌려졌다. 그러나 나예린의 표정에는 어떤 고통도 드러나 있지 않았다. 그녀는 지금 검무 속에 완전히 동화되어 있었다.

천상의 선녀가 강림한 게 아닐까 하는 착각이 들 정도로 아름다운 그 광경에 사람들은 모두 입에 벌리고 그저 빠져들어 갈 뿐이었다.

검무 속에 취한 듯 빠져든 것은 비단 관중들만이 아니었다. 미친 듯이 날뛰던 영령도 어느샌가 검을 멈춘 채 그 광경을 바라보고 있었다. 손에 들린 검은 축 늘어져 있었다. 현란한 검기가 다가오면 다가올수록 붉게 물들었던 눈빛이 서서히 제 색깔을 찾아갔다. 자기도 모르는 사이에 영령의 입에서 한마디가 새어 나왔다.

"사부님……"

다음 순간, 천 마리 새의 날갯짓 같은 검기가 순식간에 영령의 몸을 휘감았다.

새하얀 봉황의 날갯짓 같은 검무가 지나간 자리에 나예린만이 홀로 서 있었다. 관중들은 침묵한 채 바라보기만 했다. 아무도 입을 여는 이가 없었다. 그들은 자신들이 방금 본 것이 과연 환상인지 현실인지 혼란스러워하고 있었다.

우뚝 서 있던 나예린의 몸이 휘청 하며 무너졌다. 연비가 번개처럼 달려나갔다. '어어' 소리만 내고 있던 윤미의 머리카락이 바람에 휘날릴 지경이었다. 달려간 연비는 쓰러지는 나예린을 재빨리 품에 받아 들었다.
"어떻게 됐죠, 사자는?"
연비의 품에 안긴 채 나예린이 힘겨운 목소리로 물었다.
"당신은 자신이 해야 할 일을 해냈어요. 그러니 이제 쉬어도 돼요. 수고했어요, 예린."
나예린의 입가에 미소가 번져 나갔다. 피곤에 치진 눈을 천천히 감으며 나예린이 무의식중에 대답했다.
"고마워요… 류연……."
그 말에 연비는 흠칫 놀랐다. 다시 살펴보니 이미 나예린은 의식이 없었다. 출혈에 아랑곳하지 않고 진기를 너무 많이 소모해서 기절하고 만 것이다.
'설마 들킨 건 아니겠지?'
그럴 리 없다고 스스로 되뇌이며 연비는 나예린을 안아 들고는 천천히 대기석으로 걸어갔다.
뒤에서 그들의 승리를 알리는 소리가 들려왔다. 그러나 이것은 그들의 승리가 아니라 나예린 그녀의 승리였다.
그들은 승리했다. 그 사실은 명명백백해서 바뀔 일은 없었다. 하지만 완벽하지는 않은 승리였다. 아직은 영령은 적의 수중에 있었다. 게다가 의식을 잃어버려 기억이 돌아왔는지 확인할 방도가 없었다. 강제로 데리고 오고 싶은 마음도 컸지만, 본래의 기억이 돌아오지 않았다면 더 큰 소란이 일 가능성이 있었다.
그리고 이들에겐 아직 최후의 싸움이라고 할 수 있는 싸움이 하나 남아 있었다.

느닷없이 나타난 혁중노인
―어떤 요구

 예상 이상으로 격렬했던 싸움은 나예린에게서 모든 기력을 빼앗아가고 말았다. 지금 그녀는 제대로 일어설 수조차 없었다. 상처도 입었다. 조금만 반응이 늦었어도 목숨을 잃을 뻔한 상처였다. 급히 지혈을 해놨지만 당장 몸이 쾌유되길 바랄 수는 없었다. 몸의 상처든 마음의 상처든 상처를 입히는 건 순식간이지만, 그 상처가 낫는 데는 그 수십, 수백 배의 시간이 소요되게 마련이다. 그 순간만 생각하면 연비는 아직도 심장이 두근거렸다.
 물론 연비는 나예린을 믿고 있었다. 그녀가 해낼 거라는 것도 믿고 있었다. 하지만 이 세상은 갑자기 아무런 인과관계도 없이 '툭!' 하고 사고가 일어나기도 한다. 우연이라는 불특정 요소만큼은 아무리 신기에 가까운 예지력을 가진 이라 해도 피해가기 불가능했다. 만일 그 돌발적인 우연이 방금 전 싸움에서 일어났다면……. 그다음은 상상만으로도 두렵고 끔찍했다.

지금 나예린은 눈을 감은 채 대기실에 있는 침대에 누워 있었다. 숨쉬기를 무척 힘겨워하던 처음보다는 훨씬 상태가 많이 나아져 있었다. 그 옆에서 윤미가 차가운 수건을 든 채 안절부절못하며 서 있었다. 하마터면 간이 떨어질 뻔한 연비도 진정이 안 되긴 마찬가지였다. 아무리 대담한 그도 이번만큼은 가슴을 쓸어내리지 않을 수 없었다.

"아, 그래요. 시원한 차라도 좀 사 올게요, 린. 그걸 마시면 기분이 훨씬 나아질 거예요."

가만히 있자니 도저히 안정이 안 되는지 연비가 몸을 일으켰다. 그러자 누워 있던 나예린이 힘겹게 입을 열어 말렸다. 기력이 없이 누워 있었을 뿐이지 아까 전부터 정신은 들어 있었던 것이다.

"연비, 그럴 필요 없어요. 곧 결승전이잖아요. 지금은 칠상혼과의 대결만 생각하세요. 전 걱정할 필요 없어요. 그럼 제가 너무 미안해요."

그러나 연비는 동의하지 않았다. 나예린은 여기서 전혀 미안할 일이 없었다.

"미안해할 필요 없어요. 왜 린이 미안해해요? 내가 린한테 신경 써주지 않으면 누가 신경 써주겠어요? '우리 사이'에 그런 부담 가질 필요 전혀 없어요. 그리고 자투리 시간에 정신 집중 좀 더 하고 명상 좀 더 한다고 해서 이기거나 지거나 할 만한 시합은 아니니까요."

연비는 그녀의 사과를 받아주지 않았다.

"하지만……."

아직 몸을 일으킬 만한 상태가 아니라 누워 있을 수밖에 없는 나예린의 얼굴에 미안한 기색이 역력히 떠올랐다. 그걸 보고 연비는 손사래를 쳤다.

"그렇게 대놓고 미안해하면 더 부담스러워진다고요. 오히려 마음 안정에 안 좋아요. 괜찮아요, 내가 좋아서 하는 거니까. 해주고 싶어서 하는 건데 마음에 부담이 될 리 없잖아요? 오히려 린에게 아무것도 해주지 못한다면 그쪽이 더 마음에 걸릴 거예요."

"그래도……."

"이런, 걱정 말래두요. 난 언제 어디서 어느 순간에도 싸울 준비가 되어 있어요. 평상심이란 거죠, 평상심. 그러니 윤 미소저?"

"네, 넷? 저, 저요?"

갑자기 자기 이름이 불리자 당황한 윤미가 말을 더듬자 연비를 쯧쯧 혀를 차며 말했다.

"이름 하나 불린 정도로 일일이 당황하지 말아요. 그 정도에 당황했다가는 앞으로 한도 끝도 없이 당황해야 하니까요."

"하, 하지만……."

"당황만 하다가 죽을 순 없잖아요? 좀 더 당당해져도 비난할 사람은 아무도 없어요."

"그, 그거야 그렇지만……."

윤미는 고개를 푹 숙였다.

"아, 거참. 여기까지 온 건 유 미소저의 힘이에요. 다른 누구의 힘도 아니라고요. 그러니 좀 더 자신감을 가져도 괜찮아요. 수백 명의 사람들 중에 오직 우리 세 명만 이곳에 올라왔다고요. 다른 누구도 하지 못한 세 명 중 나와 린을 제외한 나머지 한 명이 누군지 알아요?"

"……그거야 바로 저죠."

그건 사실이었다.

"것 봐요. 잘 알고 있잖아요. 그러니 그런 사람이 자신감을 가지기 않으면, 당당해지지 않으면 밟고 올라온 사람들에 대한 예의가 아니라구요. 알겠습니까?"

연비가 마치 군영의 장군처럼 마지막 물음에 힘주어 묻자 윤미가 반사적으로 부동 자세를 취하며 대답했다.

"넵, 알겠습니다."

그러자 그 모습을 보곤 연비가 씩 하고 웃었다.

그리고는 손가락으로 가슴 한가운데를 쿡쿡 찌르며 물었다.

"여긴 텅 비어 있지 않아요. 윤 미소저의 이 안엔 분명 당당함과 자신감이 들어 있어요. 그게 있다는 걸 당신이 인정하기만 하면, 그건 분명 거기에 존재할 거예요. 내가 보증하죠. 공짜로 보증까지 서주겠다는데 믿지 못하겠다는 건가요? 남의 보증을 서준다는 건 목숨을 내맡기는 일이라고요."

"그, 그런가요?"

"그럼요."

단호한 목소리로 대답하며 연비는 고개를 끄덕였다. 그리고 나서 윤미의 어깨를 툭툭 치며 말했다.

"린을 잘 부탁해요, 아리따운 윤.미.소.저. 그럼 다녀오겠습니다, 슝~!"

일부러 입으로 소리를 내며 연비는 문을 열고 사라졌다.

윤미는 멍하니 닫힌 문을 바라보다가 시선을 내려 자신의 가슴을 바라보았다. 그 안에 무엇이 들어 있는지 알아보기라도 할 기세로.

"평평하네……."

보이는 건 절벽뿐이었다.

당연했다.

다음 시합까지는 시간이 있었다.

나예린이 지난 시합의 여파로 아직 힘겨워하고 있는데, 이럴 때 시원하고 향기로운 차라도 한잔 마시면 한결 기분이 좋아질 게 분명했다.

연비는 투기장 내의 찻집으로 가서 시원한 냉차를 산 다음 오는 길에 화병과 꿀과자 같은 간단한 간식거리도 몇 개 더 구입했다. 중요한 대결을 앞둔 순간이니 그전에 간단하게 요기를 해두는 것도 좋은 전략이었다. 살짝 사치를 부리는 것도 기분 전환이 될 터였다. 물론 다음 시합에서는 혼자 나설 생각이었지만 말이다. 그때 통로 어딘가에서 박수 소리가 들려왔다.

짝짝짝!

"좀 전의 시합, 훌륭한 시합이었네."

걸어가던 연비의 발걸음이 우뚝 멈추었다.

"별 과찬의 말씀을."

고개를 돌리지 않은 채 연비가 말했다. 박수와 칭찬을 받았지만 하나도 기쁘지 않았다. 왜냐하면 그 박수와 목소리는 여섯 방위에서 일제히 동시에 들리고 있어서 위치를 특정할 수 없었던 것이다.

'육합전성인가?'

꽤 시끄럽고 웅웅거려 귀에 거슬리지만, 자신의 위치를 숨기는 데는 상당히 유용한 기술이었다. 게다가 모습이 보이지 않지만, 이 공간을 가득 채우고 있는 존재감은 뚜렷이 느껴졌다. 존재감이 이 공간을 집어삼키고 있었기 때문에 오히려 혼란을 더 가중시키고 있었다. 그는 자신의 존재를 지우기보다는 덧칠하는 것으로 자신의 존재를 연비의 오감으로부터 감추고 있었다.

"누구시죠? 같이 차 마실 시간은 없는데요? 보시다시피 좀 많이 바쁘거든요. 선약도 있고요."

그러자 등 뒤쪽에서 나지막한 웃음소리가 들려왔다. 그러나 여전히 방향은 알쏭달쏭했다.

'어디선가 들어본 목소린데?'

연비는 잠시 생각했다.

'설마 사부?'

라고 생각했지만, 아닐 터였다. 사부는 이런 식으로 번거롭게 움직이진 않는다.

"허허허, 맹랑한 아이구나. 하지만 노부의 기세 속에서도 태연히 말을 할 수 있다니. 하긴 그러니 여기 결승까지 올라올 수 있었겠지."

이상하게도 무척 귀에 익은 목소리였다.

"요즘은 칭찬도 몸을 숨기고 하는 게 유행인가 보죠?"

연비는 이리저리 고개를 두리번거리는 어수룩한 짓은 하지 않았다. 대신 온몸의 감각 기관을 열어 감각을 일제히 팽창시켰다.

"노부가 좀 수줍음이 많아서 말일세. 젊은 처자만 보면 얼굴이 빨개지고 심장이 두근거리니, 어디 심장에 안 좋아서 살 수가 있나. 그래서 어쩔 수 없이 모습을 감추고 있는 거라네."

"한마디로 고의가 아니라는 거군요?"

"맞아. 노부가 하고 싶었던 말이 바로 그거라네. 젊은 처자가 똑똑하기까지 하군."

그러나 목소리에는 전혀 수줍음이나 두근거림이 묻어 있지 않았다. 그런 황당무계한 말을 믿을 만큼 연비는 순진하지 않았다.

"그렇다고 자꾸 숨어 있기만 하면 '방구석 폐인'이 될 뿐이라고……요."

말이 끝나기도 전에 연비의 몸이 빙그르르 반 바퀴 회전했다.

쉐애애애액!

연비의 손에 들려 있던 현천은린이 한 장소를 향해 매섭게 날아갔다. 그곳은 특별히 몸을 숨길 만한 데도 없는, 그저 그림자만 져 있는 복도의 한켠이었다. 정상이라면 현천은린은 아무것도 없는 벽에 쓸데없이 구멍이나 하나 더 추가했을 것이다. 그러나 어둠 속에서 현천은린은 우뚝 멈추었다. 아무것도 없는 그림자 속에서.

우우우우우웅!

검은 우산의 꼭지를 중심으로 공간이 일렁거리더니 한 존재가 모습을 드러냈다.

"놀랍군. 이렇게 빨리 찾아낼 줄이야. 잠깐 얘기 좀 나눌 수 있을까, 처자?"

그림자 속에서 나타난 인물을 본 연비는 깜짝 놀랐다. 나타날 때까지는 존재감이 거의 느껴지지 않았었는데, 한 번 모습을 드러내자 태산이 우뚝 솟아 있는 듯한 위압감이 느껴졌다. 소리없이 자신의 등을 잡은 것만 해도 놀라운데 이런 존재감이라니, 범상한 자일 리 없었다. 마천각주 마진가도 이 정도는 아니었다. 린에게는 미안한 말이지만 무림맹주 나백천의 기도도 이 정도는 아니었다.

연비는 순간 몸을 피하고 싶은 충동을 억눌렀다. 우선은 위압감은 있지만 살기가 없었기 때문이고, 두 번째는 함부로 과하게 신법을 사용하다 보면 몸에 부작용이 생길 수도 있었다. 게다가 무엇보다 놀라운 점이 연비도 아는 얼굴이란 것이었다.

"설마 아는 사람일 줄은 꿈에도 몰랐네요."

그러자 노인의 얼굴에 의아한 표정이 떠올랐다.

"응? 우리 언제 만난 적이 있던가? 한데 왜 기억이 안 나지?"

금시초문이라는 노인의 얼굴을 본 연비는 아차 싶었다. 전에 화산의 밑자락에서 저 노인을 만났을 때 연비는 지금의 이 모습이 아니었다. 그러니 노인이 저런 표정을 짓는 것도 무리가 아니었다. 그러나 당황하면 짓는 것이기 때문에 흔들림없는 표정으로 웃으며 말했다.

"그런 걸 치매라고 하죠. 걱정 마세요. 나이가 들면 자주 걸리는 병이니까. 흔한 일이죠."

"뗴끼! 노부는 아직 젊어! 아직 한창이란 말이지."

"어머나, 요즘은 젊다는 말이 이상하게 오용되고 있군요. 노인장이 삼사백 년 사는 거북이라면 지금 그 나이에 젊다고 할 수도 있겠죠."

노인의 덥수룩한 하얀 눈썹 밑에 박혀 있던 두 눈동자가 동그래졌다.

"어허허허, 참으로 겁도 없구나. 지금 노부더러 거북이라고 놀리는 게냐?"

이런 일은 수십 년 만에 처음이었다. 지난 수십 년간 그 누구도 자신의 면전에서 자신을 놀리는 무례를 범할 수는 없었다. 다들 그것이 미친 짓이라는 것을 잘 알고 있었던 것이다.

"그럴 리가요? 그냥 일종의 비유죠. 언어적인 기교라고나 할까요? 별거 아니니 신경 쓰지 마세요."

노인의 전신에서 더욱 강력한 기세가 솟아올랐지만 연비는 여전히 미소를 지우지 않은 채 태연스레 대꾸했다. 혁중노인은 약간 재미가 없어졌다.

"자네 심장도 보통 물건으로 만들어진 건 아닌 것 같군."

아무래도 말로는 이길 수 없을 것 같았다. 자신에게 비록 말만으로라도 패배감을 안겨줄 수 있는 사람은 그리 많지 않았다. 신기했다. 노인이 쓴웃음을 지으며 말을 이었다.

"그런데 용케도 내가 있는 곳을 알았구나? 소리를 듣고 판단한 건 아닌 듯한데?"

'육합전성(六合全聲)'이란 게 괜히 육합전성이 아니었다. 동서남북상하, 여섯 방향[六合]에서 전부[全] 일제히 울려 퍼지듯[聲] 들려오기에 육합전성이었고, 그 특성상 소리를 발한 사람의 위치를 파악하는 것은 거의 불가능했다.

"당연히 소리로 찾았죠."

그러나 연비는 서슴없이 대답했다.

"어떻게?"

당연한 의문이었다.

"모든 것에는 중심이 있게 마련이죠. 아무리 커다란 파문이라도 그 중심은 한 점이듯이 말이에요."

"과연 노부의 눈이 틀리지 않았구나."

혁중노인은 무슨 일인지 상당히 만족스런 표정을 지었다.

"여기는 웬일이시죠? 어디선가 나타난 의문의 할아버지?"

나타난 거대한 존재감의 주인은 바로 혁중이었다.

"자네한테 부탁이 있어서 왔네."

"고백은 안 되는데요?"

그러자 혁중은 매우 실망이란 표정을 지으며 반문했다.

"왜? 벌써 임자가 있는 겐가?"

"물론이죠."

연비가 딱 잘라서 대답했다.

"거참, 애석하군. 하지만 할 수 없군. 그럼 다음 용건으로 넘어가지."

"뭔데요?"

"처자, 자네 칠상흔을 이기고 싶지 않나?"

"당연한 소리를 굳이 말하는 유행은 번거롭다고 이미 지나간 줄 알고 있었는데요?"

"그러니깐 이기고 싶은 거군?"

"물론이죠. 그런데 그건 왜요?"

이유도 없이 이런 번거로운 짓을 하고 있다고는 생각하기 힘들었다.

"내가 자네를 이기게 해주겠네, 그 칠상흔이란 사내에게."

"대가는요?"

이런 일이 공짜로 들어올 수 있다고 믿을 만큼 세상을 만만하게 보고 있지는 않았다.

"간단하네. 그 대신 내 요구를 하나 들어주면 되네. 어떤가? 정말 간단하지?"

연비는 잠시 고개를 좌우로 움직이며 고민했다. 그리고는 말했다.

"싫어요!"

별로 망설임이 없는 걸 보니 처음부터 이 대답을 낼 생각이었던 게 분명했다.

"왜?"

"상금은 더 이상 나눌 수 없거든요."

연비가 곤란하다는 투로 말했다.

"상금? 천만에. 노부는 하찮은 푼돈에 관심없네."

"우와! 굉장한 부자인가 봐요?"

"글쎄? 노부도 안 세봐서 정확히는 모르지만 가난하진 않을거야. 지금 별로 돈이 필요한 것도 아니고."

"그럼 뭘 원하시는 거죠? 칠상혼의 목숨? 원한 관계?"

혁중은 다시 고개를 가로저었다.

"목숨이라고? 오히려 그 반대지. 어떤 일이 있어도 그 아이가 죽어서는 곤란하다네."

"그 아이? 그 아이가 누군데요? 설마 칠상혼이요?"

방금 칠상혼을 '그 아이'라고 칭한 것을 연비는 놓치지 않았던 것이다.

"그렇지. 노부는 그 녀석에게 무슨 일이 있어도 들어야 할 이야기가 있거든."

"이야기를 좋아하는 할아버지군요."

연비가 약간 비아냥 조로 말했다.

"어쩌겠나, 그게 삶의 낙인 것을."

노인은 아무렇지도 않게 받아쳤다.

"하지만 그것도 시합에서 이길 수나 있는 다음의 이야기 아닌가요? 우리 쪽 승률은 사실 별로 높지 않아요. 물론 도박사들 생각이지만 말이에요."

도박사들의 대부분 칠상혼에게 걸었다. 언제나 그랬듯이 말이다.

"그럼 질 생각이었나?"

"물론 이길 생각이죠. 또 당연한 걸 물으시는군요."

그러자 기다렸다는 듯 혁중노인이 씩 하고 웃었다.

"그 이기는 일을 도와주겠다는 걸세. 도박사들이 모두 어림 반푼어치도 없다고 말하는 일을 말일세. 노부만은 가능하다!"

혁중의 말투가 갑자기 바뀌었다.

"우와, 정말 대단하시네요. 승리의 비책이라도 있나요?"

연비는 살짝 놀라는 시늉을 했다.

"있지. 노부는 그 아이의 약점을 속속들이 알고 있으니까. 그것만 알고, 노부가 한 가지 수법만 알려주면 너 정도의 실력자라면 반드시 이길 수 있다. 노부가 보장하마."

"그렇게 확신하고 있지는 못하신 것 같은데요?"

"믿어도 된다."

별로 확신이 들게 하는 말은 아니었다.

"어떠냐, 노부의 장밋빛 조건이? 만일 이긴다면 노부가 천하의 비공이라 불리는 무공을 몇 수 가르쳐 줄 수도 있다. '굉천도(轟天刀)'랑 같은 급의 무공을 말이다. 자랑은 아니지만 꽤 대단한 것이거든. 손해 보진 않을 것이다, 절대로."

"어쩐지 수상한데요? 본인 스스로 장밋빛을 강조하는 게 특히 더요."

의심쩍은 목소리로 연비가 말했다. 원래 그렇게 사람의 말을 넙죽넙죽 잘 믿는 이는 아니었다. 노인으로서는 기가 막힐 노릇이었다. 이런 천하의 기연을 마다하다니, 실로 어리석기 짝이 없는 일이었던 것이다. 그러나 체통을 생각해서 울화통을 터뜨리지는 않았다.

"믿어라. 믿는 자에게 복이 있나니, 쌍방 다 득이 되는 일이다. 자, 이제부터 노부가 그 아이의 약점을 알려주마."

그러자 연비는 재빨리 두 손으로 귀를 막으며 말했다.

"아뇨, 듣지 않을래요."

"뭐라고? 듣지 않겠다고?"

혁중노인의 언성이 자기도 모르게 높아졌다. 설마 여기서 거절할 줄은 꿈에도 생각지 않았던 것이다.

"그래요, 별로 들을 필요성은 없는 것 같거든요."

귀를 막고도 들을 건 다 듣는 연비였다.

"이건 실로 유용한 정보다. 안 들으면 분명 후회할 텐데?"

은근한 협박으로 불안감을 조성시키며 노인이 말했다. 그러나 연비는 그런 심리적인 협박에 넘어가지 않았다.

"그리고 그 약점이 몇 년 전 것인지도 모르고요. 그 정보 몇 년 전 건데요? 아직도 충분히 신선한 정보인가요?"

"음…… 한 구 년 정도 된 것 같은데……."

자신감이 많이 희석된 목소리였다.

"십 년 이상 묵은 정보면 이미 유통기한도 지났다고요."

"구 년이라니까."

"구 년이나 십 년이나."

"승리할 수 있는 기회를 차버리겠다는 거냐?"

"그게 유일무이한 기회라는 법은 없잖아요? 안 그래요? 그런 도움이 없어도 난 이겨요. 반드시! 왜냐하면 난 우주홍황천상천하지상지하제일 이니까요!"

두 손을 허리에 척 올리며 연비가 당당하게 선언했다. 그 선언이 어찌나 광오한지 노인은 순간 멍해져서 헛웃음을 터뜨릴 수밖에 없었다.

"헛… 허……. 대단한 자신감이구나. 게다가 혀도 안 꼬이고. 하지만 그 칠상흔의 정체를 듣고도 그런 말이 나올 수 있을까?"

혁중노인의 말에는 은근한 압박이 담겨 있었다. 그러나 이번엔 압박 넣는 상대를 잘못 골랐다.

"물론이죠. 그게 딱 한 사람만 아니면 돼요."

연비가 자신있게 말했다.

"그게 누군가?"

"있어요, 천하제일의 사기꾼에 술주정뱅이인 그런 사람이. 자린고비이기도 하고요. 어쨌든 그 사람만 아니면 상관없어요. 게다가 옛날에 약점까지 갖고 있던 사람인데 지면 말이 안 되죠."

"후회하게 될 텐데?"

마지막으로 다시 한 번 생각해 보란 얘기였지만 이미 연비는 귓등으로 흘려듣고 있었다.

"후회 안 해요, 절대로. 약점 따위 가르쳐 주지 않아도 이깁니다. 하지만 걱정 마세요. 죽이진 않을 테니. 듣고 싶은 말이 있다면 듣게 해드리죠. 그게 무슨 이야긴지 궁금하기도 하고요."

"거참, 고맙다는 말은 이긴 다음에 하도록 하지."

노인은 여전히 미심쩍은 모양이었다.

"미리 해도 손해날 건 없어요. 어차피 시간문제일 뿐이니까요. 그리고

대가는 톡톡히 받아내겠어요. 세상에 공짜는 없으니까요. 그럼 이만 가 봐야겠군요. 기다리는 사람이 있어서요. 냉차가 미지근해지면 맛이 없거든요."

연비는 살짝 고개를 끄덕여 인사를 한 다음 발걸음을 옮겼다. 그때 뒤에서 노인의 목소리가 들려왔다.

"반드시 이기게, 연비 '군'!"

연비가 질풍처럼 몸을 홱 돌렸을 때 그곳엔 이미 아무도 없었다.

칠상흔 대 연비
―시작된 결승전

"청(菁) 진영~ 무패의 제왕, 죽음의 사신, 패배를 모르는 자, 두려움을 모르는 자, 원통투기장의 살아 있는 신화, 일곱 상처의 사나이, 무적의 사내, 혈염제(血炎帝) 칠상흔~!!!"

소개가 끝나는 동시에 묵직한 철문이 열리며 한 사내가 투기장 안으로 걸어나왔다. 그는 이번에도 다른 사람처럼 대기석에서 나오지 않고, 자신만이 다닐 수 있는 제왕의 길을 통해 등장했다. 이 길을 밟을 수 있는 사람은 오직 승자뿐이었다. 관중들은 자신의 승자를 향해 열광하며 우레와 같은 환호성을 터뜨렸다.

"홍(紅) 진영~ 도전자~ 모든 이들의 예상을 깨고, 수많은 도박인들을 머리 싸매게 만들고 좌절하게 만들며, 남성들에게는 황홀을, 여성들에게는 한숨을 안겨준 절세미녀들의 군단, 미~소~저~ 연~대~!"

"와아아아아아아아아아!"

칠상흔에게 지지 않을 만큼의 환호성이 터져 나왔다. 관중들은 나예린과 윤미의 이름을 연호하고 있었다. 연비의 이름은 두 사람에 비해 거의 거론되지 않았는데, 그도 그럴 것이 다른 두 사람에 비해 지금까지 거의 활약다운 활약을 한 번도 보여준 적이 없었던 것이다. 그나마 몽환삼영조와의 시합에서 보여준 짧은 활약과 그 생김새가 매력적이라고 생각한 일부 관중들이 가끔씩 잊을 만하면 한 번씩 외쳐 주는 것뿐이었다. 연비는 물론 그 사실을 잘 알고 있었지만 전혀 개의치 않았다.

"드디어 내 차례네요."

'영차!' 라고 말하며 연비는 자리에서 일어났다.

"정말 혼자서 괜찮겠어요?"

"물론이죠. 걱정 말아요, 린. 아무 문제 없으니까. 상금 나눠 받을 만큼은 일해야죠, 나도."

이렇게까지 말하니 더 이상 말릴 도리가 없었다.

"그럼 다녀오겠습니다."

연비는 평소와 다름없는 목소리로 짧게 인사하고는 현천은린을 들어 올린 다음 전장으로 향했다.

칠상흔은 반대편 대기석에서 걸어나오는 연비를 보며 눈살을 찌푸렸다. 그러자 고랑처럼 파인 일곱 개의 상처가 뱀처럼 꿈틀거렸다.

'저건 또 뭐야? 저 우산은 또 뭐고? 지금 날 무시하는 건가?'

따갑게 내리쬐는 햇살에 피부가 상할 것이 저어됐는지 연비는 은실로 은룡이 수놓아진 밤처럼 새카만 우산을 어깨에 가볍게 걸쳐 멘 채 걸어오고 있었다. 사뿐사뿐 경쾌하게 내딛는 그 걸음걸이는 마치 오후의 산책을 막 나서기라도 한 듯 긴장감이 전혀 없었다. 무엇보다 혼자였다. 그 점이 특히나 자신을 무시하는 것 같았다.

"왜 혼자지?"

'겨우 너 혼자서? 나를 상대해? 당치도 않다!' 라는 의미를 담은 눈빛으로 연비를 쏘아보며 칠상혼이 무뚝뚝한 목소리로 물었다. 하지만 시선으로 상대를 압박하려면 상대를 잘못 골랐다. 투명한 호박색 눈동자로 담담하게 시선을 받아넘기며 연비는 태연스러운 목소리로 대답했다.

"아뇨, 셋인데요?"

그러자 칠상혼의 미간 사이의 골이 깊게 파였다.

"헛소리! 넌 혼자지 않느냐?"

그러자 연비는 아무렇지도 않게 어깨를 으쓱했다.

"가벼운 농담 한번 해본 것뿐이에요. 보아하니 시력은 정상인 모양이네요. 이건 혹시 아쉬워할 일?"

상대의 오감 중 나쁜 곳이 하나 있다는 것은 나쁘지 않은 소식이었다. 그러나 연비는 별로 크게 낙담하고 있는 것 같지는 않았다.

"뭐라고?! 내 시력은 멀쩡하다!"

칠상혼이 발끈해서 소리쳤다.

"난 또. 너무 당연한 걸 물어보길래 혹시 착시 현상이라도 있나 했죠."

혹시나 눈이 삐었나 확인해 본 것뿐이라는 이야기에 칠상혼은 하마터면 눈이 뒤집힐 뻔했다.

"그리고 여기까지 온 건 두 사람 덕분이니 셋이라는 말도 틀린 말은 아니죠. 소중한 동료라고나 할까요. 당신한텐 없는 것이죠."

윤미는 지금 나예린의 곁에서 그녀의 신변을 지키는 중이었다. 나예린의 미모는 항상 너무나 많은 재앙을 끌어들이기에, 그녀가 지금처럼 움직이지 못할 때는 특별히 더 주의를 기울여야 했다. '윤 미소저' 정도라면 소심해서 감히 무기력한 나예린을 건드릴 생각은 하지 못하겠지. 하여튼 남자들이란 언제나 문제가 많은 족속이었다. 그런 면에선 윤미는 신뢰할 만한 천연숙맥이었다.

칠상혼은 코웃음을 쳤다.
"훙, 그런 감상적이고 안일한 마음으로 이 수라장에서 살아남을 수 있을까?"
"어라, 어떡하죠? 살아남을 수 있다고 생각하는데요. 아저씨만 쓰러뜨리면 되잖아요? 뭐, 쉽네."
"아, 아저씨!"
연비의 안하무인격인 발언에 장내가 술렁거렸다. 그들은 칠상혼 앞에서 이토록 대담한 처자를 본 적이 없었다.
"정말 대단하군요. 엄청난 배짱입니다!"
해설을 담당하고 있던 미성공자 유진의 입에서 진심 어린 감탄사가 터져 나왔다.
"네에, 정말 제대로 미친 것 같습니다."
그다지 좋은 쪽 감탄은 아니었다. 그러자 무박 선생이 대꾸했다.
"그 정도도 미치지 않고서야 어찌 저 칠상혼 앞에 설 수 있었겠나? 마음이 꺾이는 순간 이미 승부는 난 법이지. 자넨 평생 저 칠상혼과 붙어보지 못하겠군."
"전 물론 그런 미친 짓 안 할 겁니다."
당연한 걸 뭣 하러 물어보냐는 태도였다.
"그게 뭐 평범한 반응이란 것이겠지. 이해하네."
"저…… 그건 무슨 뜻입니까?"
미묘한 어투를 느낀 유진이 반문했다. 말로 먹고사는 자답게 그는 말에 무척 민감했다.
"뭐, 별거 아닐세. 그저 자네가 평범한 사람이란 뜻이었네."
유진은 멍한 표정으로 무박 선생을 바라보았다. 관중들의 입에서 일제히 폭소가 터져 나왔다.

"와하하하하하하!"

그들의 목소리는 투기장 전체에 들릴 수 있도록 되어 있었기 때문이다. 유진의 얼굴이 단숨에 시뻘게졌다. 그러나 뭐라고 반박하지는 못했다.

그러나 칠상흔은 웃지 않았다. 그는 지금 매우 기분이 나빴다. 자존심이 상할 대로 상한 그의 두 눈에서 불꽃이 튀었다.

"간땡이가 부었느냐?"

으스스한 목소리였지만 연비는 꿈쩍도 하지 않았다.

"제 간이야말로 싱싱함이 자랑이죠. 한번 열어서 확인해 보실래요? 능력이 된다면 말이죠."

연비가 쾌활한 어조로 도발했다. 자신이 새파랗게 어린 계집한테 희롱당하고 있다는 사실에 칠상흔은 분노를 참지 못하고 소리쳤다.

"좋다. 내 오늘 계집, 네년의 간이 얼마나 큰지 직접 열어 확인해 보겠다!"

그의 전신에서 살기가 구름처럼 뭉실뭉실 피어오르기 시작했다. 그 모습을 본 연비는 쫄기는커녕 회심의 미소를 지었다. 적이 냉정한 판단력을 잃고 침착함을 유지하지 못한다는 것은 언제나 좋은 일이었다. 그리고 좋은 일은 많으면 많을수록 좋았다.

"가능하다면, 언제든지."

연비는 웃으며 현천은린을 장난스레 한 바퀴 빙그르르 돌렸다. 그러나 아직 시기가 무르익은 기분이 들지 않아 연비는 조금 더 칠상흔의 마음을 흔들어보려고 했다.

"아, 그러고 보니 이 시합이 시작되기 전에 재미있는 노인 한 분을 만났어요."

칠상흔은 이 뜬금없는 이야기에 의아한 기분이 들었다.

"그게 이 시합이랑 무슨 상관이냐?"

"자자, 그렇게 흥분하지 말고 들어보세요. 그 할아버지가 재미있는 말을 하더군요. 그 할아버지 말이, 당신의 약점을 알고 있다더군요."

연비와 칠상혼의 시선이 허공에서 마주쳤다. 순간 칠상혼이 숨을 삼킨 것 같았다.

'오호라?'

잉어 한 마리가 낚싯바늘을 덥석 물었을 때처럼 반응이 있었다. 혹시나 해서 찔러봤는데 역시나였던 모양이다.

"그 할아버지가 그러길, 내가 흥미만 있다면 나한테 그 약점을 가르쳐 줄 수 있다더군요. 그 약점만 알면 당신을 이길 수 있을 거라고요. 물론 공짜는 아니었어요. 세상에 공짜란 게 어디 있겠어요? 당연히 조건이 있었죠. 그러나 그렇게 엄청난 조건은 아니었어요. 충분히 들어줄 수 있을 것 같던 부탁이더군요. 처음엔 나한테 큰 판돈을 건 할아버지인가 했지만 그건 아닌 것 같더군요. 무엇보다 가장 흥미로운 점이 뭔지 아세요?"

"모른다."

"그 할아버지는 당신을 '그 아이'라고 부르더군요. 서른도 훨씬 전에 넘은 사람을 '그 아이'라고 부르다니, 재미있지 않아요?"

연비가 쿡쿡 웃었다. 그러나 칠상혼은 웃지 않았다.

"하나도 재미없군."

그는 가까스로 평정을 가장한 채 대답했지만, 그다지 이성적이지는 않았다. 어느새 그의 얼굴은 거무죽죽하게 변해 있었다. 동요를 감추려고 억지로 노력하는 게 눈에 확연했다. 이럴 때 흔들지 언제 흔들겠는가. 연비는 좀 더 흔들기로 했다.

"무공의 약점까지 속속들이 파악하고 있을 정도로 그 사람을 알려면 어느 정도 가까운 사이여야 할까요? 음, 역시 사십은 족히 되어 보이는 사람을 '그 아이'라고 부를 정도는 되어야 하는 걸까요?"

"닥쳐라! 그만 지껄이지 못하겠느냐!"

참지 못한 그의 입에서 쩌렁쩌렁한 사자후가 터져 나왔다.

"더 듣고 싶지 않다! 싸우자! 넌 입으로 싸울 셈이냐?"

엄청난 투기가 파도처럼 밀려오는 와중에도 연비는 웃었다. 그는 분노한 적보다 냉정하고 침착한 적이 언제나 더 껄끄러웠다.

"왜 그렇게 당황하죠? 더 이상 이야기하면 곤란할 일이라도 있나요?"

연비가 끈질기게 질문했다. 그러나 그 정도로는 꽉 닫힌 문을 열 수 없었다.

"닥치라고 했다!"

칠상흔은 붉은 혈강(血罡)을 내뿜으며 달려들었다.

"옴마야, 초반부터 도강(刀罡)이라니……. 기운도 좋으셔라."

말을 그렇게 했지만 얕잡아볼 수 있는 상대는 아니었다. 게다가 지금 연비의 몸 상태는 만전의 상태가 아니었다. 엉망진창, 오리무중, 일촉즉발 등등으로 표현할 수 있는 상태였다. 때문에 그렇게 많은 기술을 쓸 수는 없었다.

힘에 힘으로 정면으로 부딪치는 것은 대단히 위험한 도박이었다. 상대의 힘에 격발받아 자신의 몸 안에서 무슨 일이 벌어질지는 연비도 알 수 없었다. 연비는 일단 피하기로 했다.

붉은 도강이 횡으로 베어 들어오는 궤적을 가볍게 피하며 연비가 몸을 뒤로 날렸다. 특별한 기술은 없었다. 그저 눈썰미로 붉은 혈강의 궤도를 읽고 발로 가볍게 땅을 박차며 몸을 피한 것뿐이었다. 그러나 워낙 절묘한 순간에 몸을 날린 터라 붉은 혈강은 헛되이 허공을 가르고 말았다. 설명은 길었지만, 눈 깜짝할 사이에 이루어진 일이었다. 현재는 묵룡환 하나가 상시적으로 풀려 있는 상태라 어떻게 보면 몸은 평소보다 가볍다고 할 수 있었다.

'날뛰는 내공만 아니라면 말이지……'

비뢰문의 독문운신법인 봉황무(鳳凰舞)를 지금 써도 괜찮을까? 쓸 수 있다면 어느 수준까지, 몇 번이나 쓸 수 있을까? 쓰고 싶을 때마다 쓸 수 없는 것만은 명백했다. 그리고 무엇보다 장기전은 불가능했다.

'오래 끌어서 좋을 것 없지.'

어떻게든… 어떻게든 활로를 뚫어야 했다.

연비가 벌여놓았던 거리를 칠상혼이 단숨에 좁혀왔다. 그가 한 발을 내딛을 때마다 발뒤축에서는 폭발이라도 일어나는 듯 흙먼지가 솟구쳐 올랐다. 그 반동으로 그의 몸이 화살처럼 일직선으로 날아왔다. 파괴적인 보법이란 이런 것이다, 라고 과시하는 듯했다. 연비는 내공을 어떻게든 쓰지 않으려고 아끼고 있는 반면, 칠상혼은 아까울 것 없다는 듯이 펑펑 써대고 있었다. 그런 만큼 그의 일격 일격은 위력이 철철 흘러넘쳤다.

'이거 참 불공평하네……'

하지만 연비는 그런 문제로 항의하는 꼴불견을 보이지 않았다. 원래 싸움은 불공평한 것이다. 자기에게 유리하고 상대에게 불리하도록 만드는 것이 싸움이란 것이었다. 적어도 연비는 사부한테 그렇게 배웠기 때문에, 이런 경우는 제자를 불리하게 만든 데 가장 큰 공헌을 한 사부를 원망하는 게 이치에 맞았다. 유불리(有不利)가 상관없을 정도로 압도적인 힘과 기술로 상대를 찍어누르는 것이야말로 비뢰문의 정신이라고 외쳤으면서, 하나뿐인 왕창 사랑스런 제자를 이런 불리한 지경에 빠뜨리다니, 정말 못돼먹은 사부였다.

'하긴, 사부가 못돼먹었던 게 어디 하루 이틀이었나. 백 년 전에도, 아니, 삼백 년 전에도 분명 그랬을 거야!'

아니, 태극에서 음양이 나눠지던 그때부터도 사부는 분명 못돼먹고 인정머리없는 망할 존재로 '진리(眞理)'의 한쪽 귀퉁이에 '사부, 못돼먹었음, 주의할 것'이라고 정자체로 새겨져 있었던 게 분명했다. 그것은 깨달음과 같은 확신이었다.

사부가 착해진다는 것은 '진리'에 반하는 사실이라는 것을 깨달을 연비는 천지개벽해도 바뀌지 않는 부분에 대해서는 깨끗이 포기하고 현재 자기 자신의 싸움에 집중하기로 했다. 세상이 끝장나도 여전히 바뀌지 않는 부분에 대해서 고민한다는 것은 시간 낭비였다.

이런저런 잡생각을 하면서도 연비는 칠상혼의 도강을 요리조리 잘도 피해내서 칠상혼의 약을 올리고 있었다.

칠상혼의 도세는 무수한 싸움에서 튄 피로 벼리어진 탓인지 지극히 실전적이었다. 모든 군더더기를 배제하고 오직 적을 베어 피를 보기 위한 도세. 저 반 토막짜리 도에 맺힌 석 자짜리 붉은 도강 역시 그저 칼날을 더욱 날카롭게 하기 위한 보조 수단에 불과했다. 하지만 그런 만큼 직선적이었다. 이런 직선적이고 실전적인 초식의 최고 경지는 알면서도 막을 수 없는 경지인데, 다행히 칠상혼의 수준은 그런 지극한 경지까지는 오르지 못한 모양이었다. 때문에 아직은 연비의 간파(看破)가 아슬아슬하게 통하고 있었다. 그 격차는 종이 한 장 차이였다. 칠상혼의 도가 종이 한 장 거리만큼을 좁혀오거나, 연비의 움직임이 종이 한 장 차이만큼 늦춰지면 연비는 그 즉시 저 붉은 도강에 반 토막이 나는 신세가 되는 것이다. 종이 한 장이라는 미세한 차이가 지금 이 순간 생과 사, 있음과 없음을 가르고 있었다.

그 치열함이 보는 관중들에게도 전해졌는지, 장내는 찬물을 끼얹은 듯 고요했다.

몰아붙이다
―철상훈의 실수

'강하다.'

그 사실이 연비는 무엇보다 놀라웠다. 이자는 이런 곳에서 관중들의 구경거리가 되는 신세치고는 지나치게 수준이 높았다.

'하긴 어중이떠중이가 단목세가의 고수를 그런 식으로 수월히 도륙할 수는 없었겠지.'

자신이 직접 싸워본 상대 중에 이자보다 강한 사람은 몇몇이나 있었다. 하지만 그들은 대부분 다 백 살이 넘어서도 팔팔하게 날고 뛰는 괴물급 인사들이었다. 그러나 이자는 아무리 봐도 오십도 안 돼 보였다. 화산에서 만났던 그 반질반질 공자 녀석도 이 정도로 강하지는 않았다.

'보이는 게 전부가 아니다!'

아직도 이자는 많은 부분을 속에 숨기고 있었다. 자신이 모든 실력을 드러내지 않듯, 상대도 그렇게 하고 있었다. 자신의 몸 상태 때문에―이게 다 사부 때문이다!―이러고 있다면, 상대는 자신의 내력을 비밀로 붙이기 위해 실력을 숨기고 있었다.

'무엇을 그토록 감추고 있는 걸까?'

남한테 들키면 얼마만큼 큰일이 나는 비밀일까? 시합 전에 만났던 혁중노인이 떠올랐다.

'그 노인은 뭘 알고 있는 걸까? 그리고 무엇을 듣고 싶은 걸까? 자신의 비전절기까지 내걸면서 듣고 싶은 이야기라는 건 대체 뭘까?'

얼마나 초(超) 대단한 비밀이기에 누군가는 이토록 필사적으로 숨기고, 누군가는 필사적으로 알아내려고 하는지 알 수 없었다.

'알고 싶다.'

모든 어마어마한 일의 동기는 대부분 이렇게 인간의 사소한 호기심에서 시작되는 경우가 많다.

이 순간 강호의 운명은 알 수 없는 곳으로 방향 전환을 하고 있었다.

지금 현재 연비는 종이 한 장 차로 죽음으로부터 달아나고 있었지만, 피하는 것만으로는 이길 수가 없다. 이기기 위해서는 유효한 공격이 필수불가결했다. 그리고 이렇게 계속해서 몰리는 것도 취향은 아니었다.

화악!

퓨뷰뷰뷰욱!

접혀 있던 현천은린이 활짝 펴지며 우산살 끝으로부터 미세한 세침(細針)들이 튀어나갔다. 현천은린에 장착된 또 하나의 비밀 병기가 방금 작동한 것이다. 사실 좋게 말하면 숨겨진 병기고, 나쁘게 말하면 추잡한 암기였다.

"소용없다, 이런 암기 따위!"

칠상흔은 도를 그물처럼 휘둘러 자신을 향해 빠른 속도로 날아오는 세침들을 전부 튕겨냈다. 도강이 깃든 도를 도막을 펼치니 방어가 금성철

벽처럼 단단해 어설픈 암기 따위로는 흠집 하나 낼 수 없었다.

"이런 장난감으로 내 도를 막을 수 있다고 생각했나!"

칠상혼이 비웃으며 소리쳤다.

"물론 뚫고 들어갈 거라고는 생각하지 않았어요. 하지만 이렇게 종이 두 장 정도의 시간은 벌었잖아요?"

그렇게 말하는 연비의 손에는 어느새 분리된 현천은린의 우산 갓이 들려 있었다. 수비에서 공격으로 전환하기 위해서는 본래의 종이 한 장에서 한 장을 더 추가한 정도의 간합(間合)이 필요했다. 종이 한 장에서 전환하려면 정면으로 막는 수밖에 없는데, 지금 몸 상태로 볼 때 그 방법은 매우 위험했던 것이다.

"자, 선물이에요."

취리리리리릭!

연비의 손을 떠난 현천은린의 우산 갓이 전차의 바퀴처럼 사납게 회전하며 칠상혼을 향해 날아갔다.

"두 동강 내주마!"

칠상혼은 대갈일성을 토하며 도를 일직선으로 내려쳤다. 아무리 특수 조치를 취한 묵린혈망의 가죽으로 만들어진 현천은린이라 해도, 저 정도 도강이 속도까지 더해 날아온다면 절대 무사할 수 없었다.

쐐애애애애애액!

슈각!

그러나 칠상혼의 도강이 멋지게 가른 것은 빈 허공이었다. 어느새 현천은린은 그의 왼쪽으로 궤도를 바꾼 이후였다. 칠상혼은 어림도 없다는 듯 다시 몸을 왼쪽으로 틀어 도를 내질렀다. 그러나 이번에도 현천은린은 미꾸라지처럼 그 도세를 빠져나갔다. 우산에 눈이라도 달렸는지, 아니면 보이지 않는 실에 조종당하고 있기라도 하는지, 그것은 그가 공격하려 하면 물러가고, 물러나려 하면 공격해 들어오며 그를 귀찮게 했다. 살살 약 올리듯 움직이는 검은 달의 모습에 성질이 난 칠상혼은 대갈성을 터뜨리며 도를 휘둘렀다.

"슈욱!"

그 순간 칠상혼의 도강이 한 자 이상 더 뽑아져 나왔다. 순식간에 거리가 좁혀진 것이다.

"이런!"

연비의 대응은 그가 터뜨린 기합보다 빨랐다.

재빨리 현천은린를 뒤로 잡아 빼면서 동시에 들고 있던 우산대를 휘둘렀다.

"찰칵!"

허공을 가르는 우산대의 끝에서 창날이 튀어나왔다. 그다음 순간 황금빛 창강(槍罡)이 허공을 격해 칠상혼을 향해 날아갔다.

"헉!"

설마 한쪽으로 톱날처럼 회전하는 우산 갓을 조종하며 다른 한편으로 허공을 격해 검기를 날릴 줄은 몰랐던 칠상혼은 깜짝 놀라 쫓던 것을 포기하고 날아오는 창강을 향해 도강을 틀었다.

"쾅!"

강기와 강기가 부딪치며 순식간에 불꽃이 피어올랐다. 잠시 후 두 개의 벼락이 서로 격돌하기라도 한 듯한 굉음이 울려 퍼지며 도강이 창강을 상쇄시켰다. 선기는 창에 있었지만 베는 데 있어서 역시 창은 도에 미치지 못했다.

비록 기선은 제압했지만 의외의 공격에 당황하긴 칠상혼도 마찬가지라 차선을 잡지는 못했다. 때를 놓치지 않고 연비는 최고의 빠르기로 칠상혼을 향해 도약했다. 신법의 빠르기라면 나름 자신있었다.

자신이 낼 수 있는 최고의 속도로 칠상흔과 자신 사이의 거리를 단숨에 소거(消去)한 연비의 손은 어느덧 날이 튀어나온 창 한 자루를 번쩍 치켜들고 있었다. 그 자세는 마치 복날에 개를 뚜드려 잡는 듯한 과격한 몸짓이라 여인의 몸에 그다지 어울리지 않는 자세였다. 그런데도 그 자세는 이 연비라는 여인에게는 이상하리만치 위화감없이 잘 어울렸다. 한 모금 진기를 들이켜며 연비는 창도 아니고 봉도 아닌 우산대를 휘둘렀다.

우다다다다다다다! 파바바바바바바바! 다다다다다다! 라라라라라라! 콰콰콰콰콰!

삼복구타봉창법(三伏毆打棒槍法).
오의(奧義).
말복(末伏).
천지무견(天地無犬) 자다봉창(自多棒槍).

순간 봉의 그림자가 수백 개로 갈라지며 칠상흔의 사방을 압박해 들어갔다.

초식의 이치는 봉법을 따르고 있었지만 봉끝에 날이 달려 있는 관계로 창법이기도 했다. 사방의 옥죄어오듯 내려쳐지는 봉도 봉이었지만, 그 끝에 달린 날이 의외의 순간마다 번뜩이며 칠상흔을 압박해 갔다. 이 초식은 화려하다기보다 끈질기고 집요하고 정신없는 초식이었다. 이 초식에는 일정한 규칙과 틀이 존재하지 않았다.

쉴 새 없이 소나기처럼 쏟아지는 몽둥이찜질 세례와 양념처럼 섞여 있는 창날 소나기에 칠상흔은 정신이 하나도 없었다.

좀 전까지의 초식은 그렇게 몸에 익은 것처럼 보이지 않았지만, 이 초식은 마치 이 연비라는 여자와 호흡을 같이하는 것 같았다. 때문에 그 위력이 비할 바가 없었다.

관중석에서 그 광경을 지켜보고 있던 남궁상 이하 주작단 단원들은 그 초식을 보고 무척 당황해했다.

"저거…… 어디서 많이 본 초식 같지 않아?"

"저게 뭐지? 몰라, 무서워."

"으으, 생각하고 싶지 않아."

왠지 본능적인 오한이 드는 그들이었다. 저 광경엔 그들의 잠재적이고 내재적인 공포를 자극하는 무언가가 있었다.

'때리려는 거냐, 베려는 거냐! 하나만 해라, 하나만!' 이라고 버럭 소리치고 싶은 심정이었다. 어느덧 칠상흔은 연비의 봉세(棒勢)에 밀려 십여 걸음을 후퇴해 있었다. 그가 뒷걸음쳐 온 발자국이 바닥에 한 치 깊이로 뚜렷이 패어 있었다. 그만큼 그가 필사적으로 이 초식을 막고 있다는 증거였다.

'이대로는 위험하다!'

좀 더 있으면 상대의 기운은 정상에서 굴러 내려가는 눈덩이처럼 커질 게 분명했다. 이 기세를 막지 못하면 자신의 패배는 확정된 거나 다름없었다. 가까스로 버티고 있던 제방이 무너지면, 불어난 물은 일순간에 모든 것을 쓸어버리는 법이다.

"어림없는 소리! 하압!"

칠상흔은 급박한 마음에 쓰지 않으려고 봉인해 두었던 금지기(禁止技)를 꺼내들고 말았다.

혈무막막(血霧幕幕).

몰아붙이다

날아오는 봉의 세례를 막기 위해 급급했던 그의 반 토막 도에서 붉은 안개가 부스스 피어올랐다. 피어오른 혈무가 순식간에 그의 몸을 감쌌다. 그러자 연비의 봉세가 더 이상 그 막을 뚫고 들어갈 수가 없게 되었다. 지금까지 언제나 거침없이 상대를 유린하며, 일부 아는 이들에게서는 '끝장기' 라 불리던 '삼복구타법' 이 거의 최초로 가로막힌 것이다.

저 혈무는 멀리서 보면 마치 피안개처럼 보이지만, 사실은 거대한 강기덩어리였다. 도막을 펼침과 동시에 특수한 방식으로 강기를 펼쳐 자신을 보호하는 수법이었다. 일종의 호신강기류였지만, 그것들과는 근본적으로 다른 점은 저 안개가 공격도 겸하고 있다는 것이었다. 저 안개는 마치 늪처럼 자신의 공격을 흡수하고 끌어들이고 빨아들이는 경향이 있었다. 저 혈무를 두드렸을 때 손끝에서 느껴졌던 불쾌한 감촉을 연비는 잊을 수 없었다. 순간적으로 위험하다고 판단한 연비는 손을 거두고 한 발짝 물러났다.

"피처럼 끈적끈적한 기술이군요."

연비가 솔직한 감상을 피력했다.

"감이 대단하구나."

칠상흔은 연비의 유연한 대처에 꽤 놀란 모양이었다. 억지로 피안개를 뚫고 들어오려 했다면 그의 붉은 강기가 단숨에 연비를 먹어치웠을 것이다. 그런데 연비의 치명적인 공격을 성공적으로 막아내고도 그는 별로 기뻐 보이지 않았다.

"왜 그렇게 똥 씹은 표정이죠?"

"네가 알 필요는 없다."

칠상흔은 속으로 무척 당황하고 있었다. 이렇게 어마어마하게 많은 사람들 앞에서 무의식중에, 아무리 궁지에 몰렸다고 하지만 그 기술을 쓰고 말다니……

'내가 미친 건가? 분명 알아볼 사람이 나올 텐데…….'

제정신이 아니고서야 이런 짓을 저질렀을 리가 없다. 강호상에는 거의 알려져 있지 않지만 이 초식을 알아볼 사람이 아예 없지는 않았다. 그분의 성명절기나 다름없는 기술을 쓰다니…… 그동안 쌓아뒀던 적공이 모래성처럼 무너져 내리려 하고 있었다.

"방금 그게 뭐였죠, 무박 선생님? 마치 피안개 같았는데요?"

"……."

대답 대신 이어진 것은 무거운 침묵이었다.

"무박 선생님?"

그러나 여전히 대답은 없었다.

"……?"

미성공자는 의아해진 얼굴로 고개를 돌려 무박 선생의 얼굴을 바라보았다. 무박 선생은 두 눈을 휘둥그렇게 뜨고 입을 쩍 벌린 채 석상처럼 굳어 있었다. 심장마비라도 일으킨 사람처럼 안색이 창백했다.

"무박 선생님, 괜찮으십니까?"

손을 눈앞에서 왔다 갔다 해도 반응이 없고, 옆에서 입김을 불어넣어도 무반응이던 무박 선생이 비로소 움직인 것은 미성공자가 그의 수염을 세 가닥째 꼬았을 때였다.

"이게 무슨 짓입니까! 난 괜찮습니다."

"전 또 기절이라도 하신 줄 알았죠. 무사하시니 다행입니다. 그런데 왜 그런 반응을? 방금 전 칠상혼이 보인 피안개 초식에 대해 아시는 것이라도 있습니까?"

"음…… 설마…… 하지만 그건…… 그는…… 그가…… 그럴 리가……."

그것은 대답이라기보다는 혼잣말에 가까웠다. 아직도 무박 선생의 머

몰아붙이다 243

리는 너무 혼란스러워 제대로 정리되지 않는 모양이었다.

"짐작 가는 것이 있으시군요. 그렇지 않다면 그렇게 놀라셨을 리가 없으니깐요."

"사실 그렇습니다. 하지만 너무나 엄청난 사실이라 함부로 말씀드리기가 힘들군요. 제가 짐작하는 사실이 맞다면 그건 너무나 엄청난 일이니까요. 강호에 한바탕 피바람이 불지도 모릅니다."

"도대체 무슨 일이길래 그렇게까지 겁을 주시는지요? 살이 떨려서 해설도 못하겠군요. 짐작이라도 좋으니 살짝만 알려주실 수 없겠습니까?"

무박 선생은 고개를 저었다.

"아니오. 그럴 수는 없습니다. 그랬다간 저 자신의 생명 역시 보장하지 못하니까요. 호기심에 비밀에 너무 가까이 다가가면 부나방처럼 날개가 타서 추락할 수도 있지요."

"그럼 조금 맛보기만이라도 보여주십시오. 그 정도는 할 수 있지 않습니까? 이대로는 궁금증에 미쳐 버린 관중들이 폭동을 일으킬지도 모릅니다. 칠상흔의 정체가 너무 위험하다면 그건 제쳐두고, 저 초식이 무엇인지만이라도 가르쳐 주실 수 있지 않습니까? 그걸 토대로 예측해 보는 것도 재미니까요."

무박 선생의 얼굴에 갈등의 빛이 떠올랐다. 할까 말까 망설이다가 유진의 수완 좋은 말솜씨에 걸려들고 말았다. 무박 선생은 고민 끝에 입을 열었다. 여전히 갈등의 잔재가 남은 탓인지 말하는 게 무척 힘겨워 보였다.

"방금 그가 보여준 초식은 바로…… 바로…… '굉천도' 중 하나였습니다."

"괴, 굉천도라면 설마……."

"굉천혈영도법 혈류십이도, 맞습니다. 바로 무신마님의 독문도법입니다."

쿵!

커다란 충격이 장내에 떨어져 내렸다. 사람들은 순간 숨을 삼켰다.

"서… 설마……."

경악한 미성공자의 눈동자는, 그 사실을 내가 재촉해서 내뱉었다고 말하지 말아주세요, 라고 외치고 있었다. 아무것도 닿지 않았는데 목줄기가 서늘했다. 그들은 결코 건드려서는 안 되는 부분을 방금 건드린 건지도 몰랐다.

구업(口業)이 이만저만이 아닐 것 같았다.

서로 실력을 한 자락씩 보여준 두 사람은 섣불리 달려들지 않은 채 대치했다. 이런 경우 무조건적인 선공이 유리한 것은 결코 아니었다.

"너는 왜 싸우지?"

"시시한 이유죠. 그냥 돈 때문이거든요."

그리고 그것은 명백한 사실이었다. 좀 더 거슬러 올라가면 모든 게 사부 때문이겠지만 말이다.

"그렇게 보이지는 않는데?"

"그렇게 안 보인다 해도 사실은 사실이에요. 제가 좀 정직하고 겸손하고 검소하게 보이기는 하죠."

"다른 이유는 없단 말이냐?"

"그럼요."

"그렇다면 넌 날 이길 수 없다. 그런 천박한 마음으로는 나의 이상을 꺾을 수 없다, 결코."

"아뇨, 난 이겨요!"

연비가 단호하게 대답했다.

"그런 일반론으로 날 흔들 수 있다고 생각한다면 그건 큰 오산이에요. 그리고 돈 무시하지 마세요. 돈은 좋은 거라구요. 그리고 중요한 것이기도 하고. 땅 위에 발을 딛고 사는 주제에 자신이 인간임을 잊으면 안 되죠. 인간은 먹고, 입고, 잘 공간이 필요해요. 그리고 그것들은 공짜가 아니에요. 꼭 삐까번쩍한 걸로 만들지 않아도 무언가가 대가로 필요하죠. 이상을 이루기 위해서는 먼저 살아 있어야 하거든요. 설마 당신 먹고 입는 모든 게 공짜라 생각하고 있는 건 아니겠죠?"

"물론 아니다. 하지만 난 돈이 목표는 아니다. 나에겐 이루어야 할 사명이 있다. 그 사명을 이루기 전에 절대로 죽을 순 없다."

그러자 연비가 피식 웃으며 대꾸했다.

"어라, 나도 돈이 목표라고 한 적은 없는데요? 다만 돈은 좋은 거고, 많을수록 좋다는 것뿐이죠. 목표를 이루기 위해서는 도구와 수단이 필요한 법 아니겠어요? 세상에 공짜는 없잖아요? 게다가 난 내 목표를 위해 돈을 수단으로 삼지만 당신은 뭐죠? 당신은 당신의 그 잘난 사명을 위해 '타인의 피'를 수단으로 삼고 있잖아요!"

연비의 검지손가락이 검처럼 칠상혼의 미간을 향했다. 칠상혼이 순간 돌처럼 굳었다. 정곡을 찔린 것이다. 연비의 입가에 미소가 번져 나갔다.

"어느 쪽이 더 나쁜 건지 알 수가 없네요. 안 그래요?"

"날 모욕할 셈이냐?"

연비의 손가락이 그의 미간에서 조금 옆으로 움직였다.

"그 등 뒤에 짊어지고 있는 관은 뭐죠? 쇠사슬로 그렇게 꽁꽁 묶고 있으면 무겁지 않나요? 당신 시신이 들어가기엔 좀 좁은 것 같은데요?"

그의 몸이 그 안으로 들어가려면 지금보다 세 배는 압축되어야 할 터였다.

"넌 그걸 알 자격이 없다. 알려고 하면 죽인다."

연비는 어머 무서워라, 라고 말하기보다 실소를 터뜨리는 쪽을 택했다.

"풋, 재미있는 말이네요. 알려고 해도 죽이고, 알려고 하지 않아도 어차피 죽이고. 어떤 짓을 해도 죽이려고 하는 것엔 변함없으니 기왕지사 관심을 가지는 쪽이 더 좋지 않을까요? 호기심이란 것은 인간의 지혜를 발전시키는 원동력이라 잖아요?"

사실 호기심이란 게 없었다면, 세상에 대한 질문을 품지 않았다면 인간은 이만큼 발전하지 못했을 것이다. 여전히 덜떨어지긴 했지만 말이다. 그래도 돌로 만든 도끼로 타인의 머리를 '으깰' 때보다는 많이 발전했다. 적어도 지금은 쇠로 만든 도끼로 타인의 머리를 '쪼갤' 수 있게 되었으니 말이다.

"틀렸다. 호기심은 명을 재촉하는 지름길이지."

잠시 침묵하던 연비가 천천히 입을 열었다.

"그렇게 자기를 벌주고 싶어요?"

연비는 이대로 입을 꾹 다물고 있을 생각은 전혀 없었다. 할 말은 끝까지 다 한다, 그 말이 끝난 다음에 무슨 일이 벌어진다 해도 말이다.

"무, 무슨 소리냐!"

발끈한 칠상흔이 버럭 소리쳤다.

"그렇게 과거로부터 도망치고 싶나요?"

"난 도망치고 있지 않아!"

"아니, 당신은 겁쟁이예요."

그 말에 칠상흔은 그대로 얼어붙었다. 그는 동요하고 있었다. 생각지도 못한 곳에서 정곡을 찔린 사람처럼. 그는 부정하지만 그의 마음은 그 말을 부정하지 못하고 있었다.

"우선 그 부러진 도."

연비가 한 손가락으로 칠상혼의 손에 들린 도를 가리켰다.

"당신의 도법은 원래 그런 반 토막짜리 도로 펼치는 게 아니에요. 그래서 당신은 잃어버린 길이를 보충하기 위해 항상 남들보다 반보 더 들어오죠. 순간적으로 상대와의 거리를 영으로 만드는 당신의 보법은 그 부족한 부분을 메우기 위한 것이기도 하죠. 시도 때도 없이 사용하는 도강 역시 부족한 길이를 메우기 위한 다른 방편일 뿐이고요."

"그, 그걸 어떻게?"

그러나 연비의 말은 그걸로 끝이 아니었다.

"그리고 그 등 뒤의 관과 그걸 고정하기 위해 온몸에 휘두르고 있는 쇠사슬은요? 마치 죄인을 묶는 족쇄 같군요. 그렇게 자기 자신을 벌주고 싶었나요?"

"……."

칠상혼은 아무 말도 하지 않았다. 하지만 그의 안색은 치명적인 살초를 맞기라도 한 듯 백지장처럼 새하얬다.

"벌주는 방법치고는 무척 특이한 방법이라는 데는 동의해요. 타인을 죽이는 방식으로 자신을 벌주다니. 아니, 그건 아니죠. 그건 도망이었어요. 자신이 버리고 온 것을 상기하지 않기 위해. 때문에 당신은 이런 곳에서 죽이고 죽이고 또 죽였죠."

칠상혼의 표정이 점점 더 딱딱하게 굳어갔다. 그런 변화에 아랑곳하지 않고 연비는 청산유수처럼 말을 이어갔다.

"그 관 안에 있는 게 뭔지 말해줄 필요도 없어요. 난 이미 알고 있으니까!"

연비가 자신만만한 선언에 칠상혼의 몸이 벼락 맞은 것처럼 부르르 떨렸다.

"헛소리! 그건 정말 말도 안 되는 소리야. 너 따위가 이 안에 무엇이 있는지 알 리가 없어! 그러니, 닥쳐라! 더 말하면 죽이겠다."

"죽일 수 있다면 죽여보시죠. 하지만 내 입을 막을 수 없을걸요?"

칠상혼은 힘줄이 불끈 튀어나올 정도로 힘껏 손잡이를 움켜잡았지만 끝내 휘두르지 못했다. 부들부들 떨고 있는 칠상혼을 향해 연비는 손가락을 쫙 뻗었다. 그리고 선언하듯 외쳤다.

"그 안에 가둬져 있는 건 바로 당신의 '과거(過去)'예요!"

그 말에 칠상혼은 그만 무릎을 꿇고 말았다. 그가 계속해서 도망쳐 왔던 과거가, 계속 외면해 왔던 자신의 죄가 한순간에 그를 덮쳤던 것이다. 그의 사고는 일순간 마비되었고, 무엇도 할 수 없었다.

"크아아아아아아아아아!!"

그는 고통을 이기지 못하고 비명을 터뜨렸다. 수년간의 회한이 담긴 그 비명은 듣기만 해도 모골이 송연해지고 가슴이 묵직해지는 비명이었다. 지금 혈염제라고까지 불리우던 그 무패의 제왕이 무명의 여인 앞에 그 무릎을 꿇은 것이다. 그러나 연비는 생각했다. 아직 끝나지 않았다고.

"자! 용기가 있다면 여기 이 수많은 관중들이 모인 앞에서 자기가 누구인지 선언해 봐요. 큰 소리로 외칠 수 있나요? 내가 누구누구라고, 내가 바로 너희들이 알던 바로 그 누구라고. 그런 용기가 있다면 한번 해보시죠. 그 관 안에 파묻어두었던 자신의 시체를 꺼내 들어봐요. 자기를 자기라고 증명할 그 증거를 이 세상의 빛 아래 다시 들이밀어 봐요. 그렇게 못하겠으면 차라리 그냥 패배나 인정하시죠. 난 자신의 과거로부터 도망치는 겁쟁이랑은 싸우고 싶지 않으니까요. 자, 선택해요!"

연비가 당당한 목소리로 쏘아붙였다. 칠상혼은 여전히 고개를 숙인 채 침묵했다. 그 모습 어디에도 전의는 찾아볼 수 없었다. 그는 싸울 의사를 완전히 박탈당한 듯 보였다. 그 모습을 바라보는 연비의 호박색 눈동자 속에 어떤 동정도 깃들어 있지 않았다.

"여기까진가?"

그때 침묵하던 칠상혼의 입술이 달싹거렸다.

"겁쟁이…… 겁쟁이…… 겁쟁이……."

"응?"

연비는 다시 시선을 칠상혼에게로 옮겼다. 조금 전 보여주었던 완전히 김빠진 상태가 아니었다. 지금의 그는 언제 터질지 모르는 활화산을 보고 있는 듯했다. 그의 몸 깊숙한 곳에서 힘이 뜨거운 용암처럼 들끓어오르고 있었다. 마침내 벌떡 일어난 칠상혼이 외쳤다.

"크아아아아아아! 지금 누구보고 겁쟁이라는 거냐? 감히 이 몸을 보고 겁쟁이라고 했느냐? 헛소리, 헛소리, 헛소리, 헛소리, 헛소리, 헛소리, 헛소리, 헛소리, 헛소리, 헛소리, 헛소리, 헛소리!"

칠상혼은 달궈진 주전자 안의 물처럼 끓어오르는 감정을 주체하지 못하고 있었다. 보글보글 끓고 있던 감정이 아무래도 이성이란 뚜껑을 날려 버린 모양이었다. 모든 것에 무심하던, 자신을 죽이려 하는 적에게조차 무심하기 그지없던 그답지 않은 모습이었다.

"뭘 두려워하는 거죠?"

연비는 무엇에 분노하느냐고 묻지 않고 무엇을 두려워하느냐고 물었다. 그 물음에 칠상혼의 몸이 돌처럼 굳었다.

"단순히 묻어둔 과거를 무덤 속에서 꺼내 관 뚜껑을 열었다는 것에 화가 난 것은 아닌 것 같군요."

"……."

칠상혼은 대답하지 않았다. 단단한 접착제로 입을 꼭 붙여놓은 것 같았다.

"뭘 두려워하고 있는 거죠?"

연비는 다시 한 번 같은 질문을 되풀이했다. 어느새 칠상혼의 이마에서 식은땀이 흘러내리고 있었다. 그러나 싸울 상대에게 약한 모습을 보일 수는 없었다.

"아니, 난 두려워하지 않는다. 나에게 두려운 것 따윈 없다! 두려워해야 할 건 너다!"

칠상혼이 발작적으로 외쳤다.

"아뇨. 자신의 과거를 마주치지 못하고 도망치는 사람한테 그딴 말 듣고 싶지 않아요. 뭘 두려워하는 거죠?"

세 번 반복되는 질문을 칠상혼은 참아내지 못했다.

"크허어어어어엉!"

사자의 포효 같은 함성과 함께 칠상혼이 질풍처럼 달려들며 외쳤다.

"난. 아. 무. 것. 도. 두. 려. 워. 하. 지. 않. 는. 다!"

처음으로 칠상혼의 공격에서 커다란 허점이 드러났다. 지나치게 흥분한 탓이었다. 연비로선 감사할 일이었다.

'일이 이렇게 잘 풀릴 줄이야!'

이럴 때는 감사 인사를 하지 않으면 안 된다. 제어는 안 되면서 속도 하나는 빠르다. 이미 현처우리의 간격 안이었다. 그러나 아직 주먹이 있었다. 힘껏 주먹을 쥔다. 이제 칠상혼은 지척에 있었다.

"감사!"

연비는 있는 힘껏 면상을 향해 주먹을 후려갈겼다.

시원한 격타음과 함께 칠상혼이 거의 땅바닥에서 물수제비가 튀기듯 세 번 튕긴 다음 네 바퀴를 굴렀다.

"엄청 꼴사납게 굴렀군요."

나백천이 눈살을 찌푸리며 감상을 피력했다.

"엄청 아파 보이네요."

보고 있는 쪽이 다 아파 보일 정도였다.

"멍청한 녀석!"

정말 마음에 안 든다는 투로 혁중노인이 한마디 했다.

"죽었을까요?"

"아마 안 죽었겠죠."

유진의 물음에 무박 선생이 대꾸했다.

"하지만 이런 무참한 꼴을 당한 건 처음이니 아마 본인도 무척 부끄러울 겁니다. 아, 마침 저기 일어나는군요."

"제 착각일까요? 얼굴이 좀 붉어 보이는데요? 방금 전에 얻어맞았기 때문일까요?"

"뭐, 부끄럽기 때문이겠죠. 누구나 다 그렇지 않을까요?"

쇠사슬을 벗다
—뽑혀진 못

"……."

바닥에서 일어난 칠상흔은 한마디도 하지 않았다. 여기저기가 먼지투성이인데도 그걸 털 생각도 하지 않고 있었다.

"자, 이제 항복……."

연비는 말을 멈췄다. 칠상흔의 전신에서 풍겨 나오는 범상치 않은 기운 때문이었다. 저건 명백한 전의였다, 그것도 매우 강력한. 결코 항복할 자의 몸에서 뿜어져 나오는 기운이 아니었다. 이글거리는 듯한 그 전의는 지금까지 그에게서 한 번도 보지 못한 강력한 것이었다. 그 기운 너머로 새로운 결의가 느껴졌다. 그는 지금 뭔가를 하려 하고 있었다.

철그렁! 철그렁!

쿠쿠쿵!

관을 묶고 있던 쇠사슬이 요란한 소리를 내며 바닥으로 떨어졌다. 땅을 두드리는 소리로 미루어볼 때 한두 근의 무게가 아니었다. 속박하고 있던 쇠사슬이 모두 풀리자 등 뒤에 메어져 있던 관이 땅에 쿵 떨어졌다.

자신을 옭매고 있던 쇠사슬을 풀어낸 칠상혼은 고개를 좌우로 꺾고 팔을 휘두르며 몸을 풀기 시작했다. 경직되어 있는 근육들을 풀기 위해서였다.

"상당히 무거워 보이는 소리군요."

"이백 근 정도 나가지."

"많이 무거웠을 것 같은데요?"

"덕분에 지금은 날아갈 것 같지."

그는 관을 자기 앞으로 가져왔다. 관에는 여러 곳에 커다란 못이 박혀 있었다. 그때 관이 부르르 떨리더니 못들이 저절로 빠져나오기 시작했다. 그러더니 이내 모두 뽑아져서 투두둑 바닥에 떨어졌다.

"난 여기 있다. 난 이제 어디로도 도망치지 않아. 그러니 내가 과거를 끊어내기 위해 무엇을 손에 넣었는지 보여주마."

끼이이익!

마침내 오랜 시간 동안 박혀 있던 녹슨 못이 빠지고 낡은 경첩이 삐거덕거리는 비명을 지르며 뚜껑이 열렸다. 관 속에서 구 년이란 시간을 썩어가던 공기가 새바람을 맞이하고는 탄성을 질렀다. 눅눅하고 오래된 공기에 숨 막혀 하던 칼 두 자루가 마침내 환성을 내지르며 그 모습을 드러냈다. 구 년이란 시간이 지났고, 그동안 어떤 관리도 받지 못한 채 방치되어 있었지만 그 두 자루의 명도는 녹 하나 슬지 않고 여전히 예전의 광휘를 간직하고 있었다. 그 두 자루의 쌍도를 바라보는 칠상혼의 눈동자 속으로 억눌러 놓았던 기억과 추억이 세찬 물줄기처럼 지나갔다.

"역시, 그 두 자루의 쌍도가 당신이 못질까지 하며 묻어둬야 했던 과거였던 모양이군요."

연비가 호기심 어린 어조로 말했다.

"넌 열어서는 안 될 것을 열었다. 넌 대가를 치러야 할 거다."

"뭘로요?"

"바로 너의 죽음!"

두 자루의 쌍도를 집어 들었다. 지금까지 비교할 수 없는 기세가 두 자루의 도에서 뿜어져 나왔다.

'저 사람이 좀 전의 그 칠상흔과 같은 인물인가?'

저 쌍도를 손에 쥔 순간부터 완전히 다른 사람으로 변한 듯했다. 존재감이 달라졌다는 것은 이런 것일 것이다.

쉬익!

칠상흔의 신형이 투기장 한가운데서 사라졌다. 너무 빨라서 그렇게 느껴졌던 것이다.

쇠사슬을 벗은 그의 공격의 위력은 그전에 비할 바가 아니었다.

쾅!

돌연 나타난 쌍도가 현천은린의 창날을 두들겼다. 일격일격이 내부를 진탕시킬 정도로 강맹했다. 칼이 아니라 거대한 천 근짜리 철추를 휘두르고 있는 듯했다.

열세 번째 도
—천외일도

확실히 그가 장담한 대로 두 개의 칼로 펼치는 칠상혼의 도법은 산을 뽑고 바다를 뒤엎을 만큼 무시무시한 위력을 지니고 있었다. 반 토막의 칼을 버리고 두 개의 칼을 집어 들었을 때부터 비로소 그의 진가가 드러나기 시작한 것이다. 칠상혼은 앞을 가로막는 것이라면 산이라도 부술 것 같은 기세로 두 개의 도가 목표물을 도륙하기 위해 달려들었다.

'확실히 호언장담할 만하네.'

그러나 위력에 비해 확실히 정교함은 부족했다. 흔들리는 감정이 칼끝의 흔들림으로 드러나고 있었다. 게다가 그의 감정이 폭발하는 순간을 기다리고 있던 것은 연비 자신이었다. 자신이 유도한 것에 당할 만큼 연비는 어수룩하지 않았다.

"저런! 지난 시간 동안 놀고 계셨던 모양이네요, 전혀 소용이 없으니. 백 인 베기로는 좀 부족했나 보죠?"

대지를 가르는 도강을 가뿐히 피해낸 연비가 사뿐히 땅 위에 착지하며 말했다.

"글쎄, 과연 그럴까?"

칠상흔은 실망하지 않았다. 아무리 쌍도를 집어 들었다 해도 단 일초에 베일 상대라면 관 뚜껑을 열지도 않았을 것이다.

팔랑!

연비의 소매가 사르륵 날카롭게 갈라졌다.

"다음은 소매 하나로 끝나지 않을 것이다."

칠상흔이 경고했다. 그러자 연비가 비난의 눈초리를 쏘아 보내며 외쳤다.

"엉큼하긴! 변태!"

이 뜬금없는 비난에 칠상흔은 기가 막혔다.

"누가 엉큼하단 거냐!"

그가 비록 수년간 이곳 원통투기장에서 엄청난 피를 흘려왔지만, 그는 뼛속까지 무인이었다. 그의 앞에 선 모든 적들을 그는 오직 무력으로 깨부숴 왔던 것이다. 그에게 향하는 모든 원한과 증오에 그는 언제나 힘으로 맞서왔다. 그것은 옳고 그름의 문제가 아니었다. 그는 옳든 그르든 상관없었다. 다만 수단을 택하는 데 있어 그는 언제나 한 가지만을 써왔다. 바로 무력이었다. 그러나 어린 계집한테 '엉큼하다' 느니 '변태' 라느니 하는 말을 들으니 어찌 기가 막히지 않을 수 있겠는가.

"난 변태가 아니다! 나는 여태껏 '순수한 무' 만을 추구해 왔다. 그러니 날 모욕할 생각은 하지 마라!"

그러나 연비는 생각이 있었다.

"'순수한 무' 만을 추구하다 보니 그 외의 것은 다 잊어버렸나 보군요. 인간이 인간으로서 가져야 할 기본적인 감정들 말이에요, 오욕칠정 모두를."

"그렇다. 난 그 모든 것을 버렸다. 사부님을 배신하고 사제로부터 등을 돌리고 오직 순수한 '무(武)' 만을 찾아왔다!"

"모두 버렸다고요? 거짓말! 정을 버리고, 사랑을 버리고, 도덕을 버리고, 윤리를 버리고, 도귀(刀鬼)가 되길 원했지만, 오직 한 가지만은 버리지 못했어요."

"그게 뭐냐?"

"두려움!"

연비가 대답했다.

"말도 안 돼! 난 모든 두려움을 극복했다!"

그가 발작적으로 외쳤다.

"그렇다면 왜 그걸 마주 보지 못하죠? 왜 모든 감정을 버렸다는 당신의 마음에 그 말은 파문을 일으키는 거죠? 그것도 눈에 확 띄게? 그건 바로 당신 자신이 스스로 아직 두려움을 버리지 못했다는 것을 알고 있다는 증거예요, 그래서 난 당신이 하나도 두렵지 않아요. 이미 두려워하는 게 있는 사람을 두려워한다는 건 왠지 바보 같잖아요?"

그 순간 연비의 호안석 같은 눈동자가 황금빛으로 물들기 시작했다.

"게다가 난 자기를 버린 사람 따위 하나도 겁나지 않아요. 왜냐고요? 지금 거기 있는 당신은 가짜니까. 자신의 과거조차 감싸안지 못하는 그런 허접한 녀석이죠."

칠상혼은 코웃음을 치며 연비의 말을 무시했다. 저런 폭언은 더 들어줄 수가 없었다.

"아직 실망할 필요 없다. 지난 구 년 동안 백인참의 수행을 통해 완성한 것을 보여주마."

그는 자신이 있었다. 이 한 수를 위해 지난 구 년을 바쳤던 것이다.

"기다리다가 막 하품이 날 참이었는데, 당신이 구 년 동안 도망치며 뭘 준비했는지 좀 궁금하긴 하군요. 부디 그게 당신의 두려움을 이길 만한 것이길 빌겠어요. 아니면 별로 재미없을 테니까요."

막 하품이 나오려는 입을 손으로 가리며 연비가 말했다.

"충분히 재미있을 것이다. 그건 보증하지."

그는 자신만만했다. 두 자루의 도가 만남으로서 굉천도 갈중혁의 비전 절학 혈류십이도는 본래의 위력을 온전히 되찾았기 때문이다.

"함부로 보증 서다가는 패가망신당하는 수가 있어요. 천오백 년 전의 고책에도 그런 말이 나온다고요. 네 이웃이 네게 보증을 서준다면 그는 자신의 목숨을 건 것이다. 경배하라!"

얼마 전 윤미에게도 써먹었던 말이다. 보증과 패가망신의 역사가 얼마나 깊은지 알 수 있는 대목이었다.

"당신이 지난 구 년 동안 갈구해 온 게 뭔지는 모르겠지만 함부로 보증 서지 않는 게 좋아요."

그러자 칠상혼이 대답했다.

"천외일도(天外一刀)."

"웅? 그게 뭐죠?"

연비가 되물었다.

"천외일도, 굉천도 혈류십이도의 제십삼도, 그것이 바로 내가 찾아 헤매던 것이다."

"천외일도!"

초대장 덕분에 좋은 자리를 차지하고 구경하고 있던 나백천은 너무 흥분한 나머지 자신도 모르는 사이에 자리에서 벌떡 일어났다. 무림맹주로서 그다지 체통있는 모습은 아니기에 예청은 얼른 남편을 끌어다가 다시 자리에 앉혔다.

"천외일도? 그게 뭔데요?"

예청이 쌀쌀맞게 물었다.

"아니, 부인. 정말 모른단 말이오?"

나백천의 두 눈이 휘둥그레졌다.

"그게 당신 바람 핀 여자의 이름이라도 되나요? 왜 제가 그걸 꼭 알아야 하는 거죠?"

'바람'이란 한마디가 나백천의 가슴에 찬바람을 몰아닥치게 했는지 그의 안색이 순식간에 시커메졌다.

"무, 무슨 말씀이시오. 바, 바람이라니! 난, 결코……!"

말까지 더듬는다.

"그냥 예가 그렇다는 거죠, 예가. 당신이 정말 그랬으면 그냥 말 한마디로 끝났겠어요? 그보다 그게 뭐죠? 천외일도란 게?"

"그건 십삼도요."

그다지 상세한 설명은 아니었다. 오히려 예청의 의문만 증폭시켰을 뿐이다. 자신의 실수를 깨달은 나백천이 다시 자세히 설명하기 시작했다.

"그건 한 사람의 열세 번째 도법이오. 그 사람이 누군지는 부인께서도 잘 아실 거요. 요 얼마 전에 직접 만나기까지 했으니. 좀 손버릇이 안 좋은 어르신이지."

그 말에 예청이 깜짝 놀랐다.

"서, 설마!"

그런 손버릇이 안 좋은 영감에 쌍칼을 들면 당해낼 사람이 없는 엄청난 무공의 소유자라면 단 한 사람밖에 없었다.

"바로 그 색골변태 할아버님이시오."

그러자 옆에서 늙수그레한 목소리가 들려왔다.

"이보게, 꼭 옆에 본인이 없는 것처럼 말하지 말아주겠나?"

나백천이 시선을 조금 돌리자 그의 바로 옆자리에 앉아 있던 혁중노인의 얼굴이 들어왔다.

"기왕이면 색골변태보다는 '신마' 어르신이라 불러주게, 이 공처가 무림맹추야!"

그 말에 나백천의 눈썹이 역팔자로 휘었다.

"노대형! 방금 일부러 맹추라고 했죠? 맹주라고 안 하고?"

발끈한 나백천이 외쳤다.

"맞아요! 이이가 왜 맹추예요, 맹주지!"

예청이 씩씩거리며 항의했다. 천하의 신마에게 이렇게 대들 수 있는 사람도 많지 않았다. 한참을 고민하던 혁중노인이 두 사람을 번갈아 가리키며 입을 열었다.

"거참, 희한하군."

그의 말에는 나직한 감탄이 배어 있었다. '거참, 이런 일도 다 있군. 역시 사람은 오래 살고 볼 일이야'라는 긴 감탄이 밑바닥에 함축된 말이기도 했다.

"뭐가 말입니까"

"뭐가 말이에요?"

부부가 동시에 외쳤다.

"둘 다 아무도 공처가란 부분에 대해서는 짚고 넘어가지 않으니 말이야. 안 그런가?"

"……."

그 지적에 부부는 꿀 먹은 벙어리가 되었다.

"그것만 봐도 충분히 맹추라 불릴 수 있겠네. 안 그런가?"

한껏 눈웃음을 지으며 혁중노인이 물었다.

"그보다 천외일도라면 역시 그것 아닙니까, 노대형?"

갑자기 나백천이 한없이 진지한 얼굴로 물었다. 급작스럽게 화제를 돌린 것이다. 이대로 이야기가 계속되다가는 무림맹구나 무림행주로까지 불릴 가능성이 있었다. 그런 사태는 되도록 피하고 싶었다. 이 제멋대로가 뭔지 온몸으로 보여주며 살아온 성질 나쁜 노인네에게 무림맹주에 대한 예우를 기대한다는 것 자체가 오판인 것이다. 깔끔하게 그 부분은 포기하기로 했다. 그보다는 이 천외일도 문젠데, 역시 본인에게 물어보는 게 제일 빨랐다. 그 열세 번째 칼에 대해 누구보다 잘 알고 있는 인물이 바로 이 노인이었으니 말이다.

"그거지. 다른 게 있을 리 없잖나?"

노인이 짧게 대답했다. 영양가 하나 없는 말이었다.

"두 사람만 오붓하게 속닥거리지 말고 저도 좀 알면 안 될까요?"

설명은 나백천이 맡았다.

"아, 원래 천외일도라는 것은, 한때 잘나갔던 무신마의 비전도법인 혈류십이도의 존재하지 않는 열세 번째 초식을 이야기하는 거라오."

이름에서도 바로 알 수 있듯, 무신마 패천도 갈중혁의 독문절기인 혈류십이도는 열두 개의 초식으로 이루어져 있었다. 그러니 열세 번째 초식이라는 것 자체가 말이 안 되었다. 그게 있으면 혈류십삼도지 왜 혈류십이도이겠는가.

"귀찮아서 개명을 포기한 건 아니죠?"

"내가 미쳤냐? 그 짓을 하게?"

혁중노인이 투덜거렸다.

"하지만 오랫동안 연구해 오셨잖습니까."

"그랬지, 잠자리가 사나웠으니까."

그 대답에 나백천은 기가 막혔다.

"노대형 같은 분도 꿈자리가 사나울 때가 있습니까? 천하에 두려울 게 없는 안하무인의 대명사 같은 분이오?"

그러자 혁중노인이 나백천을 쨰려보며 말했다.

"자넨 백 년 전에 그자와 직접 싸웠던 사람이 누구라고 생각하나? 자네가 싸워봤어? 싸워봤냐고!"

"물론…… 못 싸워봤죠!"

지금이야 백도무림을 통괄하는 무림맹의 어엿한 맹주지만 그때만 해도 그는 어렸다. 그리고 큰 싸움에 나갈 순번도 아니었다.

"그자의 무서움은 직접 싸워보고 직접 살아남은 내가 제일 잘 알아. 그러니 제일 잠자리 설치는 자도 나고. 내가 자랑하던 열두 개 초식의 마지막 하나까지 다 쪽쪽 빨아 썼는데도 놈을 골로 보내지 못했으니 내가 잠이 왔겠나? 그것도 그 친구랑 같이 달려들어서."

"하지만 결국 이기셨잖습니까?"

"운이 좋았지. 하지만 끝장을 본 것도 아니야. 살을 주고 뼈를 깎아 한 칼 먹여서 절벽 밑으로 떨어뜨렸지만… 시체는 끝내 확인하지 못했지. 기연은 더 필요도 없는 놈이 뭐가 아쉬워 절벽으로 떨어진 거야, 쳇. 망할 놈. 시체라도 남겨놓을 것이지"

"그래서 십삼도를……."

그제야 예청도 혁중노인의 심정을 어느 정도 헤아릴 수 있었다. 그녀가 혁중노인이라도 그리했을 터였으니까.

"열두 개가 다 안 먹혔으니 별수있느냐? 열세 번째를 만들어내는 수밖에. 그런데 참 애매한 게, 만든다고 만들어지는 게 아니더라구."

"그래서 저 친구는 그렇다 치고, 대형께선 성공하셨습니까?"

그 말에 자존심이 상했는지 혁중노인이 눈을 부라렸다.

"감히 노부를 누구라고 생각하는 건가!"

"그럼?"

눈이 휘둥그레지는 나백천을 향해 혁중노인은 단호하게 입을 열었다.
"비밀이다."
그리고는 얄밉게시리 입을 꾹 다물었다. 나백천은 너무나 어이가 없어 입을 쩍 벌린 채 아무 말도 하지 못했다.
"그러다 입에 파리 들어앉겠다, 좀 닫아라."
그런 핀잔을 듣고 나서도 한참을 벌리고 있어야 했다. 충격이 가시기까지 좀 시간이 걸렸던 것이다.

철상흔의 파거
—奧義 대 奧義!

　아마도 그날은 최초로 굉천혈영도법 혈류십이도의 모든 초식을 풀어 낼 수 있었던 날이었던 것으로 기억된다. 어느 무더운 여름날, 그는 처음으로 내공의 고갈 없이 혈류십이도 전 초식을 연환해서 두 개의 칼날 끝에 뿜아냈다.
　"썩 괜찮구나."
　사부님의 입에서 나온 것치고는 굉장한 칭찬을 들었다.
　'드디어 해냈다!'
　그런 뿌듯한 성취감이 기력이 썰물처럼 빠져나간 육신을 가득 채웠다. 그의 사제는 비록 어려서부터 천재 소리를 듣는 신동이었지만, 나이 차도 있거니와 아직 어려서 십초식 이후의 최후 이식(二式)에 고전하고 있었다. 알량한 승리감이라고 해도 좋았다. 그는 나이도 나이거니와 대제자의 입장에서 아직 새파랗게 어린 사제에게 질 수는 없었던 것이다. 아무리 그 천재신동 사제가 경애해 마지않는, 하늘과 같고, 그에게는 신 그

자체이며 강호무림 전체에서 신마로 추앙받고 있는 그분의 손자라고 해도 말이다.

그날 처음으로 그는 '신마전(神魔殿)'에 들어가는 것을 허락받을 수 있었다. 그 안에서 본 것은 하늘 밖의 하늘이었다. 사부님은 이미 십이도를 떠나 새로운 일도를 찾기 위해 모색하고 있었다. 신마전에 쌓인 수많은 검법서와 도법서와 사방 벽에 붙여진 거대한 종이 위에 휘갈겨진 먹선은 바로 도가 달려간 궤적이었다. 그것을 보는 것만으로도 그는 사방에서 칼이 조여들어 오는 느낌에 숨이 막혔다. 그리고 궁금해졌다. 그래서 물었다.

"천하무적이신 사부님께서 왜 이런 것들이 필요합니까? 더 이상 배우지 않아도 이미 도신의 경지에 오르시지 않으셨습니까?"

그는 아무리 생각해도 이해할 수 없었다.

"배움에 끝이 있다는 말을 난 들어본 적이 없다. 그건 문뿐만 아니라 무 역시 마찬가지다. 왜 이런 귀찮고 번거롭고 머리 아픈 짓을 하냐고? 난 내 자신이 만든 십이도의 부족함을 자각하고 있기 때문이다. 너에게 아직 열두 개 초식이면 족하다고 생각되느냐? 그렇다면 더욱 정진하도록 해라. 그것들이 네 그릇을 채워줄 수 없을 정도가 될 때까지."

사부님의 말이 거대한 망치가 되어 자신의 영혼을 후려치는 것 같았다.

"그럼 십삼도란 어떤 초식입니까?"

"십이도가 부족하다고 느껴지면 자연히 알게 될 것이다. 마지막 일도는 초식이면서도 초식이 아닌 초식이 되겠지. 넌 우선 내가 펼치는 십이도를 잘 보아두도록 해라. 그걸 보고 무엇을 얻든 그건 네 복이겠지."

그리고 그는 보았다. 그리고 알았다.

그날, 같은 초식이 이렇게도 달라질 수 있구나. 시전하는 사람의 깊이에 따라. 그동안 자신이 수박 겉 핥기식으로 열두 칼을 익혀왔다는 것을 뼈저리게 자각할 수 있었다. 그리고 하늘 밖에 하늘이 있음을 알았다. 배움의 길이 끝이 없다는 것도.

열두 개의 초식을 넘어선 또 하나의 초식!

이제는 어렴풋이 사부의 그 말을 이해할 수 있었다. 십삼도. 그것은 그것을 얻는 것만으로도 이미 열두 개의 초식으로부터 자유로워지는 그런 초식이었다. 일종의 경지를 유형화해 놓은 것이었다. 이제 겨우 초식을 쉬지 않고 펼칠 수 있게된 주제에, 마치 자신이 천하제일고수라도 된 양 의기양양해진 제자에게, 하늘 같으신 사부님이 해주고 싶었던 말은 명확했다.

천외천(天外天)!

하늘 밖에 하늘이 있으며 배움에는 끝이 없으니 부단한 자기 연마를 그치지 말라는 준엄한 가르침이었던 것이다. 그 가르침을 한시라도 잊지 않겠다고 눈물로써 맹세했었다.

하지만 얼마나 값싼 눈물에 얼마나 허망한 맹세였던가!

그 맹세는 한 사람의 손짓 한 번에 처음부터 없었던 것처럼 갈기갈기 찢어져 날아가 버리고 말았다.

그 후로 그는 계속해서 도망치고 있었다. 그러나 이제 더 이상 도망치고 싶지 않았다. 이제 지긋지긋했다.

    *   *   *

"난 이제 더 이상 도망치지 않는다!"

칠상흔이 발작적으로 소리치며 좌도를 휘둘러 던졌다. 질풍처럼 사나운 기세로 날아간 칼이 연비의 목을 댕강 베어버리려 했다. 예상치 못한 기습에 연비는 황급히 허리를 뒤로 숙였다.
"파바바바바!"
날아온 칼은 아슬아슬하게 연비의 가슴 위를 스치듯 지나갔다. 조금만 대처가 늦었어도 지금쯤 목과 몸이 따로 분리되었을 터였다.
"설마 이 초식은!"
연비도 과거에 한번 이와 같은 초식을 목격한 적이 있었다. 기억이 틀리지 않다면 방금 칠상혼의 손에서 시전된 초식은 무당산에서 보았던 그 초식이 분명했다.
"회선십자인!"
연비가 아는 것은 비단 이름뿐만이 아니었다. 빗나간 칼이 회전하며 되돌아온다는 것을 알고 있었다.
"어림없죠."
때를 기다렸다가 선회해서 돌아오는 칼날을 피했다. 깜짝 놀란 칠상혼이 외쳤다.
"어떻게 이 초식을 알지?"
"좀 인연이 있어서요. 썩 유쾌한 기억은 아니지만요."
연비가 대꾸했다. 칠상혼의 인상이 찌푸려졌다.
"이 초식을 안다 해서 막을 수 있다고 생각하진 마라!"
갈효봉의 혈류인의 여기서 끝났다. 그러나 칠상혼의 초식은 여기서 끝나지 않았다. 다른 하나의 칼을 받기 전에 또 하나의 칼을 날렸다. 이번에는 좀 전보다 훨씬 더 위력적이었다. 풍차처럼 회전하는 칼날이 사방으로 혈강을 뿜어내고 있었다. 뻗어나온 도강 때문에 공격 유효 범위가 훨씬 넓어져서 연비는 피하는 데 애를 먹어야 했다. 이 연환공격이 서너 번 반복됐다. 그러나 연비는 모두 피해냈다. 처음과 두 번째의 기습만큼 위협적인 공격은 그후론 없었다. 그래서 약간 마음이 느슨해졌다.
"저, 바보 자식."
지켜보고 있던 노사부가 한마디 했다.
쿵!
그 순간 칠상혼이 있는 힘을 다해 앞으로 도약했다. 그리고는 혈강을 잔뜩 품고 돌아오는 칼에 들고 있던 우도를 힘껏 내려쳤다. 우도에도 역시 혈강이 일렁이고 있었다.

굉천혈영도법(轟天血影刀法) 혈류십이도(血流十二刀).
필살오의(必殺奧義).
굉천혈류패왕십자인(轟天血流覇王十字刃).
혈십자(血十字).

콰쾅!
수평으로 날아오던 좌도에 수직으로 내려치는 우도가 부딪치며 거대한 붉은 십자가 기둥이 솟구쳐 오르며 강력한 강기풍이 주변에 휘몰아쳤다. 그 위력 대부분이 작정한 듯 연비를 때렸다.
혈류인의 진정한 위력에 연비는 급히 진기를 끌어올려 대항했다. 가장 치명적인 십자강기는 피해냈지만, 그 후속풍까지 피해내지는 못했다. 피하지 못했으니 견뎌내는 수밖에 없었다. 주변 삼 장의 지면을 파헤칠 만큼 엄청난 위력이었기에, 막는 데만 해도 막대한 진기가 필요했다. 그러나 이런 과도한 진기 사용은 연비에게 있어 그 무엇보다도 치명적인 독이었다.
전신이 진탕되는 순간 온몸의 기혈이 뒤엉키는 듯했다. 주화입마의 조짐이었다. 거대한 진기를 막고 있던 둑에 금이 가는 소리가 '쾅쾅! 쩌적!' 하고 귓가에 울리는 듯했다.
'어, 이거 정말 위험한데…….'
피가 목구성에서 찰랑거리고 있는 느낌이었다.
'우와, 이런 느낌 처음인걸. 미끌미끌한데…… 비릿비릿하고…….'
상큼발랄한 기분하고는 하늘과 땅만큼 거리차가 있었다.
"운이 좋군, 직격을 피하다니."
아무리 연비라 해도 그 공격을 정면으로 당했다면 결코 무사할 수 없었을 것이다. 칠상흔의 진면목 중 일부를 본 느낌이었다.
확실히 이자는 강했다.

몸이 무겁다. 만 근의 거암이 머리꼭대기에서 내리누르는 것처럼 무거웠다. 이렇게 몸이 마음을 따라주지 않았던 적이 또 있었던가?
아마도 이번이 처음인 것 같다.
'과신했군.'
이렇게 쉽게 몸이 마음을 배신할 줄은 몰랐다. 언제나 몸은 내 마음의 명령에 따른다고 생각했는데……. 몸이 마음을 반영하는 데 약간의 시간차가 있었다. 찰나의 순간에 생사가 교차하는 전장에서 그것은 생사를 가르는 분기점이 될 수도 있었다. 그리고 좀 전에 연비는 그 분기점까지 갔다가 막 되돌아온 참이었다. 연비도 이제 인정해야만 했다.
멋지게 당했다는걸!
연비는 입 안에 머금고 있는 피가 뿜어져 나오지 않도록 애썼다. 하지만 가느다란 핏줄기가 입가를 타고 흘러내리는 것까지는 막지 못했다. 날뛰는 힘을 억지로 내리누르고 있는 제어력이 거의 한계에 다다르고 있었다.
"보아하니 너의 몸 상태도 정상은 아닌 듯하군. 초반부터 진기가 불안정한 상태였는데 지금은 더욱 극심해진 것으로 보인다. 내가 잘못 봤나?"

"아뇨, 잘 봤어요. 당장 온몸의 혈관이 터지지 않는 게 신기할 정도죠. 음…… 한마디로 표현하자면 몸 안에서 용암이 부글부글 끓고 있는 것 같은 느낌?"

"감당하지 못할 힘은 쓸모가 없을 뿐 아니라 해롭기까지 하지."

아무래도 칠상혼은 어느 정도 원인을 눈치 챈 것 같았다. 하지만 상대가 알든 모르든 연비는 상관없었다.

"충분히 해로워요, 지금까지만으로도."

"하지만 아직 쓰러지면 곤란하다. 이제부터 내가 얻은 십삼도를 보여 줄 차례니까. 아마 네가 마지막으로 보게 될 광경일 것이다."

그 말에는 깊은 자신감이 깔려 있었다. 오랜 시간 공을 들여 칼을 간 자에게서만 보여지는 그런 자신감이었다. 그는 자신의 모든 것을 다음 한 수에 담을 생각인 것이다. 연비는 거절하지 않았다.

"아름다운 광경으로 부탁해요. 내가 앞으로 살아가면서 보게 될 수많은 광경보다는 아름답지 않겠지만 말이에요."

"계집아이가 배짱이 대단하구나!"

사실은 아니지만, 뭐 굳이 대꾸할 필요성은 느끼지 않았다.

"그 말, 실수한 거예요."

그러나 연비는 왠지 기분이 무척 나빠졌다.

"글쎄, 과연 실수한 건 어느 쪽일까?"

"이거 고민되네요."

"항복할 건지 말 건지에 대한 건가?"

"아뇨, 그럴 리가요. 벗을 수 있느냐, 벗을 수 없느냐 그것이 문제로군요."

"버, 벗다니. 아무리 미인계를 쓰려 해도 소용없다!"
약간 얼굴을 붉히며 칠상혼이 사납게 외쳤다.
"응큼하긴. 역시 변태 맞군요."
"이 몸은 변태가 아니다!"
길길이 날뛰는 칠상혼은 무시한 채, 연비는 소매를 걷고 손목에 차여 있는 황금색 '봉황환(鳳凰環)'을 바라보았다. 원래는 두 개였지만 지금은 하나밖에 남지 않은 팔찌였다. 이것은 묵룡환이 너무 눈에 띄기 때문에, 그 위에 황금으로 얇게 도금을 한 다음 임시로 봉황을 조각해 놓은 물건이었다. 그러므로 백 근의 무게에 변함은 없었다.
그러나 고민은 있었다. 사부가 툭 던진 한마디 때문이었다.

"아참, 경고하는데 남은 묵룡환은 절대로 풀지 마라!"
"왜요?"
"죽.는.다."

사부가 묵룡환을 풀고 진기를 자극한 다음 해준 경고가 생각났다. 현재로서도 힘이 날뛰고 있는 상황에서 또 한 마리의 용을 풀어놓는 것은 그리 현명한 방법이 아니었다. 현재 그의 신체는 한 마리의 용만으로도 충분히 버거워하고 있었다.
'그러나……'
이대로 있으면 질 수도 있었다. 폭주된 힘과 십삼도가 부딪치면 잘해 봐야 양패구상이었다. 그다음 엉망진창이 된 몸으로 칠상혼의 칼을 받을 자신은 없었다.
"자, 이제 마무리를 지어야겠지."
칠상혼이 취한 자세는 분위기부터가 심상치 않았다. 연비 정도 되는 실력이면 상대의 기수식만으로도 앞으로 펼쳐질 초식의 위력을 감지할 수 있었다. 그것은 일종의 본능이었다. 지금 칠상혼은 그 존재 전체가 고요 속에 침참되어 있는 듯했다. 보다 큰 고요 속에서 더 큰 움직임이 나오는 법. 저 침묵의 고요가 품고 있는 초식의 위력을 가늠해야 했다. 이미 펼쳐진 다음에 감지하면 늦다. 누구나 다 할 수 있는 일이나 하고 있다가는 아무것도 이루지 못한 채 패배하기 딱 좋았다. 새로운 풍경은 아무에게나 자신을 보여주지 않는다. 남들보다 한 발짝 앞서 걷는 사람만이 남과는 다른 풍경을 볼 수 있는 법이다.

'풀까?'

지금 이 상황에서? 또 하나의 묵룡환을?

다른 때 같았으면 망설이지 않고 묵룡환을 풀었겠지만 지금은 좀 꺼려졌다. 다행히 지금 나예린은 대기실에서 쉬고 있는 상태였다. 은근슬쩍 푼다면 자신의 정체를 눈치 채는 사람은 없을 터였다.

그러나 그 힘을 지금의 자신이 감당할 수 있을지는 의문이었다. 확신이 부족했다. 그것은 곧 모험이 필요하다는 것이었다. 그리고 그 힘을 무사히 쓸 수 있다고 해서, 그걸 다 쓴 다음에 무사하리라는 보장이 없었다. 목숨을 건 도박이었다.

도박에서 가장 중요한 것 때와 운이었다.

연비는 천시의 흐름에 몸을 맡긴 채 때를 기다렸다. 자신의 모든 것을 쏟아 부을 때를.

마음이 가는 대로 몸을 움직인다.

다른 사람에게는 꿈에라도 오르고 싶은 경지였는지 모르겠지만 지금까지 비류연에게 있어서는 숨 쉬는 것처럼 당연한 것이었다. 사부를 다시 만나기 전까지는 말이다.

이제는 웃음이 날 지경이었다. 누군가를 한바탕 거하게 비웃어주지 않고서는 참을 수 없을 것 같았다. 그 누군가는 바로 자기 자신이었다.

억누르고 있던 힘이 깨어났다곤 하지만, 다른 누구의 힘도 아닌, 원래부터 자신 안 깊숙한 곳에 잠재되어 있던 힘이었다. 누군가에게 거저 받은 것도 아니었다. 그런데도 그걸 제어할 수 없다는 게 말이 되나?

물론 말이 된다. 몸은 잠깐만 정신을 놓아도, 마음과 생각과 계획에 상관 않고 제멋대로 굴기를 좋아한다. 그렇기 때문에 자제력을 길러 자재(自在)함을 얻기 위해 끊임없는 자기 연마와 단련이 필요한 것이다. 이런 수련법을 옛날에는 '경(敬)'이라 불렀던 모양이다.

언뜻 보면 어려워 보이지만 개념은 간단하다. 날이면 날마다 자기 자신이 누군지, 자기가 무엇이 되고 싶은지 상기하며, 그 일에 매진하게 만드는 것이다. 쉽게 말해 엄격한 자기 관리이다. 말은 쉽게 했지만 행하기는 무척 어렵다. 자기를 놓치는 순간 그 사람은 아무것도 아니게 된다는 것쯤 정도만 기억해 두자. 기억해 둔다 해도 잊어버렸을 때보다 나쁜 일은 결코 생기지 않는다. 고삐 풀린 육체는 끝없는 욕망과 본능에 따라 움직일 뿐이고, 육신을 잃은 정신은 빛을 잃고 퇴락할 뿐이다.

'자기 몸 하나 감당하지 못하면서 남을 이기겠다니……'

정말 이 상태로는 사부의 재수없는 비웃음을 흠뻑 받는다 해도 반박할 말이 없지 않은가. 그런 것은 별로 좋지 않았다. 어떻게든 해야 한다.

'어떻게?'

그것이 문제였다.

"안주하려면 안주해라. 따뜻한 요람 속에서 안주하면 얼마나 편하고 좋겠냐. 그게 바로 인생에서 패배하는 지름길이지. 제대로 실패하고 싶다면 이것보다 효과 만점인 방법도 따로 없거든."

사부가 지나가듯 해준 말이 문득 머릿속에 떠올랐다.

"자기 연마를 그만두고 가만히 멈춰 있으면 현상 유지는 될 것 같지? 그러나 틀렸어. 산을 올라가다 멈추면 그 순간 퇴락이 시작되지. 바로 그 순간이 뒤처지기 시작하는 순간이다. 올라가다 멈추면 그것이 바로 곧 추락이지. 남들은 다 올라가는데 가만히 서 있으면 어떻게 될까? 가만히 멈춰 있으면 격차는 계속해서 벌어지는 법이다. 올라갈 의지가 있는 놈은 발을 멈추는 법이 절대로 없거든. 그러니 길은 두 개뿐이야. 올라가거나 내려가거나. 어느 쪽을 선택하든 그건 네 자유다. 그러니 이거 하나만은 잊지 말거라. 중간은 없다는 것을."

나선(裸線)의 길에서 선택지는 둘뿐이다. 올라가거나 아니면 내려가거나. 안주는 있을 수 없다. 그 자리에 주저앉으면 뒤처질 뿐.
'여기까지 와서 다시 추락할 수는 없어!'
정상이 어디지 모르지만 반드시 도달해 주지. 분명 그 정상이 사부의 봉우리를 넘은 다음에 있을 것이다. 지금은 사부의 그림자에 가려 보이지 않지만, 언제가 반드시 그곳을 밟고 말리라! 그곳에서 사부의 머리 가마를 내려다본다면 분명 무척이나 기쁘겠지. 그러니 여기서 태평하게 지고 있을 순 없었다.
'반드시 이긴다!'
비록 그것이 목숨을 건 도박이 된다 해도.
척! 연비는 현천은린의 우산대 끝에 손을 올려놓았다.
스르릉!
우산대에서 맑은 소리를 울리며 뽑혀 나온 그것은, 밤하늘처럼 어두운

묵광(墨光)을 띤 채 날카롭게 빛나는 신체 위에 머리카락처럼 가느다란 은사가 화려한 파문을 그리며 새겨져 있었다.

마치 하나의 우아한 예술품처럼 느껴지는 그것은 바로 '검(劍)'이었다.

한계, 그 너머
―비뢰문에 검법은 없나요?

"사부, 검법 하나만 가르쳐 줘요."
"검법? 대낮에 잠꼬대를 다 하는구나. 그런 게 있을 리가 없잖냐, 바보 제자야?"
"없어요?"
"없다."
"숨겨진 검법, 비장의 한 수, 그런 거 없어요? 에이, 시시해."
"시시하다고? 비뢰도만 있으면 충분한데, 검법 같은 거 배워서 뭐 하려고? 무라도 썰 셈이냐? 도통 이해할 수가 없구나."
"혹시 비뢰도가 없어지거나 도둑맞거나 그럴 수도 있잖아요. 그럴 때 검밖에 없으면 검법을 써야 하는데, 아는 검법이 없으면 못 쓰잖아요."
"던지면 되잖아."
사부의 대답은 간단했다.
"멋이 없잖아요."

"이기면 장땡이지 멋이 밥 먹여주는 줄 아느냐? 그리고 비뢰도를 도둑 맞아? 그땐 그냥 죽어. 사문의 비보를 뺏긴 놈이 뭣하러 사느냐? 낯짝도 두껍구나."

"우우, 정말 매정하시네요. 진짜 사부 맞아요?"

"확인해 볼 테냐?"

사부가 주먹을 들어 올리며 물었다.

"아뇨, 확실히 사부 맞는 것 같네요."

사부는 수염을 잠시 쓰다듬으며 생각에 잠기더니 말했다.

"흠, 그러고 보니 없는 건 아니지. 검법 말이다."

"아깐 없다면서요?"

"비뢰문 무공 중에는 없지."

"그럼 타 문파의 무공인가요? 옆집 아미파 같은?"

"아니. 거기 것보다는 좀 더 세지. 시전자에 능력에 따라 다르긴 하지만."

"대체 무슨 검법인데요?"

"연습용."

"연습용이요?"

"그래, 연습용. 마침 얘기가 나왔으니 보여주마. 어차피 넘어야 할 산이니까. 슬슬 그런 단계이기도 하고."

그리고는 옆에 있는 나무 가지를 툭 꺾은 다음 대충 다듬어 손에 쥐고는 말했다.

"자, 못 피하면 죽으니깐 조심해라."

말은 설렁설렁했지만, 진심이었다. 하지만 이건 너무 급작스럽다.

"자, 잠깐만요. 좀 전에 연습용이라면서요?"

"그래, 연습용 맞잖아. 자, 수련 방법은 간단하다. 노부가 어떤 검법을 펼친다. 너는 비뢰도를 써서 그 초식을 막는다. 어때, 간단하지?"

"음, 듣고 보니 간단하네요."

하지만 뭔가가 계속 마음에 걸린다. 불길하다.

"그래, 하지만 미리 말해두는데, 지금까지 배운 것만으로 이거 못 막을 거다."

"자, 잠깐만요. 그럼 나보고 죽으라고요? 이 아까운 제자 목숨 하나 사라지는 거라고요."

"왜? 딱 한 가지 방법이 있지."

"그게 뭔데요?"

"새로운 오의를 터득하면 된다. 노부가 펼친 검법을 파훼할 수 있는 새로운 오의 말이다. 지금까지 배운 걸 토대로 말야. 어때? 간단하지?"

"가, 간단하긴 개뿔이 간단합니까."

"간단해. 제자야, 넌 할 수 있다! 걱정 마라."

"전혀 할 수 있을 거라고 믿지 않는 표정으로 그런 소리 하지 마세요."

"문답무용!"

"그, 그런 말도 안 되는!"

"자, 그럼 간다."

"자, 잠깐! 정지! 멈춤! 안 돼에에에에에에!"

그리고 소년은 암흑에 뒤덮였다.

* * *

"그땐 정말 죽을 뻔했었지."

그땐 정말, 저 멀리 펼쳐진 꽃밭과 맑은 강이 흐르고 있는 것을 보았던 듯한 기분이 든다. 다행히 살아났지만 말이다. 그리고 그 후로도 여러 번 죽을 위기에 처했다. 단 한 번에 새로운 오의를 만들어내는 게 가능할 리 없었다. 하지만 사부는 가능하다고 했고, 정말 그게 가능할 때까지 제자를 몰아붙였다.

'아직까지 살아 있는 게 신기하군.'

그래도 어쨌든 살았고, 그 지긋지긋한 오의들도 터득하게 되었다. 극한에 몰리면 무슨 일이든 할 수 있는 모양이었다. 그의 교육관은 사부로 물려받았을 가능성이 컸다.

연비는 검을 들어 칠상흔을 겨누었다. 사부에게 엄청 당하면서 자연스럽게 배워진 검법, 원래는 비뢰도의 상급 오의를 터득시키기 위한 수단으로 만들어진 검법을 펼치기 위해서. 사부로부터 유일하게 배운 검법이었다.

칠상흔 역시 검을 든 연비의 기세가 심상치 않음을 느꼈다. 초짜의 자세가 아니었다. 검을 오래 들어본 것 같은 자연스러움이 있었다. 적어도 좀 전에 우산을 휘두를 때보다는 훨씬 더 자연스럽고 깊이가 있었다.

칠상흔도 진심으로 부딪치기로 했다. 그동안의 성과를 시험해 보고 싶은 마음도 솔직히 있었다. 그러기 위해서 저 연비라 불리는 이만큼 적절한 상대도 없었다. 남자니 여자니 하는 건 지금 그에게 아무런 상관도 없었다. 저 실력은 진짜였다.

"슬슬 끝을 내야겠군요."

"동감이다."

이제 서로 마지막 한 수밖에 남지 않았다는 것을 두 사람 모두 알고 있었다. 연비로서도 이렇게 자신을 한계까지 몰아붙인 자를 만난 것은 정말 오래간만의 일이었다.

두 사람은 아무 말도 하지 않았다. 이제 말이 필요한 단계가 아니었다. 두 사람은 서로가 무엇을 할지 축적된 경험과 본능을 통해 알고 있었다.

'마지막 일도!'

'모든 것을 쏟아 부은 최후의 일도.'

'그 일도를 휘두르는 날, 나는 나를 뛰어넘는다!'

'나는 새로운 나가 되는 것이다.'

'그때의 나는 더 이상 '도망자'가 아니다!'

'잃어버렸던 나를 오늘에서야 다시 찾는다!'

칠상흔은 자신이 과거 속에 묻어두고 잊으려 노력했던 두 자루의 쌍도를 힘차게 움켜잡았다. 칼자루를 타고 보이지 않는 힘이 사지백해로 뻗어가고 있는 듯했다.

'이렇게 내가 나 자신에게 충실한 적이 있었던가?'

지난 구 년 동안 내내 한 번도 느껴보지 못했던 감각, 지금 나라는 존재가 이곳에 굳건하게 뿌리내리고 있다는 강한 확신이 그의 전신을 지배하고 있었다.

'그래, 이것이 바로 나다!'

이 두 자루의 칼이야말로 내가 누구인지 가장 확실하게 말해줄 수 있는 증거였다. 그런데 그동안 그것들을 관 속에 처박아둔 채 못까지 박아놨으니 이 얼마나 어리석은 일인가. 수년간 자신은 껍데기만으로 살아왔던 것이다. 지금 이 순간, 쌍칼을 다시 잡음으로써 비로소 영혼이 돌아온 듯했다.

"감사한다, 다시 나의 과거와 맞닥뜨리게 해준 것에 대해."

"별말씀을."

"보답으로 무림 최강의 도법을 보여주마."

"최강의 도법은 만날 봐서 지겨운데."

칠상흔은 연비의 말을 전혀 듣고 있지 않았다.

"넌 절대 이 일도를 막을 수 없다."

쌍도를 들고 자세를 취하며 칠상혼이 말했다.
"그거야 해봐야 아는 거죠."
그러자 칠상혼이 고개를 가로저으며 말했다.
"해볼 필요 없다, 이건 그런 초식이니까."
칠상혼은 진심으로 그렇게 생각하고 있었다. 그는 모든 준비를 마쳤다. 그의 육체와 정신은 오직 하나의 도법을 펼치기 위해 맞추어져 있었다.

'때가 되었군.'

연비는 심호흡을 한번 했다. 이제 자신은 생사의 경계에서 아슬아슬한 줄타기를 할 예정이었다. 이 앞은 그 역시도 가보지 못한 곳이었다. 왜냐하면 그곳은 한계 너머에 있는 곳이니까. 그 끝에 기다리고 있는 것이 죽음인지 혹은 삶인지는 지금으로서는 알 수 없었다.

'자, 그럼 가볼까!'

연비의 호안석 같은 눈동자에서 검은빛이 사라지며 황금빛 태양처럼 빛나기 시작했다.

슈우우욱.

순간 연비 주위로 흙먼지가 일어나며 그 몸을 감추었다. 앞으로 벌어질 일을 관중들에게 보이지 않게 하기 위해서였다.

철컹!

마침내 연비의 오른 손목에 차여 있던 봉황환이 묵직한 쇳소리를 내며 열렸다. 그리고는,

쿵!

이내 무게를 이기지 못하고 땅에 떨어졌다.

두근! 쿵쾅! 쿵쾅! 쿵쾅! 두근! 쿵쾅! 쿵쾅! 쿵쾅!

"……!"

소리없는 비명이 터져 나왔다. 봉황환이 풀리는 순간, 연비는 하마터면 기절할 뻔했다. 온몸이 갈기갈기 찢겨져 나가는 것 같았다. 겨우겨우 막고 있던 힘이 사지백해로 쏟아져 들어갔다. 그 힘은 거칠고 사나웠다. 상냥함이라고는 찾아볼 수 없는 그 힘에, 온몸의 근육과 혈관이 비명을 질러댔다. 그 힘을 견디지 못하고 산산조각 날 것 같았다. 눈앞이 새빨갛게 변했다. 심장이 미친 듯이 쿵쾅쿵쾅 요동쳤다. 금세라도 폭발할 것 같다. 참을 수 없는 고통이 전신을 신경을 씹어 삼키고 있었다. 온몸이 미친 듯이 부르르 떨렸다.

'으아아아아아아아아아아아아!'

거대한 폭포 아래에 힘없이 서 있는 초라한 인간이 된 듯한 기분이었다. 장강의 세찬 흐름에 휩쓸린 한 잎의 나뭇잎 같기도 했다.

붉은 시계(視界) 속에서 칠상혼이 입술이 움직인다. 그러나 움직이는 모양만 보일 뿐 소리는 들리지 않는다. 청각이 날아갔다. 뭐라고 대답을 해야 하는데……. 어느새 혀가 마비되어 있다. 비명을 지르고 싶어도 목소리가 나오지 않는다.

그저 뚝문을 연 것뿐인데, 그것만으로도 죽을 것 같은 고통이 밀려오고 있었다. 아직 사지가 뜯겨져 나가지 않고 붙어 있는 게 더 신기했다.

'역, 시…… 미… 친, 짓…… 이었네.'

자조의 쓴웃음이라도 짓고 싶었지만, 그것마저도 마음대로 되지 않았다. 칼날 같은 야수의 발톱이 몸 구석구석을 누비며 찢어발기는 듯했다.

'이미…… 돌이…… 킬 수…… 는…… 없어.'

살아남으려면 다른 수단을 찾아야 했다. 이 세찬 격랑이 그의 존재를 말살시키기 전에. 가루 하나 남기지 않기 전에.

거스르지 말자.

이 흐름에……

거스른다고 해서 막을 수 있는 시점은 이미 지났다. 막으려 하면 모래성처럼 허물어질 뿐.

연비는 흐름에 거스르지 않고 그 흐름에 몸을 맡겼다. 그리고는 더 잘 흐를 수 있도록 길을 만들어주었다. 그러자 가로막혀 있던 것들이 격랑에 부딪쳐 차례차례로 부서져 나갔다. 그럴 때마다 격렬한 고통이 연비를 괴롭혔다. 그리고 마침내 그 흐름은 뇌에 이르렀다.

쾅!

머릿속에서 뭔가가 폭발했다.

그리고 연비는 기나긴 암흑 속에 내동댕이쳐졌다.

감각도 공간도 시간도 그 안에서 사라졌다.

그리고…… 영겁의 시간이 흘렀다.

시간과 공간이 없는 세계에서 연비는 눈을 떴다. 아직 하늘에서는 해가 걸려 있었다. 그리고 놀랍게도 자신은 아직 죽지 않고 살아 있었다.

저장된 물이 아무리 많다 해도 그것에는 한계가 있었다. 미칠 듯하던 격랑도 어느 시간이 지나자 점점 유속이 느려지더니 어느덧 대하가 되어 유유히 흐르고 있었다. 여전히 강대한 흐름이었지만, 예전처럼 장마철 불어난 강물처럼 미친 듯한 격랑은 아니었다.

'그런데 그게 언젯적 이야기지?'

시간 개념이 뒤죽박죽이었다.

'좀 전에 무슨 일이 있었던 걸까? 난 뭘 보고 뭘 느꼈지?'

기억이 엉킨 실타래처럼 뒤죽박죽이었다.

'도대체 좀 전에 나한테 무슨 일이 일어났던 거지?'

잘 이해할 수 없었다. 말로 설명해 보려 해도 잘되지 않았다. 하지만 뭔가 일어났다는 사실만은 불변이었다.

손가락을 움직여 보았다.

움직였다!

이번엔 발가락을 움직여 보았다.

움직였다.

시선을 든다.

들렸다.

아직 칠상혼은 공격하지 않고 그 자세 그대로였다.

'왜 아직도 공격을 하지 않고 있을까? 시간은 충분했을 텐데?'

그러나 그의 자세와 기세로 보아 그렇게 오랜 시간이 흐른 것도 아닌 것 같았다.

'마치 영겁의 시간이 흐른 듯했는데······.'

이 세계에서의 시간은 거의 정지해 있었던 모양이다.

참 얄궂은 일이었다. 하긴 그나마 다행이라면 다행이었다. 폭발적인 진기와 대치하는 도중에 공격당했다면 결코 무사할 수 없었을 테니까 말이다.

마침내 칠상혼의 도가 뻗었다. 그것은 매우 느려 보였다. 어떤 변화도 없는 듯했다. 이거라면 쉽게 피할 수 있을 것 같았다. 그러나 이상했다. 회피를 위해 몸을 분명히 움직이고 있는데 자신과 도의 사이는 똑같았다. 아니, 좀 전보다 더 가까워진 듯했다. 분명 피했다고 생각했는데 거리에는 변함이 없었다. 천천히 다가오는 칼끝에서 어떤 변화도 감지되지 않고 있었다. 칼날이 집요하게 쫓아오고 있는 그런 느낌이었다. 절대로 떨쳐 버릴 수 없는 유령 같았다.

'이건!'

그제야 연비는 자신의 목숨을 노리며 날아오는 도가 무엇인지 깨달았다.

'심검(心劍)이다! 틀림없어.'

아니, 이 경우는 칼로 펼쳤으니 '심도(心刀)'라 해야 옳았다.

'잡았다!'

라고 칠상흔이 쾌재를 올린 순간, 불쑥 튀어나온 칠흑의 검이 도의 궤도를 가로막았다.

흠칫 놀란 칠상흔이 연비를 바라보았다. 연비의 눈동자가 기묘한 황금빛으로 빛나고 있었다.

"이 정도로 끝이라고 생각하시면 섭하죠."

"무슨 방법이라도 있느냐?"

"눈에는 눈, 이에는 이, 심검에는 심검. 뭐, 그런 거죠."

아름다운 은빛 문양이 수놓아진 흑검이 다가오는 칠상흔의 도를 향해 정면으로 뻗었다.

검극과 도극이 티끌보다 작은 한 점에서 부딪쳤다.

거의 일어날 수 없는 일이 일어난 것이다.

"말도 안 돼!"

그러자 연비가 대답했다.

"말 돼요."

'사부한테 속은 것을 안 것은 언제였을까?'

한 열두 번 정도 내리 당하고 난 이후였던 것 같다.

"싸부, 날 속였죠!"

사부의 검법은 검법이면서 검법이 아니었다.

그 수련은 대 심검용 수련이었다. 그러니 딱히 형태가 있는 초식이 있을 리 없었다. 마음 가는 대로 검이 가는 것이 바로 심검의 경지 아닌가. 결과만 생각하면, 몸이 자동적으로 그 과정을 찾아내는 경지라고도 할 수 있다. 정확하게는 무의식이겠지. 그러니 일반적인 초식을 위력을 강화하는 것으로 그 검초를 깨는 게 가능할 리가 없었다. 이름이 없는 그 검법은 형태가 없었다. 그러나 그런 만큼 자유자재했다.

기술을 보다 복잡하게 만드는 것으로 그 검법을 깨는 것은 불가능했다. 그 검법을 깨기 위해서는 하나의 경지를 더 넘어서야 했다. 그래야 비로소 그 경지를 깨뜨릴 수 있었다.

마음 가는 대로 펼쳐지는 검법을 깨뜨리기 위해서는, 마음 가는 대로 자유자재로 비뢰도를 펼치는 수밖에 없었다. 동일한 경지일 경우 다른 변수가 승패를 좌우한다. 그것은 바로 순수한 힘이었다.

무명검(無名劍).

그것이 바로 지금 연비가 펼치고 있는 검법이었다. 이 검법에는 이름이 없다. 필요없었기 때문이다. 비뢰도라는 비전이 전해지는 비뢰문에 이 검법이 이름을 올릴 자리는 없었다. 하지만 다른 이유로 이 검법은 필요했다. 그러나 끝내 이 검법에 이름을 짓는 사람은 아무도 없었다. 그러나 보다 상승의 과정으로 나아가기 위해 꼭 필요불가결한 요소이기도 했다.

무명검.

그것은 심검이라는 단계를 뛰어넘기 위해 마련된 수련이었다.

생사의 경계에서 두 사람이 격돌했다. 어마어마한 충격이 사방을 휩쓸었다. 얼마나 강력한지 주위의 돌멩이와 흙이 발생하는 여파에 의해 위로 쓸려 올라갔다. 그리고 승부의 행방을 감추어 버렸다.

관중들은 당황했다. 야유를 퍼붓는 이도 있었다. 가장 중요한 순간을 보지 못한다는 게 말이 안 된다고 외쳤다. 하지만 그런 항의에도 흙먼지는 좀처럼 가라앉을 생각을 않고 있었다. 관중들은 그저 손에 땀을 쥔 채 기다릴 수밖에 없었다.

'이럴 리 없어! 이럴 리 없어! 이럴 리 없어! 이럴 리 없어!'

'말도 안 돼! 말도 안 돼! 말도 안 돼! 말도 안 돼! 말도 안 돼!'

자신하던 마지막 일도가 연비에게 가로막히자 칠상흔의 마음 한구석에서 불신이 싹터올랐다. 그가 펼친 경지는 분명 심도의 경지지만, 이제는 그 심도에 잡생각이 끼어 있었다. 마음 한구석에서 싹튼 불안감이 검은 먹물처럼 그의 마음 전체를 좀먹었다. 마지막 일도에 대한 확신은 이 순간 깨어지고 말았다.

그는 더 이상 자신의 도초에 확신을 가지지 못했다. 아직 미완성일지도 모른다는 의혹이 생겨났다. 그 의혹은 거대한 암흑이 되어 그의 도초를 집어삼켰다. 그러자 자연 도법의 자연스러운 흐름이 뚝 끊기고 말았다.

마음을 비우고 확신을 가져야 하는데 그러지 못했다. 거기에서 차이가 발생했다. 의연히 빛나는 연비의 황금색 눈동자가 칠상흔의 흔들리는 눈동자를 정면으로 향했다.

"믿음이 깨졌군요. 그렇다면 이 승부, 내가 가져가겠어요!"

무명검(無名劍) 오의(奧義).

묵뢰살(墨雷殺).

연비의 검이 흑과 은이 섞인 뇌광이 되어 칠상흔을 향해 쏟아졌다. 불신이 깃든 그의 쌍도는 이 절초를 막아내지 못했다.

그는 폭우처럼 쏟아지는 흑과 은의 뇌전 속에 그대로 삼켜져 버렸다.

우승의 행방
—생각지도 못한 암습

왈칵!

연비는 참지 못하고 피를 한 사발쯤 토해냈다. 투기장의 흙바닥이 피로 물들었다.

'이렇게 피를 토해본 게 얼마만이지?'

기억도 가물가물했다.

'이기긴 이긴 건가?'

손가락 까딱할 힘 하나도 남아 있지 않았다. 몸이 너덜너덜한 넝마 조각이 된 것 같은 느낌이었다. 지금 공격당했다가는 바로 끝장날 듯했다. 그래서 칠상혼의 모습을 찾았다. 일단 앞에도 없고 좌우 옆에도 없었다.

몸 안의 기혈이 뒤엉키고, 피를 한 사발 토해냈고, 신경이 불에 타고, 사지가 찢어지는 듯 고통에 시달렸지만, 어쨌든 마지막에 서 있는 사람은 연비 자신이었다. 아직도 서 있을 수 있다는 사실이 놀라울 뿐이었지만.

"죽여라! 죽여라! 죽여라! 죽여라!"

"살(殺)! 살(殺)! 살(殺)! 살(殺)! 살(殺)!"

혈염제 칠상흔의 몸에서 피가 분수처럼 뿜어져 나오자 장내의 흥분은 최고조에 달했다.

"닥쳐!"

연비가 일갈했다. 원통투기장이 쩌렁쩌렁 울릴 정도의 목소리였다. 순간 장내가 쥐 죽은 듯 조용해졌다. 연비의 전신에서 뿜어져 나오는 묘한 박력이 수천 명의 군중을 압도하고 있었다.

"이게 장난인 줄 알아? 내가 왜 너희들의 재미를 위해 살인자가 돼야 하지? 이런 게 재미있나? 물론 재미있겠지. 하지만 난 죽일 생각 없어! 승자는 나야. 너희들이 아니고! 그러니 참견하지 마! 이자를 죽일지 살릴지는 내가 결정하니까! 불만있으면 여기로 나와. 그럼 상대해 주지. 지금 조금 피곤하긴 하지만, 아직 바보들을 훈계해 줄 정도의 힘은 남아 있거든. 그럴 용기가 없으면 거기에 찌그러져 있어! 죽이네 살리네 떠벌리지 말고. 이의있나?"

조용했다. 정말 조용했다. 저런 미녀의 입에서 나온 말이라고는 생각할 수도 없는 폭언이었지만, 충격 탓인지 아무도 말을 내뱉지 못했다.

"이의없나 보군요? 그럼 승자 선언을 해줘도 될 것 같은데요, 젊은 해설자 씨?"

연비의 시선이 수십 장의 거리를 넘어 유진에 꽂혔다. 그제야 퍼뜩 정신을 차린 유진이 목청껏 외쳤다.

"드디어 승자가 결정되었습니다! 겉은 아름답지만 입은 험한 분입니다. 하지만 멋진 분이군요. 아무도 이의를 제기하지 못하겠지요. 왜냐하면 그녀는 바로 승자니까요. 자, 모두 승자에게 박수를, 승자에게 경의를, 승자에게 영광을! 그리고 승자에게 돈을! 삼십만 냥 대회 우승자! 연비! 우승 조! 미소저 연대!"
"와아아아아아!"
순간 고요하던 군중들 사이에서 일제히 함성이 터져 나왔다. 아가씨 멋져, 최고다! 나랑 사겨줘! 내 뺨을 날려줘. 난 궁둥짝. 등등등의 말이 여기저기서 쏟아져 나왔다. 그러나 연비는 어느 말에도 신경 쓰지 않았다. 피곤했다.
미성공자 유진이 흥분해서 소리쳤다.
"드디어, 드디어 그날이 오고야 말았습니다! 무패를 자랑하던 투기장의 제왕 혈염제 칠상흔이 패했습니다!"
연비는 환호에 답하며 손을 번쩍 들어 올렸다. 쏟아지는 환호를 받으며 연비는 속으로 외쳤다.
'봤어요? 이 망할 사부! 난 안 죽었다고요!'
그 마음속의 외침 그대로 연비는 멋지게 살아남았다.
'자, 그럼 이제 이 사람을 어떡한다?'

*   *   *

그때 기절한 칠상흔의 몸을 옮기려고 투기장 측에서 건장한 체구의 사내 하나와 나약한 인상의 사내 하나가 들것을 들고 달려왔다. 막 칠상흔의 몸을 실으려는 그들의 손길을 연비가 막았다.
"잠깐!"
무슨 일이냐는 표정으로 두 명의 사내가 돌아보았다. 어딜 봐도 의원이나 의생 같지는 않았다. 그렇다고 단순한 힘꾼 같지도 아니었다. 불끈 솟은 태양혈만 봐도 알 수 있듯이 두 사람은 무공을 익힌 사람들이었다, 그것도 상당한 수준의. 그리고 두 사람 모두 중지에 반지를 끼고 있었다.

그다지 특색있는 반지는 아니어서 그들의 소속은 나타내 주지는 못하고 있었지만.

"무슨 분부라도 계십니까, 소저?"

두 사람 중 눈썹 위에 상처가 있는 건장한 사내가 물었다.

"그 사람을 우리 쪽으로 데려가겠어요. 용건이 좀 있거든요. 그러니깐 두 사람은 신경 쓸 필요 없어요."

"그건 좀 곤란합니다. 이 사람은 지금 부상을 입었으니 당장 의무실로 데려가서 치료해야 합니다."

허드레 일꾼 주제에 꽤나 언변이 유창했다. 게다가 배짱까지.

"싫. 다. 면?"

한 음절 한 음절 조용하지만 위압적인 무게를 그 위에 실어 말했다. 역시 수련한 자들답게 연비가 발산한 짙은 살기를 민감하게 느낀 모양이었다.

"하, 하지만……."

연비는 웃고 있었다. 하지만 그것은 마치 검은 표범의 으르렁거림처럼 보였다.

"설마 이겼는데 데리고 가서 튀겨 먹기라도 하겠어요? 그냥 무공에 관해 이야기나 한번 나눠보고 싶을 뿐이에요. 과거의 유명했던 사람이라고도 하고. 이 대회에서 우승한 사람에게 그 정도 편의는 봐줄 수 있다고 생각하는데?"

여기서 일개 들것꾼들이 대회 우승자의 체면을 깎아내릴 수는 없는 노릇이었다. 그들은 마지못해 고개를 끄덕였다.

"알겠습니다. 그렇게 하시지요. 하지만 한 시진이 넘도록 깨어나지 않으면 의원에게 보여야 하니 그때는 저희들이 데려가도 괜찮겠습니까?"

"물론, 그렇게 해도 좋아요."

연비가 싱긋 웃으며 말했다.
"좋습니다. 그럼 저희들이 대기실까지 모셔다 드리겠습니다."
 말귀는 알아먹는지 두 사람 모두 더 이상 반항하지 않고 칠상혼을 들 것에 옮기려 했다.
"잠깐! 멈춰!"
 말이 끝나기도 전에 연비는 검은 질풍이 되어 두 사내를 향해 휘몰아쳤다. 무시무시한 속도로 움직인 연비가 한 손으로 건장한 사내의 오른팔을 낚아채더니 사정없이 뒤로 잡아 뽑았다. 그 사내의 관절에서 으드드득, 괴상한 소리가 울려 퍼지자 사내는 끔찍한 비명을 내질렀다.
"왜, 왜 그러십니까, 소, 소저?"
 나약해 보이는 남자가 식겁해서 벌벌 떨며 두려움에 가득 찬 목소리로 더듬거렸다.
"왜냐고? 물론 이것 때문이지."
 연비는 싱긋 웃으며 그 나약해 보이는 남자 앞에 오른 손바닥을 내보였다.
"헉! 그, 그것은!"
 나약사내가 깜짝 놀라 외쳤다. 사내의 중지 가운데에 뾰족하고 날카로운 침이 솟아나 있었다. 그 바늘은 사내가 중지에 끼고 있던 반지의 뒷면에 달려 있었다.
"요즘 들것꾼들은 희한한 걸 손가락에 끼고 다니는군요."
 반지의 침은 살을 찌르면 내부에서 약물이 분출되는 방식인 것 같았다. 바르는 것만으로는 큰 효과를 볼 수 없기 때문에 좀 더 많은 양을 투여하기 위해 만든 구조였다.
"이럴 줄 알았지. 너무 호화로운 들것꾼이라 생각하고 있었거든."
 마치 예상했다는 투였다.

"어, 어떻게?"

"아무런 표식도 없는 반지를 끼고 다닐 상판으로 보이지 않았거든. 게다가 나르려고 온 사람치고는 지나치게 고수야."

여기서의 고수는 어디까지나 일반 들것꾼과 비교했을 때 상대적인 고수를 의미했다.

연비는 사내가 손가락에 끼고 있는 반지를 유심히 살펴보았다.

"이 반지 안에 들어 있는 건 뭘까? 정말 궁금하네. 독? 아니아니, 그쪽도 들을 이야기가 있는 것 같으니깐 강력한 수면약이겠군요. 흐흠, 갑자기 깨어나면 골치 아프니 미리미리 재워놓자는 계획이었나요? 아냐아냐, 역시 입막음을 위해서 독인 게 분명해."

"아, 아니 이, 이건 그저 수면제일 뿐입니다."

"에이, 거짓말."

우두둑!

쓸데없는 변명을 하려길래 다시 한 번 팔을 비틀었다.

"저, 정말입니다."

"그래, 그럼 시험해 보면 되겠네. 찔러서 안 죽으면 수면제가 맞는 거겠지."

"죄, 죄송합니다. 죄송합니다. 죄송합니다."

그제야 나약한 얼굴의 사내가 쉴 새 없이 고개를 숙였다.

"몰랐습니다, 참말로 몰랐습니다. 정말로 몰랐습니다. 전 아무것도 모릅니다. 정말입니다."

사내는 수십 번 고개를 숙이며 사과했다. 연비는 그의 사과에 별로 관심이 없었다.

"뭐, 됐어요."

그리고는 낚아챈 사내를 심문하기 위해 고개를 돌렸다. 그러자 연비의 등이 완전히 무방비 상태가 되었다. 그 순간 고개를 직각으로 숙이고 있던 사내의 눈빛이 날카롭게 번뜩였다. 동시에 그의 몸이 날랜 늑대처럼 움직였다. 연비를 향해 쏘아가는 그의 손엔 어느새 소매에서 튀어나온 단검이 들려 있었다. 매우 숙련되고 군더더기없이 깔끔한 솜씨는 지금껏 이 방법으로 수많은 목숨을 빼앗았다는 사실을 알려주고 있었다. 이 암습에는 망설임이 없었다. 너무나 깔끔하고 자연스러운 암습이라 대다수의 관중들은 이 암습을 눈치 채지 못했다. 소수의 절정고수들만이 이 광경을 목격할 수 있었다. 그리고 그들은 또 한 번 탄성을 터뜨렸다.

연비의 등을 노렸던 단검은 연비의 등에서 손가락 하나 정도 떨어진 거리에 정지해 있었다. 두 개의 손가락이 단검을 날을 막고 있었다. 나약한 사내를 잡고 있지 않은 나머지 손이었다. 그것도 뒤도 돌아보지 않은 채 날아오는 칼날을 손가락 두 개만으로 잡아챈 것이다.

연비는 고개를 살짝 돌려 공포에 질려 있는 나약사내를 바라보았다. 그리고 싱긋 웃었다. 어떤 이에겐 사신의 미소처럼 보이는 그런 미소였다. 단검의 날이 반 토막으로 부러졌다. 연비의 입가에 맺힌 미소가 더욱 짙어졌다.

아마 이 들것꾼 나름대로 본능적인 반응이었을 것이다. 눈에 띄게 피로해 보이고 피까지 한 사발 쏟았으니 승산이 있어 보였는지도 모른다. 그러나 그것은 크나큰 착각이었다. 아무리 지치고 힘겹다 해도 연비는 이 거대한 비무대회의 우승자였다. 어지간한 고수라 해도 암습해서 성공할 수 있을 거라 생각하면 곤란했다. 명령을 내리는 자가 이 상황까지 고려했다면 절대로 어떤 수상쩍은 움직임도 보이지 말라고 했을 터였다. 그러나 이 상황은 예상 밖의 상황이었고, 여기까지 명령을 내리지는 않았을 것이다. 이건 한 사내의 임기응변이었고, 그것은 명백한 실패였다.

연비는 이놈들을 떡이 되도록 팰까 하다가 그만두었다. 사실 그렇게 만들까도 생각했지만, 너무 피곤했다. 지금은 쉬고 싶었고, 이런 비겁자들을 위해 손가락 하나 까딱하고 싶지 않았다. 칠상혼에겐 뭔가 비밀이 있다. 본인은 숨기고 싶어하고, 남은 알고 싶어하는 비밀이. 그는 그의 정체 이상의 것을 숨기고 있었다. 이제 그의 정체가 알려졌다. 까발린 것은 연비 본인이었다. 그리고 그의 입을 막거나 비밀을 캐내고 싶어하는 조직, 혹은 조직들이 벌써 움직이고 있었다.

"끄흐흑."

두 사내는 비명만 내지를 뿐 그 어떤 대답도 하지 않았다.

연비는 두 사람의 오른팔 관절을 가볍게 비틀어 뽑은 다음 각자의 오른손으로 서로의 뺨을 한 대씩 쳤다. 당연히 반지의 날카로운 바늘이 그들의 뺨을 꿰뚫고 약액을 분출했다. 두 사람은 비명을 질렀고, 그리고 곧바로 쓰러졌다. 확실히 효과 하나는 끝내줬다. 그러나 죽은 건 아니었다. 그들은 그대로 잠들어 있었다. 그 모습을 보곤 연비가 한마디 했다.

"쳇, 독이 아니라 수면제였나 보네."

연비는 쓰러진 칠상혼을 어깨에 둘러멘 다음 천천히 반대쪽 대기실을 향해 걸어갔다. 지금 자신의 대기실에서 나예린이 쉬고 있었다. 그녀의 휴식을 방해하고 싶지 않았다. 그렇다고 칠상혼한테서 눈을 뗄 수도 없었다. 납치나 입막음을 하려고 사람들이 잔뜩 줄서 있을 테니 말이다. 그래서 할 수 없이 연비는 칠상혼을 들쳐 업고 그의 대기실로 향할 수밖에 없었다. 예상이 맞다면 그곳엔 이미 누군가가 기다리고 있을 터였다.

연비의 예상은 하나는 맞고 하나는 틀렸다. 아니, 하나만 맞추고 둘은 예상치 못했다는 게 더 정확할지도 모른다. 칠상혼의 대기실에는 이미 혁중노인이 기다리고 있었다. 여기까지는 예상한 바였다. 연비의 눈이 재빨리 혁중노인의 뒤편으로 돌아갔다.

"영감님, 저분들은……."

"응? 소개시켜 줄 필요는 없겠지? 얼마 전에 투닥투닥 사이좋게 싸워 본 사이니까."

혁중노인의 존재까지는 예상했지만 설마 장인, 장모까지 함께 기다리고 있을 줄은 꿈에도 몰랐다. 본인들한테 그런 소릴 하면 미친 것 아니냐고 길길이 날뛸 테지만 말이다.

"우승을 축하하네."

나백천이 먼저 축하의 말을 건넸다.

"또 만났구나."

부인인 예청의 목소리는 여전히 차가웠다.

"어흠, 저 그건 그렇고 대형, 이 녀석이 정말 그 녀석 맞습니까? 변해도 너무 변했지 않습니까?"

"그럼, 맞고말고. 자넨 그럼 내가 제자 하나 못 알아볼 것 같나? 제자라고 꼴랑 몇 명 있었다고 그걸 까먹겠나. 노부가 치매에 걸리려면 아직 멀었네. 그건 그렇고, 의식은 돌아왔나?"

"아직이요."

"하긴 이 젊은 처자가 어지간히 두들겨 패놨어야 말이지."

혁중노인이 기절해 있는 칠상혼의 처참한 몰골을 보며 혀를 찼다.

"약속대로 숨은 확실히 붙여놨잖아요. 불평하지 마세요. 조건은 같았어요. 나도 하마터면 죽을 뻔했다고요."

살려서 이곳까지 데려온 것만으로 자신의 역할은 끝이었다. 그 이외의 일로 이런저런 소리 들을 이유는 있었다.

"머리까지 심하게 두들겨 패서 바보로 만들지만 않았으면 좋겠군."

"걱정 말아요. 척 보기에도 튼튼하게 생겼는데요 뭐."

연비가 대수롭지 않다는 투로 말했다.

"그게 장점이긴 하지."

혁중노인이 한숨을 내쉰 다음 동의했다.

"잘 아시는 모양이네요?"

"뭐, 옛날에 많이 패봤으니까."

"아, 그러세요?"

별로 추억에 잠기면서 할 대사는 아니었다. 그러고 보면 이 칠상혼이란 사내고 꽤 불쌍한 과거를 가진 모양이었다.

"으으……."

그때 혼수상태에 있던 칠상혼의 입에서 신음 소리가 흘러나왔다. 그의 이마에서 식은땀이 송골송골 맺혔다. 그리고 입술을 달싹거리며 뭐라고 말을 하는데 내용은 알아들을 수 없었다.

"왜 저러죠?"

"글쎄다? 꿈이라도 꾸는 모양이지."

꿈
―깨어난 악몽!

"사형, 대결 한판하시죠."
붉은 무복을 입은 소년이 목도 두 자루를 내밀며 씩씩하게 말했다. 청년은 피식 웃었다.
"하하, 넌 아직 멀었다, 멀었어. 십 년은 빨라!"
그렇게 말해도 소년은 물러날 생각이 없는 모양이었다.
따악!
청년의 목도가 소년의 머리를 한 방 먹였다. 붉은 옷을 입은 소년이 벌러덩 뒤로 나자빠졌다. 소년의 머리에 금방 큰 혹이 생겼다. 그래도 소년은 눈물을 글썽이면서도 울지는 않았다. 울음을 터뜨린 것은 안절부절 못하며 대결을 지켜보고 있던 소년의 동생 쪽이었다.
청년은 머리를 긁적였다. 약간 미안한 감이 들었던 것이다. 어린 사제한테 너무 지나치게 상대한 게 아닌가 하는 죄책감도 들었다.
하지만 이 꼬맹이 녀석은 천재였다. 천재의 피를 정통으로 이어받은 순종마였다. 이렇게 발전이 빠른 녀석은 본 적이 없었다. 그러니 어리다고 마냥 봐주고 있다가는 언제 추월당할지 몰랐다. 아직은 머리를 움켜잡고 입을 삐죽 내미는 귀여운 후배지만 사자의 후예는 사자, 언제 그 이빨을 드러내 자신을 잡아먹을지 알 수 없는 노릇이었다. 그래도 미안한 건 미안한 거였다.

"괜찮니, 봉아? 룡룡이도 그만 울고. 누가 보면 이 형이 널 때린 줄 오해할 것 아니냐?"

그의 입장에서는 오기가 있는 형 쪽보다 신마의 후예라고 생각할 수 없을 정도로 순한 울보 동생 쪽이 더 다루기 힘들었다.

"아룡, 그쳐!"

형인 붉은 옷 소년이 외치자 동생 쪽이 놀랍게도 울음을 뚝 그쳤다.

"우린 신마 할아버지의 손자야. 그러니까 함부로 울어선 안 돼!"

그리고는 당찬 눈빛으로 청년을 바라보며 손가락을 쫙 펴 보였다.

"그건 또 뭐냐? 다섯 판 더 하자고?"

질리지도 않느냐는 표정으로 청년이 물었다. 승부는 불 보듯 뻔했다.

"오 년! 딱 오 년이에요, 사형! 오 년 안에 사형을 능가해 보이겠어요!"

얼씨구. 저 끝을 알 수 없는 자신감과 약간의 무모함과 지기 싫어하는 오기는 정말 사부님을 꼭 닮아 있었다. 그나마 그 괴팍함을 닮지 않은 게 다행이었다. 청년은 머리를 긁적이며 대답했다.

"해봐라."

그리고 다시 시야가 어두워졌다. 그때서야 그는 알 수 있었다, 그 청년이 바로 자신이라는 것을.

어두워졌던 시야가 다시 밝아졌다. 또다시 눈앞에 붉은 옷의 소년이 서 있었다. 그러나 키도 훨씬 커지고, 훨씬 늠름해져 있었다. 그리고 입

꿈 301

가에는 그날과 다른 여유가 맺혀 있었다. 시간 역시 눈 깜박할 사이에 오 년이 흘러 있었고, 소년은 어느덧 청년이 되어 있었다.

소년은 청년이 되었고, 더 이상 자신의 목도에 맞고 울상 짓지 않게 되었다. 지금 서로의 손에 들린 것은 오 년 전 그날과 다르게 날이 세워진 진짜 칼이었다.

벌써 몇 번인가 격돌했다 빠지고를 반복한 참이었다. 둘 다 지쳐 있었다.

"어때요?"

의기양양한 미소를 지으며 적의 청년이 말했다.

"효봉, 이 녀석! 많이 늘었구나!"

적의소년, 아니, 이제는 청년이 된 효봉이 말했다.

"그때 말했잖아요, 오 년 안에 이겨 보이겠다고."

"그걸 아직도 기억하고 있었냐, 네 녀석은?"

효봉이 고개를 끄덕였다. 정말 지는 걸 죽기보다 싫어하는 징한 녀석이었다.

"하아, 확실히 네 녀석은 늘었어. 하지만 아직 멀었다. 날 이기려면 아직 멀었어. 자, 가서 십삼도나 익혀서 다시 돌아와라."

그건 그들 사이의 농담이었다. 지금 가지고 있는 열두 초식으로는 절대 자신을 쓰러뜨릴 수 없다는 이야기이기도 했다.

"사형, 왜 이러십니까. 열두 개로도 충분합니다. 열세 번째는 아직 남겨둬야 해요."

"왜?"

"그건 할아버님 이길 때 써먹어야 하니까요!"

"푸하하하하하하!"

진지한 얼굴로 농담을 하니 이럴 때는 웃어줘야 할 것 같았다. 저 녀석의 할아버지가 누군가, 바로 전 무림에서 신마라 추앙받는 무신마 갈중혁 그분이 아닌가. 그런 할아버지한테 이기려 들다니, 정말 어쩔 수 없는 녀석이었다.

"네 녀석들이 십삼도를 익힌다면 가능할 수도 있지."

등 뒤쪽에서 늙수그레한 목소리가 들린 것은 그때였다. 깜짝 놀란 두 사람이 고개를 돌렸다. 아니나 다를까, 그들의 바로 곁에 어느새 노인 한 명이 서 있었다. 겉보기에는 평범해 보이지만 결코 겉모습만으로 판단하다가는 큰코다치는 수가 있었다. 이 노인이야말로 흑도의 신으로 군림하는 존재였던 것이다.

"사, 사부님을 뵙습니다!"

"소손이 할아버님을 뵙습니다."

두 사람이 황급히 한쪽 무릎을 꿇으며 인사했다. 하늘처럼 높은 분이라 수년을 대해도 아직도 여전히 부담스럽게 느껴졌다. 그나마 그보다 좀 더 편안한 반응을 보인 사람은 효봉이었다.

"헤헤, 다 들으셨어요?"

"그럼, 이눔아. 그렇게 크게 떠드는데 안 들릴 줄 알았느냐? 꿈도 야무지구나!"

쯧쯧, 혀를 차며 노인이 면박을 주었다. 그러나 손자의 재롱을 보는 듯한 눈빛은 인자로웠다.

"헤헤, 화나셨어요?"

노인이 '풋!' 하고 웃음을 터뜨렸다.

"제발 그렇게 해줬으면 좋겠구나. 나도 '청출어람(靑出於藍)'이란 말 좀 구경해 보자. 할 수 있겠느냐?"

"물론이죠. 이 소손만 믿으십시오!"

효봉이 주먹으로 가슴을 탕탕 치며 호언장담했다.

"하하하하하, 그래야 내 손자지. 벽한, 네 녀석은?"
통쾌하게 홍소를 터뜨리던 노인의 시선이 그를 향했다.
"무, 물론 믿으셔도 됩니다."
그러나 사실은 자신이 없었다. 그가 올라야 할 태산은 너무나 높았다.
"정말이냐?"
영 미심쩍다는 눈빛으로 노인은 그를 바라보았다. 하긴, 자신감이 깃들어 있지 않은 목소리로 상대의 신뢰를 얻기란 거의 불가능에 가까웠다. 자기도 믿지 않는데 남을 어떻게 믿게 할 수 있겠는가. 노인은 단숨에 그의 망설임과 불신을 읽어낸 것이다.
"쯧쯧, 신마의 제자란 녀석이 그렇게 패기가 없어서야 되겠느냐?"
다들 경외 어린 시선으로 바라보는 그를 이렇게 꾸짖을 수 있는 것도 이 노인 한 사람뿐이었다. 그의 마음에도 야망이 있고 포부가 있고 목표가 있었다. 다만 그 가로막고 있는 벽이 지나치게 높을 뿐이었다.
"노부는 말이다, 나보다 대단한 제자에게 빌붙어서 편하게 사는 게 인생 목표다. 그러니 제발 좀 노부를 뛰어넘어 노부가 짊어진 귀찮음을 좀 나눠 가졌으면 좋겠다. 제자랑 손자 좋다는 게 뭐냐? 노부도 말년에 덕 좀 보자."
"열심히 하겠습니다, 사부님."
그가 제일 두려운 것은 그의 하늘 같은 사부를 실망시키는 일이었다.
"소손만 믿으세요. 할아버님의 노후는 제가 보장해 드리겠습니다!"
여전히 큰소리 하나는 떵떵치는 녀석이었다. 확실히 아무리 혈육이라 해도 신마 앞에서 주눅 들지 않는 그릇의 크기는 본받을 만했다.
"제발 그래 주거라. 노부가 보지 못한 광경을 너희들이 보여주면 좋겠구나, 열세 번째 도로. 하지만 될 수 있으면 이 늙은이가 죽기 전에 부탁한다. 꼬부랑 할아버지가 되기 전에."

"맡겨주세요!"

호기가 끓어오른 갈효봉이 자리에서 벌떡 일어나며 외쳤다.

"할아버님은 꼭 보시게 될 겁니다! 왜냐하면 제가 보여 드릴 테니까요! 할아버님 노후의 최대 적은 무료함이 될 겁니다. 제가 보증하죠."

"어허, 사제, 무슨 소릴 그렇게 하나? 이 사형을 옆에 두고. 새치기 하지 말게!"

그제야 지지 않겠다는 마음으로 그가 외쳤다.

"아니에요, 제가 먼저예요."

"내가 먼저라니까 그러네. 넌 아직 일러."

"그럼 내기할까요?"

"좋지. 기한은?"

"십 년!"

신마라 불리우는 이가 백 년에 걸쳐도 도달하지 못한 경지를 십 년 안에 도달하겠다는, 어찌 보면 참으로 터무니없는 발상이었다. 하지만 그때는 젊은 혈기에 그게 가능할 거라고 믿었다.

"좋아! 약속하지."

하나 그 약속은 끝내 지켜지지 못했다.

그때까지만 해도 그는, 그리고 그의 사제도 사부 이외의 존재에게 끝없는 절망감을 맛보리라고는 꿈에도 생각지 못했다. 지독한 패배감과 공포, 그 자체인 그 경험은 아직도 악몽이 되어 밤마다 그를 괴롭히고 있었다.

그자와의 만남이 없었다면, 그것을 보지만 않았더라면… 그의 인생이 이렇게 뒤틀리지는 않았으리라.

'그런데 그자가 어떻게 생겼지?'

어떤 자의 인영이 떠올랐다. 하지만 얼굴은 지워진 듯 보이지 않는다. 저 빈 얼굴 안에 어떤 얼굴이 있었는지 도무지 떠올릴 수가 없었다. 기억 속에서 도려내진 듯 기억이 나지 않는다. 못하는 건지 안 하는 건지 알 수 없다. 그가 계속 뭐라고 입을 열어 말하고 있었다.

그는 다시 한 번 그 얼굴을 보려고 시도했다.

암흑! 깊이를 측정할 수 없는 암흑이 그곳에 있었다. 그의 잣대로는 측량할 수 없는, 그것은 밤하늘과 같은 거대함이었다. 왜일까? 그를 보고 있으면 어떤 존경심과 절망감이 동시에 생겨났다.

'나는 이자를 알고 있다!'

하지만 지금은 보이지 않았다. 볼 수가 없었다.

'누구지? 누구지?'

반드시 기억해 내야 할 것 같은 사명감이 새하얘진 의식 한구석에 남아 있었다.

스윽!

등을 돌리고 있던 그자가 돌아섰다. 그자의 얼굴에는 아무것도 없었다. 그자의 목 위는 텅 비어 있었다. 그는 비명을 내질렀다. 알 수 없는 공포가 그의 신경을 좀먹어갔다. 한시라도 빨리 그로부터 멀어지고 싶었다. 그러나 몸이 거미줄에 묶인 곤충처럼 꼼짝도 하지 않았다.

서서히 다가온 그자가 아무 형상도 없는 얼굴을 들이밀었다. 이제 보이는 것은 그의 입술뿐이었다. 그 입술이 뭐라고 움직이며 무슨 말을 했다.

"으아아아아아아아아아아아!"

그는 다시 한 번 미친 듯한 비명을 질렀다. 그리고는 공포로부터 도망가기 위해 몸부림쳤다. 그리고는 끊이지 않을 것 같은 비명을 지르며 번쩍 눈을 떴다.

'헉헉헉! 여긴…… 어디지?'

빛 때문일까? 눈이 따가웠고, 온몸은 식은땀으로 흥건히 젖어 있었다. 눈에 익은 천장이 눈에 들어왔다. 그제야 칠상혼은 겨우 자신이 있는 장소를 알 수 있었다. 이곳은 바로 자신의 대기실이었다.

'누구지?'

누군가가 그를 내려다보고 있었다. 시선은 하나가 아니었다. 아직 감각이 완전히 돌아오진 않았지만 서넛은 되는 것 같았다.

맨 처음 들어온 얼굴은 여자의 몸으로 놀라운 힘을 발휘해 그를 꺾어 엄청난 충격을 정신과 육체 양면에 안겨준 연비라는 여인이었다. 왜 자신을 쓰러뜨린 자가 자신을 내려다보고 있는 걸까? 그러나 연비를 봤을 때의 놀라움은 그다음 사람의 것에 비하면 아무것도 아니었다. 칠상혼은 반쯤 의식이 든 상태에서 불에 데인 듯 화들짝 놀랐다.

'왜? 왜? 왜?'

왜 다른 누구도 아닌 백도무림맹 맹주가 호기심 가득 찬 눈으로 그를 내려다보고 있는 건가? 그가 기절해 있는 동안 무슨 일이 있었던 건지 도무지 알 수가 없었다. 그리고 세 번째 사람으로 시선을 옮긴 순간, 그의 볼을 타고 눈물이 흘러내렸다. 그리운 얼굴이 그곳에 있었다. 언제나 죄송스럽게 생각하던 사람이 그곳에 있었다. 흰머리와 흰 수염은 그날과 똑같았다. 노인이 물었다.

"나를 기억하느냐?"

그 험상궂던 일곱 개의 깊은 상처가 패어져 있던 칠상혼의 눈에서 끊임없이 눈물이 쏟아졌다. 복받치는 감정을 주체할 수 없었다. 칠상혼이란 사람을 알고 있는 자라면 누구나 놀라며 경악해 마지않을 일이었지만 그로서는 아무래도 좋았다. 어떻게든 입을 열어 사죄부터 하려는데 아직 몸이 제대로 움직이지 않아 '아, 아, 죄, 죄' 라는 소리밖에 나오지 않았다.

혁중노인은 낮게 한숨을 내쉬었다. 이 흑도의 전설 역시 이런저런 감정이 소용돌이치고 있었다.

"어, 어찌… 제가 감히 어찌 잊을 수 있겠습니까!"

이제 그의 눈물은 마치 폭포수처럼 쏟아지고 있었다. 보고 있는 사람이 당황스러울 정도였다.

"그런데도 그렇게 누워 있을 생각이냐?"

그러자 비로소 자신의 실태를 깨달은 칠상혼이 억지로 몸을 일으켰다.

"아직 일어나는 건 무리예요."

그러나 만류에도 불구하고 칠상혼은 억지로 일어났다. 여전히 중심을 잡지 못해 비틀거리고 있었지만 아무도 그를 부축할 생각은 하지 않았다. 지금 부축하며 그의 자존심에 상처를 입힌다는 것을 알고 있었기 때문이다. 칠상혼의 몸이 혁중노인 앞으로 허물어지듯 무너졌다.

"부, 불초 제, 제자가 사부님을 뵙습니다."

혁중노인은 침묵한 채 그 절을 받았다.

"……"

혁중노인은 꼼짝도 하지 않은 채 엎드려 벌벌 떨고 있는 칠상혼을 내려다보았다.

"나는 정녕 네 사부가 맞느냐? 그리고 너는 정녕 내 제자가 맞느냐?"

"크흐흐흐흑!"

피도 눈물도 없을 것 같던 칠상혼의 두 눈에서 닭똥 같은 눈물이 쏟아져 내렸다.

"구 년 동안 아무런 연락도 없어서, 사부가 제자를 찾게 해? 이 무정한 놈!"

"죄송합니다, 죄송합니다, 죽을 죄를 졌습니다. 이 불초한 제자를 죽여주십시오! 저는 살 가치가 없는 놈입니다!"

혁중노인의 움직임이 딱 멎었다. 그리고는 차분한 목소리로 말했다.

"일어나라."

칠상혼은 감히 일어나지 못했다.

"어서!"

혁중노인이 소리치자 그제야 칠상혼이 주섬주섬 자리에서 일어났다. 그러나 송구스러워 감히 혁중노인의 얼굴을 똑바로 보지 못했다.

"닥쳐라! 이 한심한 놈!"

부우우우웅! 뻑!

대갈일성과 함께 성난 주먹이 칠상혼의 뺨에 직격했다. 부상 중인 칠상혼은 이 장 거리를 날아가 벽에 부딪쳤다.

쾅!

엄청난 굉음에 연비는 눈을 질끈 감았다. 오늘 여기서 송장 하나 치우겠군. 그런 생각이 드는 것도 무리는 아니었다.

"대형, 그러다 사람 잡겠습니다."

멀쩡한 사람두 맞으면 골로 가는 일격이다 그럴 것이, 이미 너덜너덜한 부상자에게로 향했으니 나백천의 걱정도 당연한 것이었다.

"흥, 이 정도론 안 죽어! 힘 조절 정도는 했다."

확실히 그 말대로 칠상혼은 용케 살아 있었다. 그는 얼얼한 뺨을 부여잡은 채 멍청한 눈으로 혁중노인을 바라보았다.

"사, 사부님……."

혁중노인의 화는 아직 가라앉이 않았다.

"에라이, 이 한심한 놈! 내가 죽은 네놈을 보기 위해 여태 찾아다닌 줄 아느냐? 살아 있는 네놈을 찾기 위해 얼마나 고생을 했는데? 그 고생도 모르고 죽는다는 소리를 씨부렁거려? 오냐, 이놈! 내 손에 죽어볼 테냐?

꿈 309

다리 몽뎅이를 댕강댕강 분질러 줄까?"

시끈덕거리는 혁중노인을 나백천이 뜯어말렸다.

"대형, 예전 성질 나옵니다. 좀 진정하시죠."

"죄송합니다, 사부님. 다시는 그런 소리 하지 않겠습니다."

"알면 됐다. 노부가 널 찾은 이유는 알고 있겠지?"

"……예."

힘없는 목소리로 칠상흔이 대답했다. 그가 도망친 과거 때문에 그의 사부가 그를 찾아왔다는 것 정도는 알고 있었다.

"그럼 묻겠다. 그날, '피의 밤'에 무슨 일이 일어났던 거냐?"

칠상흔은 곧바로 대답할 수 없었다.

"저, 그 '피의 밤'이란 게 뭐죠?"

연비가 옆에 있던 나백천에게 소곤소곤 귓속말로 물었다.

"자넨 그런 것도 모르나? 바로 구 년 전, 혁 대형의 장손인 갈효봉이 미쳐서 날뛴 날이라네. 수많은 이가 갈효봉의 칼부림에 죽었지. 그리고 그를 생포하기 위해 또다시 많은 피를 흘렸다. 그 뒤의 이야기는 알겠지?"

연비는 물론 잘 알고 있었다. 그 후 갈효봉은 어떤 지하 감옥에 유폐되었고, 모종의 사건 때문에 그곳을 탈옥한 갈효봉은 무당산에서 천무학관 합숙생들을 습격했다. 그리고 그 뒤에 이어지는 결말도 잘 알고 있었다.

"잠깐, 거기 두 사람 좀 떨어져서 말하시죠."

그때 예청이 끼어들어 지적했다. 다른 여자라 가까이 붙어 있는 게 별로 좋게 보이지 않는 모양이었다.

"아직도 말할 수 없느냐?"

"……."

"그럼 또다시 도망칠 테냐? 지금부터 다시?"

칠상혼의 몸이 흠칫 굳었다. 그리고는 떠올렸다. 더 이상 도망치지 않기로 한 것을. 칠상혼은 힘겹게 지난 구 년 동안 봉인되어 기억을 떠올리며 있던 입을 열었다.

"제, 제자는…… 그, 그자와 만나고 말았습니다."

입을 떠듬떠듬 여는 칠상혼의 얼굴에 숨길 수 없는 공포가 드러나 있었다. 그는 정말로 두려움에 떨고 있었다. 지난 구 년이란 시간도 그 공포를 희석시켜 주지는 못한 모양이었다.

"그자란 게 대체 누구냐?"

누가 있어 무신마 갈중혁의 제일제자를 이 지경으로 몰아넣는 공포를 선사할 수 있었는가? 그리고 천재라 불리던 그의 손자를 미치게 만들 수 있었는가?

"그자는…… 그자는 괴물입니다. 아니, 그 말만으로는 그를 설명할 수 없습니다."

다시 상기하는 것만으로도 그는 식은땀을 흘리고 있었다.

"그는 공포, 그 자체였습니다. 형체가 없는, 얼굴이 없는, 그러나 언제 어디서나 사람의 심장을 움켜쥐고 찢어버릴 수 있는 그런 괴물이었습니다."

"그자가 누구냐?"

혁중노인이 다시 한 번 추궁했다.

"그자는……."

칠상혼은 어떻게든 입을 열려고 하는데 입이 잘 열리지 않는 듯했다. 그 모습 보고 있던 혁중노인은 답답하기 그지없었다. 그동안 찾아 헤매던 단서가 바로 앞에 있었다. 그 일에 숨겨진 내막을 알고 싶어 그는 지난 구 년 동안 끈질기게 제자의 행방을 탐문했던 것이다.

"컥!"

칠상혼이 이야기를 하다 말고 갑자기 목을 움켜쥐며 괴성을 터뜨렸다. 깜짝 놀라 살펴보니 어느새 안색이 푸르스름해져 있었다.

"설마 독(毒)?!"

칠상혼의 급격한 상태 악화로 볼 때 십중팔구 틀림없는 듯했다. 다른 사람들은 원체 내공이 높고 독에 대한 저항력이 강해 별 반응이 없었지만, 현재 부상을 당해 저항력이 전무하다시피 한 칠상혼에게는 치명적이었다. 그의 체내를 돌며 그를 지켜주던 내공은 지금 연못에 고인 채 꼼짝도 못하고 있는 실정이었던 것이다. 흐르지 않는 물은 자신을 침범하는 독에 무력할 뿐이었다.

"이럴 수가! 인기척은 없었는데!"

그래도 가장 먼저 움직인 사람은 산전수전독전을 다 겪은 노련한 노강호인 혁중노인이었다.

서둘러 칠상혼의 혈도를 짚어 독이 사지백해로 뻗어나가는 것을 막은 다음, 가부좌를 틀고 앉아 칠상혼의 등에 양손 대고 진기를 불어넣어 독을 강제로 한데 모았다.

"우웩!"

칠상혼이 검은 피를 토해냈다. 그러자 푸르스름하던 그의 얼굴이 조금씩 혈색을 되찾기 시작했다.

연비와 나백천과 예청은 수상한 자가 염탐할까 봐 최대한 감각을 넓혀놓았다. 십 장 안의 소리라면 머리카락 한 올 떨어지는 것까지도 감지할 수 있었다. 그런데 누가 무신마와 무림맹주 나백천의 이목을 속이고 독을 살포할 수 있단 말인가. 그건 있을 수 없는 일이었다.

"그러나 이미 일어난 일이기도 하죠. 이건 이미 현실이라고요. 인정하고 싶든 그렇지 않든."

연비는 숨을 멈추고는 날아올랐다. 그가 달려간 쪽은 문이 아니었다. 천장과 벽에 나 있는, 겨우 주먹 하나 들어갈까 말까 한 자그마한 통풍구였다. 연비는 재빨리 손발을 휘둘러 통풍구 주위의 벽돌을 부수어 그 조각들로 구멍들을 막았다. 일곱 개나 되는 구멍이 한순간에 틀어 막혔다. 그리고는 착지하며 말했다.

"당했군요. 방심했어요."

적은 상당히 고단수였다. 누군지 모르겠지만 그들의 실력을 결코 무시할 수 없었다.

적은 가장 유효한 방법을 택했다. 애초에 접근하지 않고 기척을 느낄 수도 없는 먼 거리에서 장거리 공격을 감행한 것이다. 다행히 알아차리는 게 늦지 않고 대처가 빨라서 주요 증인인 칠상흔이 죽지는 않았지만, 이미 혼수상태에 빠져 뭔가를 말할 수 있을 만한 상태는 아니었다. 혁중 노인의 재빠른 응급처치로 목숨을 구했지만, 정신이 들려면 한참 있어야 할 듯했다.

"어떻게 된 거지? 나랑 대형의 이목을 속이고 접근한다는 건 불가능할 텐데?"

그러나 그들이 한 방 먹었다는 것은 인정해야 했다. 그들이 가장 듣고 싶었던 말을 지금의 칠상흔은 더 이상 할 수 없는 상태였다.

"그래요, 그래서 그들은 접근하지 않았어요. 다만 먼 곳에서 한꺼번에 '독무(毒霧)'를 흘려 넣은 거예요, 통풍구를 통해서. 그것도 무색무취한 독약으로. 일반 고수들에겐 큰 영향이 없지만, 현재 부상 중인 사람한테는 딱 치명적일 정도의 양으로 말이죠."

그것은 자신들의 능력을 정확히 파악하고 있지 않다면 불가능한 수법이었다.

'적이 누군지는 모르지만 이곳 원통투기장에 대해 자세히 파악하고

꿈 313

있는 사람인 게 분명해.'

이곳이 생소한 자가 이런 은밀한 수법을 쓰는 건 불가능하다는 게 연비의 판단이었다. 좀 더 조사해 볼 필요가 있었다.

'설마 이 투기장 전체가 적의 앞마당이라면……'

순간 연비의 몸이 질풍처럼 움직였다.

쾅!

엄청난 굉음과 함께 대기실의 문짝이 떨어져 나갔다. 엄청난 속도로 대기실을 빠져나간 연비는 자신의 몸이 낼 수 있는 최고의 속력으로 건물 반대편에 위치한 자신의 대기실을 향해 달려갔다. 심장이 미친 듯이 쿵쾅거리고, 진기가 미친 말처럼 날뛰고 있었지만 아랑곳하지 않았다.

만일 손을 쓴 곳이 칠상혼의 대기실만이 아니라면! 소름 끼치도록 차가운 한기가 등골을 타고 아래로 내려갔다.

'예린!'

연비는 자신의 몸이 망가지는 것도 생각하지 않고 달리고 또 달렸다. 그 빠르기가 얼마나 쾌속한지 연비가 스쳐 지나가는데도 사람들은 사나운 바람이 한차례 몰아쳤다고만 생각했을 뿐이었다.

우지끈!

가장 빠른 속도로 최단시간에 자신의 대기실에 도착한 연비는 문짝을 잡아 뽑았다. 그리고는 지체없이 안으로 달려들어 갔다.

텅! 쾅!

등 뒤의 벽에 날아가 부딪친 문짝이 천둥같이 요란 소리를 내더니 돌벽에 박힌 채 그대로 고정됐다.

"윽!"

연비는 급히 소매로 코와 입을 가렸다. 대기실 안에는 짙은 연기가 안개처럼 깔려 있어 앞도 제대로 보이지 않을 정도였다. 연비는 가리고 있던 소매를 살짝 뗀 다음 코와 입으로 안개를 반 모금 들이마셨다. 위험천만한 감별법이었다. 그러나 마음이 급한 연비한테는 이런저런 수단을 느긋하게 궁리하고 있을 시간이 없었다.

'다행히 독무(毒霧)는 아니로군.'

칠상혼에게 사용한 것이랑은 다르게 이 안개의 정체는 수면향이었다. 그러나 안심하기에는 아직 일렀다. 아직 연비는 두 사람의 안위를 확인하지 못했다. 감각을 날카롭게 전개하며 천천히 발걸음을 옮겼다. 혹시나 숨어 있을지 모를 암습자를 대비하기 위함이었다.

철퍽!

그때 연비의 발에 무언가 끈적끈적한 것이 밟혔다. 연비의 눈이 크게 커졌다. 방금 밟은 것은 피였다. 코를 막고 있던 탓에 발견이 늦은 것이다. 그 피는 한 발짝 반 정도 떨어진 벽 쪽에서 흘러나오고 있었다. 누군가 벽 아래 쓰러져 있었다. 붉은 피는 그 사람의 복부로부터 흘러나오고 있었다. 매화꽃을 닮은 분홍빛 비단옷이 지금은 석류처럼 새빨간 붉은 빛깔로 물들어 있었다.

"준호!"

다급한 외침이 터져 나왔다. 연비는 당장 달려가 쓰러진 윤준호를 일으켜 세웠다. 윤준호는 여전히 윤미의 모습 그대로였다.

입가에 가느다란 핏줄기가 흘러내리고 있었다. 출혈 탓인지 안색이 백지장처럼 창백했다. 다량의 출혈은 옆구리 쪽이었다. 서둘러 혈도를 짚어 출혈을 막았다. 아직 숨은 붙어 있었다. 적의 칼이 스쳐 지나가서 출혈은 심하지만 내장이 상하지는 않았다. 그러나 연비는 안심할 수가 없었다. 방 안 어디를 둘러봐도 윤미 이외의 인기척은 느껴지지 않았던 것이다.

"준호! 준호! 정신 차려, 준호!"

얼마나 다급했는지 지금 자신이 누구인지를 잊고 평소의 목소리로 윤준호를 불렀다. 응답이 없었다. 그러나 연비는 조금 전 이곳에서 무슨 일이 벌어졌는지를 알아야 했다.

"준호!"

짝!

"정신 차려, 준호!"

짝!

연비는 윤준호의 뺨을 세차게 때리며 그의 이름을 연신 불렀다. 연비의 손바닥이 십여 차례 지나가고 윤준호의 볼에 시뻘겋건 자국이 찍혔을 쯤에 반응이 있었다.

"류연……?"

감았던 눈을 반쯤 뜨며 윤미가 물었다. 그러나 눈을 뜨자 그곳에 있는 것은 비류연이 아니라 연비였다. 윤미는 어리둥절했다.

"분명 류연의 목소리가 들린 것 같았는데……?"

그제야 연비는 자신이 평소처럼 행동했었다는 것을 깨달았다.

"정신 차려요, 윤미! 나예요, 연비! 무슨 일이 있었던 거죠? 어서 대답해요. 린은 어디 있죠?"

다시 연비로 돌아온 그는 윤미의 어깨를 붙잡고 세차게 흔들었다.

"나, 나 소저는 어디 있죠?"

윤미가 인상을 찡그린 채 당황한 목소리로 반문했다.

"묻고 싶은 건 내 쪽이라고요! 도대체 무슨 일이 있었죠?"

아직도 수면향의 기운이 남아 있는 탓인지 윤미는 기억이 뒤죽박죽인 모양이었다.

"가, 갑자기 사방에서 이상한 안개가 뿜어져 나오더니…… 저도 모르게 정신이 혼미해지더라고요. 서둘러 귀식호흡을 펼쳤지만, 조금 때가 늦었죠. 그때 괴한들이 나타났어요. 전 필사적으로 싸웠지만…… 죄송해요. 죄송해요. 나 소저를 지키지 못했어요. 죄송해요. 그, 그들이 나 소저를 납치해 갔어요!"

"뭐라고!"

연비가 쩌렁쩌렁 울리는 목소리로 소리쳤다. 순간 연비의 몸이 튕겨 나가듯 문밖으로 쏘아져 나갔다. 그리고는 복도의 양쪽을 빠르게 살펴보았다. 그러나 어떤 기척도 느껴지지 않았다.

쾅!

연비의 주먹이 돌벽을 파고들어 갔다.

"……."

쾅쾅쾅쾅쾅!

주먹이 내질러지면 내질러질수록 벽의 금은 더욱 가늘고 촘촘해졌다.

믿고 싶지 않은 일이 일어난 것이다. 연비는 망연자실했다. 정말로 나예린이 납치된 것이다. 연비는 미칠 것만 같았다. 아무리 진정해 보려 해도 전혀 진정되지 않았다. 그때 복도 저편에서 혁중노인과 나백천이 칠상혼을 들쳐 엎고 달려오는 게 보였다.

"무슨 일인가?"

나백천이 다급한 목소리로 물었다.

"……."

연비는 무슨 말을 해야 할지 알 수가 없었다. 그 표정에서 나백천도 불길함을 느꼈는지 안색이 대변했다.

"무슨 일인가? 우리 예린이는 어찌 되었나?"

나백천이 다급한 목소리로 윽박지르며 대기실 안으로 달려들어 갔다. 그러나 그가 아무리 무림맹주라 해도 없는 나예린을 찾을 수는 없는 법이었다. 뒤돌아서 연비를 바라보는 나백천의 눈동자가 크게 흔들리고 있었다. 아무리 연비라 해도 그 눈을 마주 보는 것은 부담스러웠다.

무겁게 닫혀 있던 입이 천천히 열렸다.

"린은…… 납치당했습니다."

나백천의 몸이 휘청였다.

"이놈!"

나백천은 손을 들어 연비의 뺨을 때리려 했다. 연비는 가만히 있었다. 피할 수 있었지만 피하지 않았다. 나백천은 내려치던 손을 멈추었다. 뺨을 시원스럽게 때린다 해서 해결되는 것은 아무것도 없었다. 두 사람을 진정시킨 것은 혁중노인이었다.

"둘 다 진정하게. 지금 이러고 있을 때가 아니야. 나예린, 그 아이가 어디에 있고, 누가 데려갔는지 알아내야 하지 않겠나. 아직 시간을 얼마 되지 않았어. 반드시 쫓아갈 수 있을 걸세."

그 말이 맞았다.

멍하니 있던 연비는 정신이 번쩍 들었다. 순간적인 감정의 폭발로 이성을 상실하다니, 정말 자기답지 못한 행동이었다. 발작적인 흥분과 감정의 휩쓸림은 냉철한 정신 상태에서 볼 수 있는 것을 볼 수 없게 한다. 그렇게 되면 즉각적인 대응이 오히려 늦어지는 것이다. 벽을 걸레로 만드는 것은 분풀이는 될 수 있을지 몰라도 사태 해결엔 아무런 도움이 되지 못한다. 나예린을 다시 찾을 수만 있다면 귀신이라는 소리를 듣든, 피도 눈물도 없는 놈이라고 듣든 아무런 상관도 없었다.

"그자들은 어느 쪽으로 갔죠?"

다시 윤미에게 다가간 연비가 윽박지르듯 소리쳤다. 당장이라도 미쳐버릴 것만 같았다. 용암을 삼키기라도 한 듯 타는 듯한 갈증이 밀려왔다. 어금니가 맞물리게 으드득 소리가 났다. 지금 연비의 형색은 마치 귀신 같았다.

"저… 전 그때 정신이 혼미했어요. 어지러웠죠. 나 소저도 조금 괴로운 듯했어요. 뭔가가 이상했죠. 그때 나 소저가 위험하다고 저한테 소리쳤어요. 피하라고. 그때, 문이 열렸어요. 그자가 들어왔죠. 붉은 옷을 입은 괴한이었어요. 얼굴에는 무슨 가면을 쓰고 있는 것 같았어요. 그자는 엄청난 고수였어요. 한 번 보는 것만으로도 심장이 오그라들 것 같은 무시무시한 존재였어요. 그 붉은 옷의 괴한은 흑의복면인 하나를 대동하고 왔는데 그가 절 막았어요. 전 싸웠지만 정신이 혼미했기 때문에 제대로 검을 휘두를 수 없었어요. 전… 막으려 했지만… 막으려 했지만……. 죄송해요. 죄송해요."

윤미는 눈물을 흘리며 연신 죄송하다고 외쳤다.

그러자 연비가 강한 목소리로 소리쳤다.

"지금 울고 있을 시간이 없어요! 지금 할 수 있는 일을 해야 해요. 뭔가를 떠올려 봐요. 그자의 정체를 짐작할 만한 걸 떠올려 봐요!"

그 말은 윤미에게만이 아니라 연비 자신에게 하는 말이기도 했다. 우선 거친 풍랑에 휩싸여 있던 마음을 진정시켜야 했다. 지금 필요한 것은 분노에 휩싸인 마음이 아니라 거울처럼 맑은 명경지수의 마음이었다. 이대로 아무런 단서도 찾지 못한 채 무작정 뒤지고 다닐 수는 없었다.

"자, 기억해 내봐요. 당신은 할 수 있어요!"

윤미는 곰곰이 생각하더니 외쳤다.

"맞아요! 그자 중 하나는 붉은 옷을 입고 있었어요! 피처럼 빨간. 그리고… 그리고 얼굴에 가면을 쓰고 있었어요."

"가면? 무슨 가면이었죠? 어떻게 생겼나요?"

"음……. 잘 기억이 안 나요."

"또 다른 건요?"

윤미는 인상을 찡그리며 자신이 보았던 것을 떠올리려고 애썼다. 집중이 잘 되지 않았다. 그래도 포기하지 않고 필사적으로 혼란한 기억을 더듬었다. 그러자 번뜩 뇌리 속에 떠오르는 광경이 있었다.

"마, 맞아요. 하나 기억났어요."

"뭐죠?"

다급한 목소리로 연비가 물었다.

"붉은 옷을 입은 그자는…… 그자는…… 한 팔이 없는 '외팔이' 었어요!"

윤미의 말에 혁중노인과 나백천과 예청이 동시에 흠칫하며 서로를 마주 보았다. 지금 두 사람은 같은 것을 생각하고 있었다.

"외, 외팔이라니…… 서, 설마……."

나백천과 예청의 얼굴에서 순식간에 핏기가 빠져나갔다. 지금 생각하고 있는 게 현실이 된다면 그건 정말 너무나 끔찍한 악몽이 될 것이다. 그런 일은 이 하늘 아래에서 일어나서는 안 될 일이었다. 그건 연비도 마찬가지였다.

"그자의 팔은 어느 쪽이 비어 있었나?"

나백천이 윤미의 양쪽 어깨를 세차게 움켜쥐며 물었다. 이성이 거의 마비된 것이다. 그자가 만약 외팔이라면 어느 쪽이냐가 지금은 무척 중요했다. 만일 왼쪽 팔이 없다면 그나마 최악 중의 최악은 면할 수 있을 터였다.

"오, 오른쪽이요. 틀림없이 오른쪽이었어요!"

털썩!

그 말을 들은 예청은 그만 자리에서 주저앉고 말았다. 두 부부 모두 망연자실한 표정이었다. 연비는 애타는 목소리로 사라진 나예린의 이름을 불렀다.

"예리이이이이이인!"

대답은 돌아오지 않았다.

지금 이 순간, 사라졌다고 믿었던 사악한 악몽이 깊은 잠에서 깨어나려 하고 있었다.

〈『비뢰도』 제25권에서 계속〉

大復活(대부활)!
비류연과 그 일당들의 좌담회

장홍: (석양을 등지고 나타난 한 사내를 보며) 응, 저 사람은!

모용휘: 아시는 분입니까?

장홍: 알다마다! 저 구 척 장신의 거구, 철저하게 단련된 벽돌 같은 근육, 그리고 얼굴을 사선으로 가르는 께맨 상처! 게다가 상처를 경계로 미묘하게 다른 피부색에 검은 머리에 섞인 흰 머리까지!

모용휘: 확실히 대단한 격투가 같군요.

장홍: 격투가? 아니, 그는 '의사' 일세.

모용휘: 의사요? 저 체구가요? '너는 이미 죽어 있다!' 라고 외칠 것 같은 얼굴인데요?

장홍: 그런 말 종종 듣는 친구지. 가슴에 일곱 개의 상처가 있는 게 아닌가 하고 의심하는 친구도 있지만, 그건 없다네.

모용휘: 아, 그럼 역시 사람은 겉모습만 보고 판단해선 안 되는 거군요.

장홍: 아니, 사실 종종 그런 말을 자주 하는 친구지. '넌 살았다!' 보단 훨

씬 더 많이 말할걸? 무서운 친굴세. 적으로 돌리고 싶지 않은 친구야. 취미가 남의 배를 갈라보는 거거든.

모용휘 : ……. 도대체 정체가 뭡니까?

장홍 : 마천십삼대 제사번대 소속 대장 '생사무허가의 불락구척'이라 불리우는 사내라네.

모용휘 : 좀 특이한 이름이군요. 그런데 왜 이곳에 왔죠?

장홍 : 흠, 글쎄, 작가M 때문이라던데?

모용휘 : 아프다던가요?

장홍 : 글쎄? 그러니깐 부르지 않았을까? 신음 소리는 안 들렸는데?

모용휘 : 흠, 근데 저 사람한테 진료받고 무사할 수 있을까요?

장홍 : 그거야 그 사람 복이지. 나랑 관계없는 일일세. 다만 나라면 절대로 저 친구한테 진료받진 않을 거야.

모용휘 : 그건 저도 그렇군요.

드르르륵!

작가M : (글을 쓰다가 깜짝 놀라며) 헉! 누, 누구세요?

불락구척 : (깊이 들이켰던 숨을 입으로 내쉬며) 후~우~ 의원이다!

작가M : 저… 강도 아니시고요?

불락구척 : 아니다! 어딜 봐서 내가 강도라는 거냐?

작가M : 딱 보기에요.

불락구척 : 환자가 왜 누워 있지 않는 거지?

작가M : 당연히 마감을……. 그런데 여긴 어쩐 일로?

불락구척 : 몰라서 묻나? 난 의사다! 환자가 있는 곳엔 어디든지 간다! 자, 말해라! 어디가 아픈가? 무슨 병이든 고쳐주겠다! 후~우~

작가M : 아니, 왜 그렇게 입을 오므리고 길게 숨을 내쉬는 거죠?

불락구척 : 버릇이다. 신경 쓰지 마라. 그것보다 어디가 아픈지 말해라. 없다면 만들어주겠다.

작가M : 아, 아뇨. 뭐 별거 아닌데요? 출장의원이 올 것까진 없어요. 그냥 몸살감기에 걸렸다가 낫나 생각했더니 비염이 도졌고, 비염이 좀 가라앉나 했더니 목이 부어서 인후염이 걸렸고, 그게 좀 독해서 삼 주 정도 가다 보니 중간에 결막염이 걸렸더라고요. 앞에 건 다 나았고, 지금은 결막염 하나뿐이에요. 왼쪽 눈이 조금 충혈돼서 빨간 것뿐인데요 뭐.

불락구척 : 칫, 겨우 그 정도인가?

작가M : 저기… 방금 실망한 것처럼 보였는데요?

불락구척 : 착각일 뿐이다. 할 수 없지! 눈이라도 봐주마. 이 몸이 보기엔 정말 피래미 같은 병이로군.

작가M : 피, 피래미!

불락구척 : (단련된 손가락 하나를 들어 올리며) 후--우~ 자, '비공' 한 방 찌르면 끝난다. 금방 편해질 거야.

작가M : 저기… 그러실 거 없을 것 같은데요? 저 멀쩡하거든요? 게다가 예방도 하고 있어요.

불락구척 : (온몸에서 투기를 발산하며) 시끄럽다. 자, 얌전히 치료를 받아라. 그리고 치료비를 내는 거다!

작가M : 이봐, 당신! 그런 대사 읊으면 의사 자격 없다고.

불락구척 : 어리석군. 무면허인 이 몸에게 그런 자격 따윈 필요 없다. 이 몸에게 필요한 것은 숙련된 실력과 단련된 근육뿐이다.

작가M : 그, 그건 야매란 말이잖아!

불락구척 : (어깨를 으쓱하며) 사람들은 이 몸을 가리켜 '전설의 야매'라 부르지. 참고로 말하자면, 난 면허가 없기 때문에 더욱 비싸다.

작가M : 그런 말도 안 돼… 는! (등을 돌려 도망치는 작가M)

후다다다다다닥!

불락구척: 거기 서라! 아직 청구서도 끊지 못했다! 난 무면허라 진료비도 비싸단 말이다!

작가M: (멀리서) 자랑이 아니거든요~

....

......

...

작가M: 헉헉헉헉, 여기까지 따라오진 않는군요. 쫓아오면 어쩌나 걱정 많이 했습니다. 다행히 무사히 도망칠 수 있었습니다. 확실히 건강은 소중한 것이고, 행복에서 빼놓을 수 없는 부분인 것 같습니다. 다음에는 좀 더 확실히 관리해서 좀 더 빠르게 여러분과 만날 수 있도록 하겠습니다. 그리고 이 책이 아니더라도 다른 책으로 2월에는 여러분과 만날 수 있을 것 같습니다.

불락구척: 드디어 찾았다. 나의 진료에서 벗어나려 하다니 소용없다! 넌 이미 진료받고 있다!

작가M: 헉! 여러분, 그럼 다음 권에 만나요! 쉬이이이이이이잉!

Book Publishing CHUNGEORAM

魔刀爭霸

FANTASTIC ORIENTAL HEROES

마도쟁패

장영훈 新 무협 판타지 소설

오색혈수인(五色血手印)을 찾아라!

『보표무적』,『일도양단』에 이은 장영훈의 세 번째
거친 사나이들의 이야기!『마도쟁패(魔刀爭霸)』

마교 제일의 타격대 흑풍대(黑風隊)의 최연소 대주.
흑풍대주 칠초나락(七招奈落) 유월(柳月).
강호서열록(江湖序列錄) 가(假) 서열 오십육 위, 진(眞) 서열 칠 위.

교주의 외동딸 비설의 폭탄선언으로 시작되는 운명의 거대한 수레바퀴!
거대 마도문파 마교를 둘러싼 치열한 음모와 피튀기는 암투!
가슴을 울리는 호쾌한 대결과 박진감 넘치는 전투의 연속!

우리가 바라마지 않던 진정한 사나이들의 역동적인 이야기가 전개된다!

유행이 아닌 자유추구 -
WWW.chungeoram.com

Book Publishing CHUNGEORAM

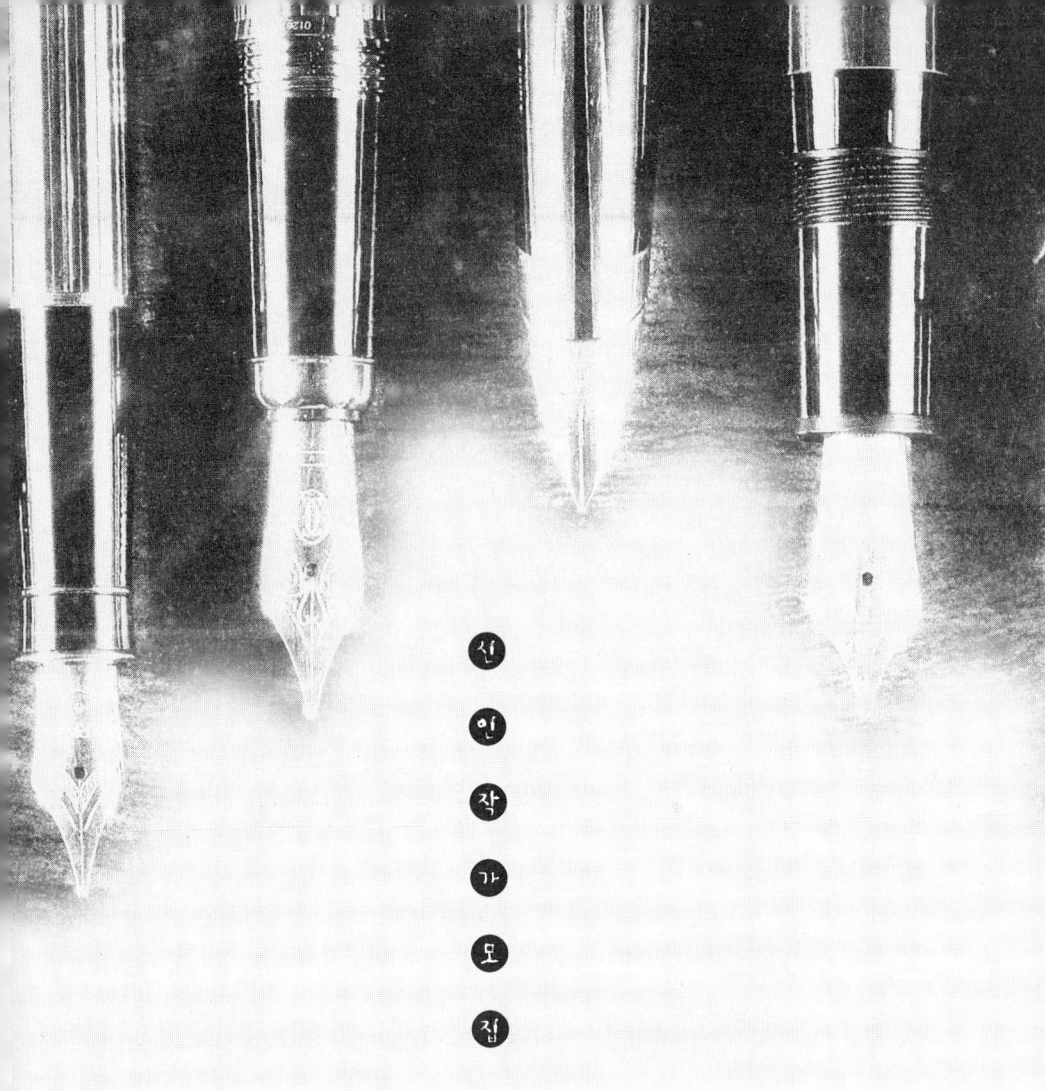

신
인
작
가
모
집

시작이 반이라고 했습니다.
작가의 길에 대한 보이지 않는 벽을 과감히 깨뜨리십시오!
청어람은 작가 지망생 여러분들의
멋진 방향타가 되어드리겠습니다.

저희 도서출판 청어람에서는
소설 신인 작가분들을 모집합니다.
판타지와 무협을 사랑하시는 분들의 많은 참여를 바랍니다.
소정의 원고(A4용지 150매)를 메일이나 우편으로 보내주시면
검토 후 출판 여부를 알려드리겠습니다.

주소:경기도 부천시 원미구 심곡1동 350-1 남성B/D 3F 우편번호420-011
TEL:032-656-4452 · FAX:032-656-4453
http://www.chungeoram.com
e-mail:chungeoram@chungeoram.com

세상을 보는 또 하나의 창!
열린세상, 열린지식

INTB 인더북
www.INTHEBOOK.net

당당하게 글을 쓰는 사람, 멋있게 포장하는 사람,
감동적으로 읽어주는 사람이 있다면
언제든 어디든 인더북이 함께 하겠습니다.

2008년 봄 그들이 온다!!

권왕무적의 초우, 궁귀검신의 조돈형, 삼류무사의 김석진, 태극검해의 한성수, 프라우슈 폰 진의 김광수, 흑사자의 김운영, 송백의 백준 등

총 20여 명에 이르는 호화군단의 인더북 이북 연재 확정!!
그 외에도 많은 정상 급 작가들의 이북 연재 런칭 예정!!

포도밭 그 사나이, 새빨간 여우 등의 로맨스 정상 급 작가 김랑의 작품을 이북 연재로 만나다!!

오직 인더북에서만 독점 연재!!

아쉬움을 남기고 1부에서 막을 내린 **권왕무적 시리즈의 2부** 등 인기 작가들의 수준 높은 미공개 작품들이 시중에 책으로 출간되지 않고, 오직 인더북에서만 연재됩니다.

COMING SOON! INTHEBOOK.NET

1. 인더북의 이북 유료연재는 2008년 1월 말 ~ 2월 중순경 오픈
2. 인더북에 연재되는 작품들은 시중에 출판되지 않은 작품들로 엄선

이북 유료연재의 새로운 도전! 그리고 새로운 시작! 인더북!!
곧 새로운 모습의 이북 연재 사이트로 여러분께 다가가겠습니다.

BOOK Publishing CHUNGEORAM

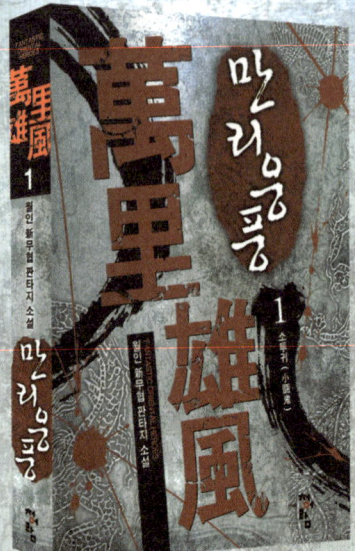

만리웅풍 | 월인 지음 | 8,000원

『두령』, 『사마쌍협』, 『천룡신무』, 그리고 『만리웅풍(萬里雄風)』
최고의 신무협 작가 월인, 그가 새롭게 선보이는 철혈 영웅의 이야기.

**천지현황(天地玄黃)!
하늘은 검고 땅은 누르다.**

끝없이 검고 누르게 펼쳐진 이 하늘 아래, 땅 위에!
내가 믿고 의지할 수 있는 것은 오직 내 주먹과 몸뚱이뿐.

내 주먹이 꺾이는 날, 내 인생도 꺾이고 나는 한 마리 쥐새끼로 전락할 것이다.

**절대로 질 수 없다!
죽는 한이 있어도 질 수는 없다!**

유행이 아닌 자유추구 -
WWW.chungeoram.com

BOOK Publishing CHUNGEORAM

입소문을 통해 아는 분은 다 알고 계십니다!
올 한해 공인중개사 최고의 화제작!

1~2권 합본 | 이용훈 지음
3~4권 합본 | 이용훈 지음
5~6권 합본 | 이용훈 지음
용 어 해 설 | 이용훈 지음
1~2차 문제풀이집 | 이용훈 지음

수험생 기본 필독서
만화 공인중개사

제목 : 만화공인중개사 쓰신 분에게 감사드립니다.

학원을 두 달 다녔어요. 근데 과연 그 숫자 외우기 그런게 몇 문제나 나올까 생각을 했어요. 아니라는 생각이 드네요. 학원 강의를 뒤로하고 서점에 갔어요. 내 머리에 가장 이해될 수 있는 책이 없나 하구요. 거기서 만화를 발견했어요. 무조건 세 번 봤어요. 3개월 걸렸어요. 문제집을 보라고 했는데 그건 시행을 못했어요. 근데 합격을 했네요.

어떻게 감사의 말을 해야 될지…….

도서관에서 만화책 들고 다니니까 사람들이 비웃더라구요. 만화책으로 공인중개사를 공부한다고 미친 사람처럼 보더라구요. 근데 그거 다 감수하고 했던 내가 자랑스럽습니다.

어떻게 감사의 말을 해야 할지 정말 감사합니다.

부디 행복하세요. 제 나이 마흔한 살에 좋은 스승을 만난 거 같습니다.

엎드려 감사드립니다.

―본사 홈페이지에 독자분이 올린 메일 中 에서 발췌―

잘나가고 싶은 사람은 읽어라!

그에게 한눈에 반했다! 그것은 분위기 탓?
애인과 나란히 걸어갈 때 당신은 좌, 우 어느 쪽에 서는가?
이성은 왜 서로 끌리는 걸까? 그 심층 심리를 해명한다!

30초의 심리학

■ **30초의 심리학**
아사노 하치로우 지음 / 계일 옮김 | 값 8,500원

처음 본 사람인데 와 닿는 느낌이
너무나도 강렬한 사람이 있다.
흔히 하는 말로 '필이 꽂힌 사람',
그래서 잊혀지지 않는 사람.
한눈에 반했다고 하는 것이 바로 그것이다.
이런 인간의 감정을 논하는 데
남녀의 구분이 있을 수 없다.
사랑하는 그, 혹은 그녀를
생각하는 것만으로도 가슴이 두근거린다.
이상할 것 없다. 당연히 그럴 수 있는 것이다.
그렇기에 인간을 감정의 동물이라 하지 않는가.
그러나 그렇게 좋아하는 그 사람이
어느 날 갑자기 싫어지는 경우는 왜일까?